FOLIO POLICIER

Song Si-woo

Le jour du chien noir

Traduit du coréen
par Lee Hyonhee
et Isabelle Ribadeau Dumas

Gallimard

Titre original :
검은 개가 온다
(HERE COMES THE BLACK DOG)

Song Si-woo est née à Daejeon. Diplômée de philosophie et spécialiste du droit, de l'éthique et de la psychiatrie, elle travaille à la Commission nationale des droits humains de Corée et écrit des polars. En 2008, elle s'est vu décerner le prix Jeune Talent de la revue *Mystery*. *Le jour du chien noir* est son premier roman traduit en français.

PROLOGUE I

Poussé par une timidité maladive, Jeon Hak-soo tua Ra Sang-pyo.

Tout simplement parce que son épaule avait rencontré celle de son voisin dans l'escalier étroit de l'immeuble.

La chaleur, excessive pour un mois de mai, durait depuis quelques jours déjà. À midi, Ra Sang-pyo sortit de son appartement, le 302. Vêtu d'un polo gris, il bombait le torse en descendant les marches. Il se rendait à l'agence immobilière qu'il dirigeait dans le quartier. C'est alors que Jeon Hak-soo, employé d'un cabinet d'architectes, entra dans l'immeuble. La tête dans les épaules, traînant les pieds. Costume, chemise blanche, cravate à moitié défaite qui pendait à son cou. À la main, un porte-documents aplati qui touchait presque le sol.

À cette heure, tous les employés étaient au travail et les deux voisins n'avaient jamais eu l'occasion de se croiser. Ce jour-là, Jeon Hak-soo avait pris son après-midi. Il ignorait l'existence de son voisin, l'agent immobilier, qui, lui, aurait pu au moins le reconnaître.

Entre le premier et le deuxième étage, l'épaule gauche de Jeon Hak-soo rencontra inopinément celle de Ra Sang-pyo. Tels deux aimants qui se repoussent, les deux hommes s'écartèrent aussitôt l'un de l'autre. Jeon Hak-soo tituba légèrement avant de retrouver l'équilibre. Puis il leva son visage émacié, pâle, aux yeux injectés de sang.

Ra Sang-pyo s'épousseta l'épaule. Sur son visage hâlé par le soleil printanier, le sourire de circonstance qu'il réservait à un client potentiel fit place à l'irritation. Pour lui, tout ce qui était susceptible de le contrarier lorsqu'il partait travailler le matin annonçait une mauvaise journée. En plus, il avait horreur de tout contact physique avec ses semblables.

Jeon Hak-soo fit comme si de rien n'était : il se colla au mur de gauche et, le regard vague, continua de monter.

Ra Sang-pyo, encore plus irrité, se retourna et s'adressa à son voisin dont il ne voyait que la nuque :

— Et alors ?

Aucune réaction.

— Pfui.

Il émit un sifflement moqueur, puis haussa le ton.

— Hé ! Vous habitez bien au 401, non ?

— Pardon ? fit Jeon Hak-soo en se retournant.

Ra Sang-pyo monta les marches quatre à quatre et se dressa devant Jeon Hak-soo.

— Regarde où tu mets les pieds, d'accord ?

— Je suis désolé…

Jeon Hak-soo était à bout de souffle. Il avait le front et le nez dégoulinants de sueur, un poids sur la poitrine et le dos raide. Il voulait rentrer chez lui et se coucher, rien de plus. Il ne pensait qu'à ça depuis qu'il avait quitté le bureau : « Me coucher. Ne plus penser. Ne plus exister. »

Dans le métro, en rentrant, il lui avait semblé que son corps s'enfonçait de plus en plus dans le sol. Assis à une place réservée aux personnes handicapées et aux personnes âgées, il s'était fait insulter par un vieil homme vêtu d'un costume à carreaux, qui avait pointé sa canne vers lui. Il avait baissé la tête et s'était pris les cheveux à deux mains. Pensant qu'il était malade, le vieil homme s'était calmé. Enfin à l'air libre, Jeon Hak-soo s'était mis à gémir et à haleter, comme s'il avait un poids sur l'estomac. Le trajet jusqu'à son appartement lui avait semblé durer une éternité. Et maintenant, après toutes ces difficultés, il trouvait quelqu'un sur son chemin, à deux pas de chez lui.

Aucune idée de qui pouvait être celui qui l'appelait 401. Un locataire, un visiteur ? Et qu'attendait-il de lui ? Ses rapides excuses allaient probablement régler la situation.

— Au moins, dis quelque chose quand tu t'étales sur quelqu'un.

Ra Sang-pyo fit claquer sa langue. La main dans la poche de son pantalon, il dévisagea son voisin de haut en bas. Il trouvait que les excuses avaient été trop facilement obtenues : cela le vexait et il en rajouta.

— Hé !

Il arrêta encore Jeon Hak-soo. Il aurait mieux fait de s'en tenir là. S'il n'avait pas été tué, c'est ce moment qu'il aurait regretté. Mais pour lui, impossible de revenir en arrière. En revanche, Jeon Hak-soo regretterait ce jour. Il se mordrait les doigts quand il se souviendrait de ce jour, de la veille, de tous les jours du mois et de toutes les heures de cette année-là. Et il regretterait toutes les occasions où il avait baissé les bras devant ses difficultés.

— Pardon ? dit Jeon Hak-soo en se retournant.

— La SM3 blanche est bien à vous, non ?

Jeon Hak-soo se rappela sa voiture qu'il avait laissée dans le parking du rez-de-chaussée un mois auparavant. Soudain, la souffrance qu'il avait jugulée avec peine pendant ses trajets quotidiens dans le métro bondé le submergea. « Pourquoi me parle-t-il de ça ? » Il ressentit alors en lui cette force qui, jour après jour, le faisait sombrer sans qu'il y comprenne rien.

— Oui, c'est ma voiture, pourquoi ?

Il fit face à son voisin.

— On dirait que vous ne l'utilisez pas souvent…

Ra Sang-pyo montra du doigt le parking du rez-de-chaussée. La sueur de ses aisselles avait laissé des taches sombres sur son polo gris.

— Vous ne pourriez pas la garer au fond du parking ? Elle gêne ceux qui utilisent leur voiture tous les jours. Bon sang, soyez bon citoyen !

Il y avait sept places de stationnement en tout. Six étaient des places doubles, une seule était à part, juste devant l'entrée. Évidemment les résidents préféraient cette place isolée, qui n'avait pas les inconvénients des autres. Et Ra Sang-pyo pestait contre la SM3 qui occupait cette place depuis longtemps.

— Oh, ça va !

Jeon Hak-soo, menaçant, le menton levé, s'avança. Impossible de reconnaître sa voix ni ses yeux : tout à l'heure vagues, ils brûlaient maintenant de folie.

— Et alors, je laisse ma voiture devant chez moi. C'est quoi, ton problème ?

Ce brusque changement étonna un instant Ra Sang-pyo, avant de l'exaspérer.

— Hé, toi !

Il enfonça son index dans l'épaule de Jeon Hak-soo.

— Et maintenant, tu me tutoies ? Tu crois que j'ai tort ?

— Pour qui tu te prends ? Hein ? Tu cherches la bagarre ?

Jeon Hak-soo, les joues empourprées de colère, répliqua.

— Petit con ! Tu veux me frapper maintenant ?

Son porte-documents tomba sur le sol avec un bruit sourd. D'un crochet du droit, il frappa Ra Sang-pyo au menton. Pris par surprise, ce dernier tomba à la renverse, son cou puis ses épaules vinrent frapper l'arête d'une marche et son corps trapu et replet dévala l'escalier.

— Non, mon mari n'a pas pu faire ça ! Vous ne savez pas à quel point il est timide !

Quand l'épouse de Jeon Hak-soo se précipita au commissariat après avoir entendu la nouvelle, elle hurla sur l'inspecteur en charge de l'enquête, les larmes ruisselaient sur son visage.

— Cela fait trois ans que nous sommes mariés et je ne l'ai jamais vu en colère. Il ne s'est jamais disputé avec personne, et personne ne m'a jamais dit s'être disputé avec lui.

Un homme aussi calme qu'une plante.

Tout vient de sa timidité. Déchaîné, Jeon Hak-soo, à cheval sur le corps de Ra Sang-pyo gisant sur le palier du premier étage, le frappait à tour de bras. Incapable de s'arrêter. « Je suis dans mon droit. Il a été grossier et méprisant sans aucune raison. » Mais il ne s'acharnait pas seulement sur le voisin qui l'avait agressé verbalement peu de temps auparavant. Il s'acharnait sur son patron qui l'humiliait perpétuellement, sur sa femme qui l'écrasait de responsabilités, et peut-être aussi sur son père froid et indifférent, sur l'officier supérieur qui l'avait battu et harcelé toutes les nuits durant son service militaire. En frappant son voisin, Jeon Hak-soo se libéra instantanément du sentiment d'humiliation qui l'accablait depuis trop longtemps et dont le poids lui oppressait la poitrine. Les coups avaient tuméfié le visage de Ra Sang-pyo et du sang giclait de sa chair meurtrie. Bien qu'à moitié assommé par sa chute dans l'escalier, il criait à chacun des coups que son adversaire lui portait et agitait bras et jambes. La chemise blanche de Jeon Hak-soo et bien sûr ses mains étaient maculées de sang. Des habitants de l'immeuble et des passants, attirés par le bruit, s'écriaient, paniqués : « Mon Dieu ! Que faire ? » L'un d'eux appela enfin la police. En attendant l'arrivée des forces de l'ordre, deux costauds joignirent leurs efforts pour éloigner Jeon Hak-soo du corps de Ra Sang-pyo. Le visage constellé de taches de sang, Jeon Hak-soo se laissa tomber sur le sol, hors d'haleine.

L'énergie qui l'avait soutenu jusque-là l'abandonna subitement.

Jeon Hak-soo examina ses mains souillées. Perdu

dans ses pensées, il se croyait dans un de ses cauchemars habituels, à l'issue d'une nuit sans sommeil. Ce qui lui arrivait presque tous les jours à l'aube. Tous les éléments de son environnement perdaient consistance et contours : ils se déformaient en taches mouvantes blanches et rouges. Disparu sans laisser de trace, le sentiment de liberté intérieure. Il n'en conservait pas même le souvenir.

Le visage de Ra Sang-pyo était tellement tuméfié qu'il en était méconnaissable. La peau et la chair, déchirées, laissaient apparaître des os. Quand l'ambulance arriva, il respirait encore, bien que faiblement. Il rendit son dernier soupir sur le chemin de l'hôpital. En arrivant aux urgences, il fut déclaré mort.

PROLOGUE II

Un jeune homme de haute taille, le visage couvert d'acné, s'aventurait au plus profond de la forêt en se frayant un chemin à travers des sentiers herbeux mal dégagés. Dong-choon n'avait aucun mal à le suivre. Les souffles du jeune homme et du chien se mêlaient au bruissement des insectes. Le chaud soleil du plein été – on était en juillet – les brûlait. Ils tombèrent enfin sur un vaste espace dégagé, au sol plan. Ouf !

Le jeune homme s'épongea le front avec son tee-shirt. Dong-choon s'approcha de lui et se mit à lécher ses joues et son cou en sueur.

— Arrête !

Le jeune boutonneux sortit une gourde de son sac. Il but puis remplit le bouchon d'eau et le posa par terre. Pendant que Dong-choon lapait bruyamment, il examina les environs. Il constata que l'endroit leur offrait la liberté et le calme requis pour s'entraîner autant qu'ils le souhaitaient, loin des regards de randonneurs curieux. À présent, son objectif principal était de gagner un concours de frisbee avec son chien avant d'être appelé par l'armée. Ce prix lui permettrait d'être dresseur de chiens militaires et, une fois sa période terminée, il espérait intégrer le centre de formation d'une grande entreprise et devenir dresseur de chiens pour aveugles. Il ferait ce qu'il aimait et ses parents seraient fiers de lui : d'une pierre deux coups. Depuis toujours, il préférait les chiens aux humains. Mais il avait encore beaucoup à faire pour que ses rêves deviennent réalité.

Dès qu'il sortit le frisbee vert de son sac, le chien se mit à sauter autour de lui. Le frisbee dans la main droite, le jeune homme plia les genoux pour se baisser. Dong-choon posa ses pattes sur les genoux puis sur les épaules de son maître et saisit le frisbee.

— Bravo ! Bon chien !

Le jeune homme, gloussant de joie, caressa la tête du chien. Lorsqu'ils étaient au pied de la montagne, un peu plus tôt, la foule des randonneurs qui s'étaient amassés pour les regarder avait perturbé la concentration de Dong-choon. Pire encore, lorsque le chien échouait à certains apprentissages, les gens se moquaient de lui. Les cris d'admiration des spectateurs étaient bien agréables à entendre, tant que cela ne nuisait pas à la rigueur de l'entraînement. Comme on pouvait s'y attendre d'un border collie, Dong-choon était intelligent, mais il se laissait facilement distraire par les bruits et les objets de son environnement. Bien sûr, c'était un défaut, mais il pouvait être corrigé. Au dresseur de se montrer à la hauteur. Stimulé par l'enjeu, le jeune homme avait longtemps marché pour se retrouver sur ce terrain nu, à des kilomètres des sentiers battus.

Après avoir fait répéter plusieurs fois l'exercice

d'escalade sur le corps, le jeune homme sortit de son sac un autre frisbee, orange celui-là. Dong-choon, bondissant d'excitation, se dressa sur ses pattes arrière.

— Va chercher !

Dong-choon partit comme une flèche, soulevant un nuage de poussière. Capable de repérer intuitivement la direction d'un objet en mouvement, il sauta à temps pour saisir le frisbee. Ses poils noirs et blancs flottèrent un instant dans les airs. L'expérience fut renouvelée plusieurs fois avec succès.

Le jeune homme en sourit de satisfaction. Il lança au chien un morceau de viande séchée.

— Et maintenant, quelque chose de plus difficile !

Il jeta un regard significatif à Dong-choon, un frisbee dans chaque main. Pour l'exercice suivant, il fallait lancer les deux frisbees, l'un après l'autre, l'un beaucoup plus loin que l'autre. Le chien devait attraper d'abord le plus proche, puis l'autre avant qu'il touche le sol. Cela demandait une technique très au point pour surveiller les deux frisbees en même temps. Premier lancé, le frisbee vert. Dong-choon se mit à courir. En voulant lancer le frisbee orange le plus loin possible, le jeune homme trébucha et l'envoya dans une mauvaise direction. Le frisbee orange vola hors du terrain d'entraînement et disparut dans la forêt en contrebas. Vif, le border collie attrapa le frisbee vert, puis il se rua dans le bois pour saisir le frisbee orange.

— Dong-choon !

Dong-choon ne réapparaissait pas ; son maître l'appela. Pas de réponse ! Que faire, sinon dévaler la pente à travers les taillis, en criant le nom du chien.

— Ouah ! Ouah !

Des aboiements, là, sur la gauche.

— Ici !

Le jeune homme progressait à pas prudents. Le chien ne cessait d'aboyer, il n'avait manifestement aucune intention de revenir vers son maître. Peut-être avait-il trouvé quelque chose d'intéressant. Mais le principal c'était qu'il obéisse. Il fallait donc intensifier le dressage à l'obéissance. Ça n'avait pas de sens de laisser un chien usurper le rôle du maître. La meilleure façon d'aimer son chien : être un maître incontesté.

Le jeune homme avançait, guidé par les aboiements. En chemin, il ramassa le frisbee orange atterri au pied d'un arbre, écarta un arbuste épais qui lui barrait la route et se mit à grommeler : « Qu'est-ce qu'il a bien pu trouver ? Un animal mort ? Quoi d'autre ? »

À moitié caché par des branches enchevêtrées, Dong-choon remuait la queue. Quand il reconnut son maître, il sauta, aboya à plusieurs reprises, puis s'enfonça plus profondément dans la forêt.

— Hé, Dong-choon !

Le chien se retourna pour le regarder, la langue pendante entre les crocs, la respiration haletante. « Papa, papa ! Viens ! J'ai quelque chose de super génial à te montrer ! »

Puis il disparut. Le jeune homme, amusé par le comportement enfantin du chien, en oublia son irritation et sourit en partant sur ses traces.

Dong-choon s'était attaqué à un monticule de terre. Il y avait déjà fait un trou conséquent qui laissait apercevoir un bout de tissu bleu et des sortes de bâtons blancs entre des petits tas de terre. Une fois près du chien, le jeune homme pensa que le tissu bleu pouvait provenir d'une veste de randonnée, abandonnée là. Et, au bout des manches, qu'est-ce que c'était ? Les minces bâtons blancs avaient la forme d'une main.

Dong-choon enfouit son museau dans le monticule. Comme pour achever une proie, il avait planté ses crocs dans une masse indistincte et la secouait. Il n'avait jamais chassé mais son instinct lui dictait quoi faire de sa prise.

— Do… Dong-choon…

Les jambes du jeune homme cédèrent. Le frisbee orange lui tomba des mains et vint tournicoter autour de ses chevilles.

Le chien releva le museau, un amas de longs cheveux souillés sortait de sa gueule. Il agita la queue avec enthousiasme, les yeux brillants, satisfait de présenter un si beau trophée à son maître chéri. « J'ai bien travaillé, hein, papa ? »

Les orbites creuses du crâne fixaient la touffe de cheveux qui lui avait jadis appartenu.

1

Park Shim, l'avocat stagiaire

Park Shim toussota. Il se composa un sourire plein d'assurance avant de frapper à la porte de l'avocat. Vêtu de son costume noir, il était sur son trente et un, mais il ne se sentait pas à l'aise. Ses vêtements, contrastant avec son visage juvénile aux cheveux ras, semblaient avoir été empruntés à un père ou à un grand frère. Rien de remarquable dans ce visage, sinon des sourcils tellement noirs et épais qu'on les aurait crus dessinés au charbon de bois. Ils étaient depuis toujours l'objet de taquineries et de plaisanteries :

— Eh, Park Shim, réfléchis avec ton cerveau, pas avec tes sourcils !

— C'est vrai que tu enlèves tes sourcils quand tu te couches et que tu les remets le matin ?

— Il a un œil caché derrière.

— C'est un des X-Men : ses sourcils lancent des rayons.

En fait, Park Shim était loin d'être extravagant, il n'était pas drôle non plus. Il était d'une intelligence brillante mais réfléchissait longuement avant de parler. Il préférait approfondir les questions plutôt que se précipiter pour y répondre. Il avait fait des études de droit dans une prestigieuse université, puis, après son service militaire, il s'était inscrit à la même faculté pour y suivre les cours de master. Il profitait de ses vacances pour travailler comme stagiaire dans un cabinet d'avocats.

Assis à son bureau, manches de chemise relevées sur les avant-bras, pouce droit recouvert d'un doigtier de caoutchouc, Park Gap-yeong luttait avec une pile de documents. Visage taillé à la serpe, menton pointu, nez chaussé de lunettes tellement grossissantes que ses yeux semblaient sur le point de tomber, cheveux blancs ébouriffés, toute son apparence témoignait de sa carrière d'avocat spécialisé dans les affaires criminelles. Park Shim s'inclina pour le saluer.

— Vous m'avez appelé, Maître ?

La mine sévère de Park Gap-yeong s'épanouit en sourire.

— Oui, assieds-toi là.

Il désigna l'un des deux canapés qui jouxtaient son bureau.

— Comment vas-tu ? Et ton stage ? Hier, les stagiaires ont assisté à un procès civil. Y étais-tu, toi aussi ?

Le canapé gémit sous le poids de Park Gap-yeong quand, documents en main, il prit place en face de son stagiaire.

— C'était intéressant et plus instructif que je ne pensais.

Le visage du jeune homme s'anima sous l'effet d'une passion sincère.

— Mais les procès criminels m'intéressent davantage.

— Ah bon ?

— J'imagine que vous allez m'en parler maintenant. Me donnerez-vous un cours particulier ?

Entendant ces mots, l'avocat eut un sourire affectueux qui souligna les fines rides autour de ses yeux. Professionnel très respecté, Park Gap-yeong était un modèle pour son neveu qui, depuis sa plus tendre enfance, rêvait d'exercer la même profession que lui. Park Shim avait d'abord été attiré par le statut social que conférait ce métier, avant d'en venir à en apprécier la fonction par elle-même et pour sa valeur. Il était donc logique que l'étudiant adresse sa demande de stage – obligatoire dans le cadre de son master – au cabinet dans lequel travaillait son oncle. Disposant de connaissances théoriques et de qualifications professionnelles, il voulait bénéficier d'une formation sur le terrain dispensée par la personne qui l'avait inspiré.

— Non, mais je vais te donner, à toi seul, une tâche à accomplir.

— Une tâche ?

Park Gap-yeong tapota la pile de feuilles sur ses genoux.

— Lors de la cérémonie d'accueil des stagiaires, tu as bien dit que tu voulais être avocat au pénal, c'est bien ça, non ?

— Oui, c'est ça.

Embarrassé, Park Shim se gratta la tête. C'était effectivement une de ses ambitions : il ne voulait pas se contenter de plaider des dossiers constitués par les organismes chargés des investigations. Il voulait se rendre sur place, ausculter le lieu du crime, mener lui-même l'enquête sur les personnes impliquées pour faire éclater la vérité. Il considérait que la défense devait analyser le dossier dans ses moindres détails, pour démontrer que l'accusation n'était pas fondée et parvenir à la véritable conclusion qui avait échappé aux enquêteurs. Il avait la conviction qu'ainsi son client ne serait pas condamné par erreur : Park était jeune…

— Jette un coup d'œil là-dessus, tu veux ?

Park Gap-yeong lui tendit un gros dossier. Dans la toute première chemise se trouvait l'acte d'accusation du procureur.

— Accusé, Jeon Hak-soo. Chef d'accusation, homicide.

Park Shim lut l'acte d'accusation.

— Un choc entre deux épaules dans un escalier d'immeuble et une dispute à propos du stationnement d'une voiture, telles sont les raisons pour lesquelles l'accusé a poussé Ra Sang-pyo, lui faisant dévaler l'escalier. Non content de voir la victime gisant, inconsciente, il s'est assis sur sa poitrine et l'a frappée violemment de ses poings. Les coups répétés ont provoqué une fracture du maxillaire, de multiples saignements et enfin une hémorragie cérébrale, cause de la mort.

— Quel gâchis !

Park Gap-yeong poussa un profond soupir en caressant son menton anguleux.

— C'est un dossier dont vous avez la charge ?

— Tout à fait. J'ai affirmé que les coups et blessures

avaient entraîné la mort, mais il semble que ce ne soit pas si simple.

Park Shim acquiesça. Si l'accusé avait laissé la victime inconsciente sur le palier, il pouvait être inculpé pour coups et blessures ayant entraîné la mort, mais s'il s'était acharné sur elle, la victime, la frappant violemment au visage et à la poitrine, il ne pouvait s'agir que d'un homicide volontaire. Il n'y avait pas au départ d'intention meurtrière mais l'accusé était conscient qu'il risquait de tuer.

— Étaient-ils en conflit ? demanda Park Shim, feuilletant le dossier.

— Absolument pas. L'accusé a reconnu la charge pesant sur lui. Son témoignage est cohérent et l'enquête s'est déroulée sans accroc.

Park Shim fronça les sourcils : « Alors qu'est-ce que j'ai à faire si tout baigne ? »

Park Gap-yeong se carra plus confortablement dans le canapé en croisant les bras.

— L'accusé souffrait de dépression.

— De dépression ?

— On ne l'a appris qu'à la fin de l'enquête.

— Pourquoi ?

— Jeon Hak-soo n'en avait parlé à personne. Ni sa famille ni ses amis n'étaient au courant, alors qu'il suivait un traitement depuis presque un an. Un traitement non couvert par l'assurance-maladie et entièrement à sa charge, parce qu'il ne voulait pas que ses proches l'apprennent.

Park Shim jeta un coup d'œil à l'acte d'accusation.

— Du coup… vous allez plaider l'altération du discernement ?

L'acte d'accusation ne contenait aucun élément permettant de conclure à une altération du discernement due à la dépression. Lorsqu'il est avéré que l'accusé est atteint de troubles mentaux et qu'il n'est pas responsable de ses actes, il peut voir sa peine réduite, ou même en être exempté. Sans responsabilité, pas de crime, et donc, pas de sanction. C'est le cas pour les malades atteints de schizophrénie, lorsque la gravité de leur maladie leur fait perdre le sens de la réalité. En revanche, lorsque le criminel a conservé une capacité de jugement et une volonté, même faibles, il aura à purger une peine mais il bénéficiera de circonstances atténuantes.

— J'aimerais bien, mais le procureur s'y opposera. Je vais explorer toutes les possibilités et j'aimerais que tu fasses des recherches sur la dépression et que tu rédiges un projet de conclusions.

— Oui, bien sûr…

La mine sérieuse, Park Shim fixa le dossier qu'il avait entre les mains.

Coups frappés à la porte. La secrétaire entra, apportant deux tasses de thé d'orge avec des glaçons. La climatisation fonctionnait à plein mais l'air était toujours tiède. La canicule persistait : d'après les infos, c'était le mois de juillet le plus chaud jamais enregistré.

— Tu dois avoir des questions, non ? Je t'écoute, dit Park Gap-yeong, puis il but son thé d'un trait.

— D'abord, pourquoi le procureur s'y opposerait-il ?

— Bon. Il considérera que la dépression et le meurtre ne sont pas liés. L'accusé souffre de dépression, c'est sûr, mais cela ne suffit pas à prouver une altération du discernement. Et d'ailleurs, y a-t-il un lien entre sa dépression et son comportement criminel ?

— Oui, c'est vrai.

— Jeon Hak-soo prenait des médicaments depuis dix mois environ et il a arrêté d'un coup, sans raison, dix-sept jours avant l'altercation. Il trouvait que cela ne lui faisait rien. Il vivait avec sa femme – femme au foyer – et leur fille de seize mois. Personne n'avait remarqué qu'il souffrait de dépression : ni sa femme, ni ses proches, ni ses collègues de travail. Pour eux, Jeon Hak-soo était introverti et calme.

Il est vrai que depuis un an ou deux il prenait de fréquents congés et qu'il était souvent en arrêt maladie. Mais tout le monde attribuait cela à la fatigue. Il ne s'était jamais plaint de troubles psychologiques, ni au travail ni à la maison. Et puis, il n'avait jamais causé le moindre problème, n'avait jamais été agressif ni violent.

— Vous dites que sa dépression n'était pas si grave ?

— Et ce n'est pas tout. Jeon Hak-soo et sa victime n'avaient jamais eu de relations jusque-là. Jeon Hak-soo ignorait jusqu'à l'existence de Ra Sang-pyo. C'est triste pour la victime mais il faut dire qu'il a été tué par hasard. Aucune raison psychologique à invoquer dans ce meurtre. Alors s'agit-il bien d'une conséquence de la dépression ? Là est toute la question.

Park Gap-yeong examinait le visage pensif de son neveu, guettant sa réaction. Park Shim but une gorgée de thé.

— Mon oncle, même si j'étais procureur…

— Même si ? reprit l'avocat chevronné.

— Je refuserais de considérer la dépression comme cause de l'altercation.

— Et pourquoi ?

— Cette affaire n'a rien à voir avec celle d'une femme victime de violences conjugales qui tue son mari ou d'un parent dépressif qui tue ses enfants avant de tenter de se suicider. Dans le cas présent, la dépression n'a pas provoqué de crise de panique, d'agressivité ou de frustration qui, en altérant les facultés de discernement de l'accusé, ne lui auraient laissé que le meurtre pour mettre un terme à ses souffrances.

« Ils se sont rencontrés par hasard. Une dispute banale a dégénéré. La victime est morte, c'est la faute à pas de chance. Avons-nous une raison de penser que le discernement de l'accusé était altéré quand il s'est acharné à frapper sa victime ? Considérant que la victime a perdu la vie à cause d'une altercation sans importance, il est normal que le procureur n'envisage pas de circonstances atténuantes pour altération du discernement. Bien sûr… l'avocat devrait envisager un tout autre point de vue.

— Ha, ha ! Alors tu es d'accord avec le procureur, même si tu te sens obligé de plaider l'altération du discernement au bénéfice de ton client ?

Park Shim, incapable de contredire son oncle, se tut. Dans un dossier pénal l'avocat doit se montrer le meilleur possible devant le tribunal. En revanche, il n'est pas là pour décharger le client de toute peine. Il ne peut pas négliger la souffrance des victimes et ne considérer que l'intérêt de son client et le résultat de sa plaidoirie. Telles étaient les convictions du jeune homme.

— D'habitude, Jeon Hak-soo allait au travail en voiture : c'était un peu compliqué avec les transports en commun. Mais ces derniers temps, ses symptômes – poitrine oppressée et vertiges – se sont aggravés. Symptômes classiques de la dépression. Il a failli avoir un accident de voiture trois semaines avant l'altercation. Il a donc laissé sa voiture sur le parking et il a pris les transports en commun. Il avait du mal à supporter le long trajet entrecoupé de nombreux changements, cette situation provoquait en lui colère et humiliation. Le jour de l'altercation, il était sorti plus tôt du travail car il n'était pas dans son assiette. Et c'est alors que la victime lui a cherché querelle à propos du stationnement de sa voiture…

— Et il a pété un câble…

— Exactement.

Penché en avant, Park Gap-yeong posa ses coudes sur ses genoux et joignit les mains.

— L'impuissance et l'humiliation accumulées au fil du temps se sont transformées en fureur lorsque la victime l'a provoqué. C'est la goutte d'eau qui a fait déborder le vase. Jeon Hak-soo ne se maîtrisait plus.

— Qui a fait déborder le vase… murmura Park Shim.

La dépression fait perdre le contrôle de soi et les gens s'en prennent à leurs semblables. Est-il possible de leur pardonner en raison de leur maladie ? Et les proches de la victime ? Comment pourraient-ils accepter une absence de sanction ? Jeon Hak-soo a fait valser son voisin en bas des marches et il s'est acharné sur lui au point de lui briser les pommettes. Peut-on invoquer des circonstances atténuantes à cause de sa maladie ?

Non.

Tout être humain dispose de son libre arbitre. La maladie mentale dont souffre un accusé l'exonère-t-elle de sa responsabilité ? C'est une grave question qui mérite réflexion. Si le comportement humain dépend seulement de réactions chimiques provoquées par des hormones, peut-on dire qu'un homme est responsable de ses actes ? Qui est responsable alors ? On ne peut pas demander de comptes aux produits chimiques…

— Shim !

— Oui, mon oncle.

— Sais-tu ce qu'est la dépression ?

— Oui, à peu près… c'est comme le vague à l'âme ?

Park Gap-yeong fronça les sourcils.

— On a tendance à l'appeler comme ça car c'est une maladie courante. Mais on sous-estime sa gravité.

— C'est une banale maladie mentale, le trouble de l'humeur le plus courant. Cela devient un fléau national.

— Pourquoi ? Tu dis ça parce que le taux de suicide chez nous est le plus élevé des pays de l'OCDE ?

— On dit de la Corée qu'elle est un enfer, on l'appelle bien *Hell Chosun,* non ? dit Park Shim en souriant.

Park Gap-yeong avala son glaçon.

— C'est ça. On dit que 80 à 90 % des personnes qui se suicident souffraient de dépression. Certains de tes proches sont-ils soignés pour cette affection ?

— Non, personne autour de moi.

— Alors tu n'as jamais vu à quel point la dépression fait souffrir, tu n'en connais pas les symptômes et tu ne sais pas comment les malades vivent cette situation.

Park Shim haussa les épaules en signe d'ignorance.

— J'aimerais que tu profites de ce cas pour te documenter sur la dépression.

Park Gap-yeong fixa les yeux de son neveu, pétillants d'intelligence sous ses sourcils impénétrables.

— Comme avocat au pénal, je défends souvent mes clients pour la forme. Mes clients sont des criminels et surtout des gens méchants. Il suffit d'une petite piqûre de rien du tout pour les faire hurler de douleur. Et faire couler le sang des autres les laisse froids. Être confronté à de telles personnes peut détruire d'un coup la confiance instinctive en l'humanité, en la justice. Mais il faut savoir se maîtriser pour retrouver une attitude positive. L'empathie, voilà ce qui rend notre travail plus facile, ce qui nous fait supporter la fatigue. Et l'empathie s'obtient par l'étude des cas individuels. Les criminels sont tous des êtres différents et leurs crimes sont marqués par leur personnalité. Il faut étudier chaque dossier pour comprendre l'individu et le défendre au mieux. La peine, elle, est désincarnée.

Park Gap-yeong enleva ses lunettes et se frotta la racine du nez. Son visage accusa d'un coup une grande fatigue. Tout ce qu'il disait à son neveu était tiré de sa propre expérience. Comme la plupart de ceux qui étaient devenus avocats, Park Gap-yeong s'était engagé dans cette voie en quête de réussite sociale plutôt que par intérêt professionnel. En tant qu'aîné d'une famille de la classe populaire, voire ouvrière, de nombreuses responsabilités pesaient sur lui. Il lui avait fallu se construire sa propre éthique professionnelle et adopter une attitude vis-à-vis de son métier.

— Je ne te demande pas de plaider l'innocence de Jeon Hak-soo. La dépression n'exonère pas de la responsabilité en cas de meurtre. Et tous les dépressifs ne sont pas des meurtriers. Jeon Hak-soo sera condamné pour ce qu'il a fait. Mais je pense qu'on devrait considérer sa responsabilité sous un jour différent, en tenant compte de ses problèmes psychologiques. Pour moi, les tribunaux sont trop sévères envers les personnes atteintes de troubles de l'humeur comme la dépression ou la bipolarité, et trop indulgents pour les criminels sexuels qui agissent sous l'emprise de l'alcool. Trop sévères pour les unes et trop laxistes pour les autres. Comme tu l'as souligné, la dépression est en passe de devenir un problème social majeur, cela va bien au-delà des problèmes de santé individuels. Elle va bientôt être impliquée dans les affaires criminelles. Bref, il faudra que tu présentes au tribunal les dernières découvertes sur cette maladie.

— Ok, mon oncle. Je m'y mets.

Park Gap-yeong donna trois semaines à son neveu pour rédiger les conclusions. Cela correspondait à la fin de stage du jeune homme. Il lui confiait cette tâche en plus de son travail normal mais se tenait à sa disposition pour le conseiller et lui donner les informations qu'il aurait du mal à obtenir lui-même.

— Et puis, si cela peut t'aider…

Park Gap-yeong donna à son neveu quelques articles pris sur internet qu'il avait imprimés.

— Depuis dix mois, Jeon Hak-soo prenait du Paxil, un antidépresseur controversé parce qu'il augmenterait les pulsions suicidaires ou agressives. Il semblerait que beaucoup d'antidépresseurs aient des effets secondaires néfastes. Aux États-Unis et ailleurs, des actions collectives sont intentées en justice contre les laboratoires à l'origine de ces médicaments.

— Ah bon ?

— Mais peut-être est-ce le sevrage qui est en cause ? Il faut augmenter progressivement la dose de l'antidépresseur, puis lorsque l'état du patient s'est amélioré, la réduire peu à peu. Alors que Jeon Hak-soo a arrêté brutalement son traitement, sans avis médical, quelque temps avant l'altercation.

— Voulez-vous que je fasse aussi des recherches sur les effets secondaires des antidépresseurs et les symptômes de sevrage ?

Les yeux de Park Shim brillaient d'excitation.

— Non, pas forcément. Il faut surtout y réfléchir. Ce que je t'ai dit t'ouvre de nouvelles perspectives et te permettra peut-être de mettre la main sur de nouveaux éléments.

Park Shim prit congé de l'avocat, partagé entre l'enthousiasme et l'appréhension. Il étouffait : sa cravate était trop serrée et la canicule avait vaincu la climatisation. Par quoi commencer ? Il se fit une liste de démarches à accomplir. D'abord, étudier la dépression : il avait besoin de rassembler des données et de consulter des experts. Soudain, le nom d'une ancienne camarade de lycée devenue psychiatre lui vint à l'esprit.

« L'empathie, voilà ce qui rend notre travail plus facile, ce qui nous fait supporter la fatigue. »

Les paroles de son oncle tournaient dans sa tête.

2

Lee Pyeong-so, le commandant de la brigade criminelle de Suwon

L'officier désactiva le verrou électronique pour pénétrer dans le petit deux-pièces où la victime vivait seule, au troisième étage. Situé près de la fac, l'immeuble de cinq étages ne comportait qu'un appartement par palier.

Criiii.

Une odeur de renfermé mêlée à des miasmes putrides leur sauta au nez. Miasmes sinistres, bien particuliers et impossibles à oublier. Entré après les policiers, le père de la victime sursauta. Malgré la sueur qui ruisselait sur son visage, il conserva sa veste. Lee Pyeong-so fit signe à ses hommes de reculer et se mit à leur tête. Un meurtre aurait-il été commis ici ? La tension monta d'un cran.

Le corps retrouvé sur le mont Paldal appartenait à une femme. Il avait été sommairement enterré sur un versant de la montagne, loin du sentier de randonnée. Les animaux sauvages, fouillant la terre, en avaient dévoré une grande partie. À l'air libre ne restaient que les os du bras et de la partie gauche du torse. La chair s'était rapidement décomposée sous l'effet de la canicule persistante. Quant à la tête, le chien qui avait découvert le cadavre en avait arraché les cheveux et endommagé une partie. Son maître, un jeune homme boutonneux, avait apporté sa trouvaille à la police et il craignait que son chien ne soit puni pour ce qu'il avait fait. Même sans cela, l'état de décomposition avancé du visage et des parties restées sous terre aurait rendu l'identification problématique. Le corps était vêtu d'un pantalon noir, d'un tee-shirt bleu clair et d'une veste de randonnée bleue – tenue féminine de sport d'hiver, d'une marque haut de gamme.

Quatre jours plus tard, le cadavre put être identifié grâce aux empreintes digitales prélevées sur la main droite, épargnée par la putréfaction. D'abord comparées sans succès à celles des femmes portées disparues, elles trouvèrent une correspondance dans le fichier central : il s'agissait de Sol Lisa, vingt et un ans, née à Gwangju.

L'examen visuel et l'autopsie n'avaient pas permis de déterminer la cause ni le moment du décès : les animaux et les conditions météorologiques avaient trop abîmé le corps. Le commandant décida alors de faire procéder à une analyse toxicologique du tissu musculaire encore exploitable. Le résultat prendrait deux à trois semaines.

— Commencez à chercher ! Si vous mettez la main sur quelque chose d'intéressant, dites-le-moi tout de suite, dit Lee Pyeong-so en parcourant l'appartement du regard. Rien ne dépassait dans ces 40 m^2, fait rare chez les célibataires. Le commandant savait d'expérience que les personnes vivant seules ne se soucient pas de ranger.

L'équipe se dispersa aux quatre coins de l'appartement pour commencer les recherches.

Debout près de la porte, hébété, Sol Chang-seok n'arrêtait pas de serrer et d'ouvrir les poings. Dès qu'on avait mis un nom sur le corps, Lee Pyeong-so l'avait averti du décès de sa fille. Sol Chang-seok travaillait comme cadre dans une entreprise franchisée à Gwangju. Depuis plus de trois mois, il n'avait eu aucun contact avec sa fille, étudiante à Séoul.

— Je suis débordé… dit le père pour se justifier d'avoir ignoré la disparition de sa fille. Lee Jung-mi, qu'il avait épousée quatre ans auparavant, n'en savait pas plus sur sa belle-fille. Elle avait échangé des SMS avec Lisa jusqu'en mai, deux mois plus tôt. Puis, début juillet, elle lui avait demandé si elle viendrait les voir pendant les vacances d'été. Les deux textos étaient restés sans réponse. Le portable de la jeune fille demeurait éteint. Comme cela arrivait souvent, elle ne s'inquiéta pas.

— Elle n'était pas très affectueuse.

La belle-mère était gênée et faisait tout pour ne pas perdre la face.

En fait, ni son père ni sa belle-mère n'avaient prêté attention à Sol Lisa. Savoir s'ils se sont mutuellement rejeté la responsabilité de sa mort, cela ne regardait qu'eux. Ils ignoraient tout de cette fille de vingt et un ans qui vivait seule à Séoul. Une étudiante qui avait des rapports distants avec un père accaparé par son travail et une belle-mère entrée dans sa vie à l'adolescence. Sa mère était morte lorsqu'elle avait quinze ans et son père avait épousé Lee Jung-mi, probablement parce qu'elle était enceinte. Leur fils avait maintenant quatre ans. Livrée à elle-même une fois majeure, Sol Lisa semblait exclue du noyau familial.

Les nuages passant devant le soleil assombrirent soudain l'appartement, comme ils assombrirent le visage de Lee Pyeong-so, à la peau grenue comme un coing.

Le commandant avait détecté la source de la puanteur qui avait saisi l'équipe à l'entrée de l'appartement.

Une cage suspendue au plafond de la véranda. Au fond de la cage, une poignée de plumes gris foncé et blanches. Il retint son souffle et s'approcha. Une forme d'oiseau subsistait, mais en pleine décomposition. Les vers qui auraient dû grouiller autour du cadavre étaient secs. L'oiseau avait suivi le même chemin que sa propriétaire…

— C'est un moineau du Japon, dit Sol Chang-seok, chancelant devant la cage. On dirait qu'il est mort de faim.

Lee Pyeong-so ouvrit grande la fenêtre ; toutes avaient été verrouillées. Était-ce Sol Lisa qui les avait fermées avant de partir ? L'odeur putride qui imprégnait l'appartement depuis plusieurs mois fut peu à peu chassée par le vent chaud et humide. Un enquêteur prit des photos de la cage et de l'oiseau mort.

— Elle l'avait déjà quand elle vivait chez nous, à Gwangju… Lisa s'en occupait très bien. Elle l'a pris avec elle quand elle est partie étudier à Séoul.

Sol Chang-seok se mordilla la lèvre inférieure puis aspira ses lèvres minces et pâles. Même s'il était un père indifférent, il avait perdu sa fille. Celle-ci avait été tuée et son corps abandonné s'était décomposé.

— Comment s'appelait-il ?

Lee Pyeong-so examina le bac en plastique qui, sous la cage, recevait les déjections de l'oiseau. Des journaux le tapissaient, mais il était difficile d'y lire quoi que ce soit, car les caractères avaient été brouillés ou effacés par les matières fécales et les liquides organiques qui s'étaient écoulés du cadavre de l'oiseau.

— Pardon ? dit Sol Chang-seok, les yeux écarquillés, essuyant son visage baigné de sueur avec un mouchoir.

— Le nom de l'oiseau, je veux dire.

— Oh… C'est…

Sol Chang-seok ne savait quoi répondre. Lee Pyeong-so lui tourna le dos sans autre forme de procès.

Le living possédait l'ameublement basique d'une étudiante célibataire. Seul l'oiseau mort de faim dérangeait l'ordre de la pièce, solitaire et paisible, comme si son occupante venait de la quitter à l'instant. Sous-vêtements, vêtements, livrets bancaires, argent liquide, tout était intact. Sol Lisa n'avait pas eu l'intention de disparaître. Aucun indice de meurtre : ni dégâts ni taches de sang. Aucune trace d'autres personnes, femmes ou hommes. Aucun indice de cambriolage non plus.

— Cherchez ce qui n'est pas là et qui devrait y être.

Lee Pyeong-so savait que ce qui manquait était parfois plus important que ce qui restait.

— On n'a trouvé ni téléphone portable, ni ordinateur, ni sac de randonnée ni portefeuille… dit un lieutenant en sortant de la chambre.

Sa chemise trempée de sueur témoignait de l'application avec laquelle il avait fouillé les lieux malgré la canicule.

Sol Chang-seok l'interrompit. Il l'informa qu'il avait offert à sa fille l'ordinateur portable le plus léger pour la féliciter de son admission à l'université. Elle n'avait donc pas besoin d'un ordinateur fixe.

« Aurait-elle emporté son ordinateur ? » Lee Pyeong-so se grattait la joue où sa barbe poussait irrégulièrement ; il réfléchissait. On n'avait trouvé que les vêtements qu'elle portait. Rien d'autre. Avec qui aurait-elle pu voyager ? Où était-elle allée ? Était-ce bien au mont Paldal ? Les habitants de Séoul ne considéraient pas le mont Paldal comme une destination idéale. Elle serait morte ailleurs et on l'aurait transportée là ? Sans téléphone portable ni ordinateur, il était difficile de se faire une idée du comportement de la jeune fille. On pouvait bien sûr demander à l'opérateur téléphonique l'historique des communications – un mandat suffisait – mais cela ne mènerait pas loin : on aurait juste la liste des appels émis et la durée des communications. Impossible de vérifier les appels reçus non aboutis. L'opérateur ne stocke que les données sur lesquelles il facture. Contrairement à ce que tout le monde pense, les enquêteurs n'ont pas accès aux SMS ni aux conversations sur KakaoTalk qui sont juste conservés durant une courte période puis supprimés de manière irréversible. En revanche, sur son téléphone portable, on aurait accès aux messages conservés en mémoire et on savait même récupérer les contenus supprimés. L'ordinateur portable fournirait également des informations utiles. Sachant cela, le meurtrier avait dû se débarrasser des deux.

Lee Pyeong-so ouvrit le réfrigérateur à deux portes : trois ou quatre bols de plats tout préparés achetés au marché, des plats industriels, des boissons, quelques fruits et légumes pourris ou fanés. Les dates de péremption de nombreux aliments étaient dépassées de plus de trois mois. Le produit acheté le plus récemment était apparemment un yaourt dont la date de fabrication était le 2 mai. Des saucisses fabriquées le 27 avril et de la sauce, le 14 avril.

— Monsieur, dit Lee Pyeong-so en posant la main sur la porte du réfrigérateur.

— Oui.

Sol Chang-seok s'approcha du commandant.

— Votre fille craignait-elle la chaleur ?

— … Pardon ?

Sol Chang-seok fronça les sourcils et releva ses lunettes à monture dorée. Lee fixait toujours les aliments du réfrigérateur.

— Ou alors, était-elle très frileuse ?

— Quand elle était petite, du temps de l'école primaire, elle était plutôt frileuse. En hiver, elle était souvent enrhumée.

— Je vois.

Lee Pyeong-so se recula avant de demander à un lieutenant de prendre des photos. Sol Chang-seok, toujours sonné, voulut parler… mais il se ravisa.

— Commandant ! Un journal de métro du 9 mai dernier ! cria l'enquêteur qui examinait les journaux souillés par la pourriture du bac à excréments.

Lee Pyeong-so était justement en train d'ouvrir le placard en bois du living, rempli de fournitures pour oiseaux : boîte en plastique à tiroirs, pile de journaux, bac à nourriture en plastique, nid de bambou, boîte en bois pour transporter les oiseaux, perchoirs, pinceau de nettoyage. Dans chacun des petits tiroirs de la boîte en plastique, des aliments colorés. Sol Lisa chouchoutait vraiment son oiseau.

Lee Pyeong-so repassa dans sa tête la chronologie des textos. Le 4 mai, Sol Lisa avait échangé avec sa belle-mère : celle-ci lui demandait si tout allait bien à la fac et la jeune fille lui répondait qu'elle ne viendrait pas pour la fête des parents. Ces courts messages illustraient parfaitement la froideur de leurs relations. Une fois par mois, la belle-mère lui demandait de ses nouvelles et Sol Lisa répondait toujours de la même manière. Méthode apparemment convenue entre elles et façon comme une autre de maintenir un semblant de rapports familiaux.

Dans la chambre qui servait de bureau, un tableau magnétique surmontait la table de travail. Des cartes postales et quelques photos y étaient fixées. Lee Pyeong-so prit la seule photo qui représentait Sol Lisa : cheveux coupés au carré, petits yeux, lèvres minces, aucun maquillage ; en somme un visage banal. Tee-shirt à col en V, jean. Des épaules étroites et maigres. Une fille ni belle ni laide : ordinaire, peu soucieuse de son apparence. Essayant de chasser de son esprit le cadavre quasi rendu à l'état de squelette, Lee Pyeong-so examina attentivement la photo. Sol Lisa et une jeune femme se tenaient par les épaules. Lunettes à monture brune, menton pointu, lèvres rouges, celle-ci semblait avoir une dizaine d'années de plus que Sol Lisa. Quel rapport entre les deux femmes ? Sol Chang-seok n'en avait pas la moindre idée.

— Pour ce qui est des aliments conservés dans le

réfrigérateur, la date de fabrication la plus récente remonte au 2 mai. Les derniers textos échangés avec sa belle-mère datent du 4 mai. La date de publication du journal dans la cage est le 9 mai. Donc la victime était encore en vie le 9 mai, déclara Lee Pyeong-so à son équipe le soir même.

Pendant la journée, les enquêteurs avaient fait du porte-à-porte pour interroger les voisins. En vain : avec un seul appartement par étage, les voisins ne se rencontraient jamais. Il n'y avait pas de caméra de surveillance à l'entrée de l'immeuble : on pouvait aller du bâtiment à la rue principale par plusieurs chemins, sans rencontrer aucun dispositif de vidéosurveillance. Renonçant à chercher une ultime trace du passage de la victime en visionnant les images enregistrées dans les environs, l'équipe en conserva cependant les données.

— Le journal des appels fait état d'une dernière activité le 4 mai. Ensuite, le portable a été éteint sur la nationale 1 près de Cheonan, le 10 mai à 21 h 40.

Une équipe spécialement affectée à l'affaire avait été constituée au commissariat central de Suwon, sous la direction de Lee Pyeong-so. Attentifs, les membres du groupe notaient dans leurs carnets les informations que donnait le commandant.

— Je suppose qu'elle a quitté son domicile le 9 ou au plus tard le 10 mai. Elle portait des vêtements de voyage mais elle ne partait pas pour longtemps : elle avait laissé son oiseau… deux nuits et trois jours, grand maximum ? Elle avait dû mettre des journaux propres dans la cage et remplir le bac de nourriture juste avant de partir. Disons que cela s'est passé le 9 ou le 10 mai.

— Oui, commandant.

Lee Pyeong-so posa la photo de Sol Lisa qu'il avait prise dans la chambre de la jeune fille bien en vue au centre du bureau.

— Il faut trouver cette femme.

Toutes les têtes se rassemblèrent autour de la photo.

— On dirait qu'elles étaient assez proches. Sol Lisa avait quand même une amie.

— Mon Dieu ! Comment est-ce possible ?

Hong In-hyuk, le plus jeune officier, fit claquer sa langue et inclina la tête. Les autres, stylo-bille à la bouche, l'air pensif, tournèrent leurs regards vers son beau visage mince.

— Quelle vie solitaire. Comment est-ce possible pour une jeune étudiante à Séoul ? Pas d'amis, quasiment pas de famille. Elle n'allait presque jamais à la fac. Quelles distractions avait-elle donc ?

Le jeune homme, à peine trentenaire, n'y comprenait rien. Il était allé à l'université où la jeune fille s'était inscrite, pour apprendre qu'elle était une « étudiante fantôme ». Il avait interrogé ses camarades : ils ne la connaissaient que de nom, ne se rappelaient pas son visage. Depuis la rentrée, Sol Lisa avait séché pratiquement tous les cours. Elle avait reçu deux avertissements sanctionnant ses deux semestres d'absence en première année de licence.

La feuille de présence indiquait qu'elle était venue six fois début mars et c'était tout. Elle ne faisait partie d'aucun club et n'avait pas participé aux journées d'orientation pour les nouveaux venus. Le professeur responsable ne l'avait jamais vue. Beaucoup se demandaient si elle n'avait pas très vite abandonné les études.

— Elle a dû faire quelque chose, rencontrer quelqu'un, ajouta un lieutenant d'âge moyen au ventre proéminent qui mâchonnait son stylo. Elle est morte parce qu'elle a fait quelque chose.

Le regard sombre, tous acquiescèrent. Il était déjà minuit passé. En soupirant, Lee Pyeong-so mit un terme à la réunion. Les policiers refermèrent leurs carnets avec un bruit sec. Il y aurait encore plus de travail le lendemain.

Trouver la femme de la photo fut un jeu d'enfant. L'équipe avait déjà obtenu l'historique de tous les appels de la jeune fille sur l'année écoulée. Il s'agissait surtout d'appels émis par l'abonnée – Sol Lisa elle-même –, d'informations sur les antennes-relais connectées au moment de l'appel ainsi que des numéros de téléphone émis par ce biais. Plus des données sur la durée de chaque appel. Un numéro revenait avec régularité, tous les deux jours, représentant 80 % des appels enregistrés. Et c'était le dernier numéro enregistré le 4 mai. Le propriétaire du numéro fut convoqué au commissariat en tant que témoin : la femme de la photo, Park Yi-eum, apparut.

— Elle m'a dit qu'elle voulait partir en voyage, toute seule.

Sa voix, très rauque, était inhabituelle chez une femme. Assise sur une chaise, pâle d'appréhension, Park Yi-eum agrippait le bas de sa jupe. Cheveux longs attachés en queue-de-cheval, elle portait les mêmes lunettes à monture marron que sur la photo.

Son menton pointu, ses paupières au pli prononcé donnaient l'impression d'une femme sûre d'elle, voire autoritaire. Elle était responsable administrative dans une école primaire publique de Séoul. Une célibataire de trente et un ans.

— Sol Lisa m'a envoyé un texto le 8 mai pour m'annoncer qu'elle partait le lendemain pour quelques jours.

Park Yi-eum tendit son téléphone à Lee Pyeong-so qui fit défiler les textos échangés entre Sol Lisa et Park Yi-eum, « la Grande Sœur ».

Le 8 mai à 21 h 28 :

SL : Je m'ennuie ici. Je pars demain.

PY : Où vas-tu ? Avec qui ?

SL : Je pars seule, je déciderai demain de mon point de chute.

— J'étais inquiète, dit Park Yi-eum.

PY : Attends un peu : on partira ensemble. Je vais avoir des vacances plus longues que d'habitude. Le monde est dangereux. Tu ne sais encore rien.

SL : Je te remercie, mais je pars seule.

PY : Au moins, appelle-moi quand tu seras arrivée.

SL : D'accord… Merci. Encore une fois, merci.

— Sol Lisa avait-elle l'habitude de voyager seule ? demanda Lee Pyeong-so, sentant quelque chose de bizarre dans l'échange de SMS.

— Non, c'était la première fois. Je l'ai trouvée étrange : elle n'était pas comme ça d'habitude. Mais impossible de la faire changer d'avis. C'était une sorte de caprice. Je pensais qu'elle me répondrait de chez elle quand je l'appellerais le lendemain.

Dès le 9 mai, Park Yi-eum demanda à son amie

par SMS où elle était. Pas de réponse, pas d'appel en retour. Le 10 au soir, le téléphone de Sol Lisa l'informa qu'il était éteint. Les appels successifs, plusieurs jours durant, ne débouchèrent sur rien. Park Yi-eum prit peur en pensant qu'il lui était arrivé malheur.

— Du coup, le 11 mai, je suis allée chez Lisa pour m'occuper de Kobi…

— Kobi ?

Lee Pyeong-so écarquilla les yeux.

— Oui, c'est l'oiseau de Lisa… Mais où est-il maintenant ? dit-elle, inquiète.

— Il est mort dans sa cage. Il a dû mourir de faim.

Main sur la bouche, Park Yi-eum étouffa un gémissement.

— Je pensais que Lisa l'avait emporté avec elle…

Lee Pyeong-so scruta le visage de la jeune femme, ravagé par la culpabilité.

— Emporté avec elle ?

— Le code de sa porte d'entrée avait changé.

Trois jours après leurs derniers échanges de SMS, elle était passée chez Sol Lisa. Elle voulait s'occuper de l'oiseau et chercher des éléments lui indiquant où son amie était partie. Elle connaissait donc le code de l'appartement.

— Deux ou trois fois par semaine, j'allais chez elle en sortant du travail et nous mangions ensemble. Elle m'avait donné le code de sa porte pour que je puisse entrer sans la déranger. Quand j'ai constaté qu'elle avait changé le code, je me suis souvenue de ce qu'elle m'avait dit.

Des gouttes de sueur perlaient à son front. Lee

Pyeong-so orienta le ventilateur vers elle et attendit la suite.

— Je ne me souviens plus quand elle m'a dit ça : « Ce que je veux, c'est disparaître un jour sans laisser de trace. »

— Disparaître ?

— Elle voulait aller là où personne ne la connaîtrait. Puis elle voulait réapparaître. Un jour, elle m'a dit qu'elle disparaîtrait avec la cage de Kobi dans une main et, dans l'autre, un sac plein d'argent qu'elle aurait retiré en douce du compte de son père. Je pensais que… ce n'était qu'une boutade, comme d'habitude. Comment dire… c'était comme ça qu'elle exprimait son animosité envers sa famille. Depuis la mort de sa mère, elle en voulait beaucoup à son père et à sa belle-mère. Après avoir réfléchi, je lui ai dit qu'elle avait raison…

— Quand vous a-t-elle dit tout ça ?

Park Yi-eum fronça les sourcils et secoua la tête. Un beau visage mince aux traits réguliers. C'était une belle femme.

— Impossible de me souvenir… on a parlé de tellement de choses. C'était comme ça, une discussion sans importance. Mais lorsqu'on m'a appris sa disparition, je me suis rappelé aussi qu'elle m'avait avertie : « Si un jour tu vois que le code de ma porte a changé, cela voudra dire que je suis partie… »

En écoutant ce récit qui semblait tiré d'un téléfilm, Lee Pyeong-so ne put s'empêcher de faire claquer sa langue nerveusement. Il avait surtout du mal à comprendre comment Park Yi-eum avait pu croire Sol Lisa : changer le code de sa porte, disparaître avec l'argent de son père et son oiseau, invraisemblable pour lui qui était dans la force de l'âge. Mais pour un jeune ? Peut-être qu'ils sont tous comme ça aujourd'hui.

« J'en ai marre d'être toujours moi. »

C'est ce que Sol Lisa disait souvent. Bien sûr, tout le monde peut avoir envie de changer de peau. Mais, la plupart du temps, on se contente de vivre tel que l'on est, sans jamais réaliser ce rêve. Park Yi-eum a-t-elle vraiment cru que son amie, personnalité fragile, introvertie et perdue dans son imagination, serait capable de partir ? Ou alors ment-elle pour couvrir quelqu'un ?

— Je ne pouvais rien faire, ajouta-t-elle, comme si elle avait lu dans les pensées de Lee Pyeong-so. Je ne faisais pas partie de la famille. Et de quoi aurais-je pu informer ses parents, je ne savais rien. Signaler sa disparition à la police ? Je suis extérieure à la famille et je n'avais aucun élément solide à leur présenter. Les SMS que nous avions échangés laissaient supposer que Sol Lisa se cacherait quelque part, sans pour autant être en danger. Du coup, j'ai cru qu'elle réapparaîtrait un jour comme si de rien n'était.

— Comment aviez-vous fait connaissance ?

C'était la question qui le tarabustait depuis qu'il avait vu la photo des deux amies pour la première fois.

— Oh, c'est… on s'est rencontrées dans le café Aux amateurs d'oiseaux.

— Un café ? Vous voulez dire une communauté sur internet ?

Les deux femmes ne présentant aucun point commun, Lee Pyeong-so en avait déduit qu'elles s'étaient sans doute rencontrées sur internet.

— Oui.

Park Yi-eum s'humecta les lèvres.

— Je me suis inscrite à ce café parce que je voulais élever un oiseau chez mes parents. Ils n'aimaient ni les chiens ni les chats… Cela dit, je n'ai toujours pas d'oiseau.

— Alors, vous vous êtes rencontrées au cours d'une réunion off-line ?

Park Yi-eum agita la main en signe de dénégation.

— Non, non, pas comme ça. Je n'ai jamais participé à une réunion off-line. Peu de temps après mon inscription, je me suis trouvée par hasard seule de cette communauté à être en ligne, et Lisa m'a proposé un tchat. On s'est très bien entendues. C'est bizarre parce que nous avions une grande différence d'âge. Et puis j'ai découvert que nous habitions près l'une de l'autre, alors je lui ai demandé si on pourrait se rencontrer. Et ainsi nous sommes devenues amies.

C'était vers le mois de juin de l'année précédente. Les données du téléphone portable de Sol Lisa conservées depuis juillet de cette même année montraient que les deux femmes avaient communiqué presque tous les jours depuis cet été-là.

— Sol Lisa n'avait pas d'autres amis ? Un petit ami, par exemple ?

— À ma connaissance, elle n'avait pas d'amis à Séoul. Elle n'est quasiment jamais allée à la fac. Elle m'a dit qu'elle s'était inscrite seulement pour fuir ses parents, mais que les études ne l'intéressaient pas. Elle n'avait bien sûr pas de petit ami. Je suppose que j'étais sa seule amie.

Lee Pyeong-so se gratta la tête avec la pointe de son stylo.

— Alors… comment passait-elle son temps ?

— Eh bien, elle lisait des bouquins, elle surfait sur internet, elle regardait la télé. Il lui arrivait aussi de faire du shopping avec la carte de crédit de son père. Elle se promenait. Elle s'occupait de Kobi. Et le soir on blaguait ensemble.

— C'est ce qu'elle faisait ? Tous les jours ?

Park Yi-eum éclata de rire en voyant la mine incrédule de Lee Pyeong-so.

— On peut très bien vivre comme ça. En tout cas, c'est ce que faisait Lisa. On n'est pas obligé de faire quelque chose.

Lee Pyeong-so ne pouvait pas comprendre, lui qui n'avait pas arrêté de travailler depuis son entrée dans la police, dix-sept ans auparavant. Bien sûr ça ne se passait pas comme à la télé : les membres de la brigade criminelle n'étaient pas censés manger et dormir au commissariat tellement ils étaient accablés de travail. Lorsqu'il n'y avait pas d'affaire en cours, ils avaient du temps libre et ils pouvaient même profiter de courtes vacances, remplir leur rôle de mari ou de père. Mais, dans l'ensemble, ils avaient beaucoup de travail et un travail physiquement éprouvant. Quand une affaire leur tombait dessus, elle prenait le pas sur tout le reste. Rien n'était défini par avance, pas plus leur emploi du temps que l'ampleur de leur tâche. Ils étaient les premiers témoins des souffrances extrêmes qu'un être humain peut infliger à son semblable et ils tentaient d'y porter remède. Impossible de penser à autre chose. Quand il leur arrivait d'avoir un peu de répit, ils ne savaient qu'en faire. Tous les collègues de Lee Pyeong-so passaient par là mais, au moins, ils avaient une famille, eux. Lui vivait seul. Faire partie de la police, être utile à la société, cela avait été déterminant dans son choix. Il aimait son métier, c'est sûr, et puisqu'il fallait occuper son temps à quelque chose, autant faire ce métier-là.

Après avoir renvoyé Park Yi-eum chez elle, Lee Pyeong-so ouvrit le dossier de l'affaire. Il examina les photos prises sur le terrain, le premier rapport d'autopsie, les photos prises au domicile de la victime lors de la perquisition, les données téléphoniques et les dépositions de la famille et du personnel de la fac.

— Hong !

— Oui, commandant !

Hong In-hyuk était en train de visionner les CD de vidéosurveillance. Certains officiers étaient allés enquêter là où le corps avait été découvert. Hong, lui, vérifiait tous les véhicules qui empruntaient la nationale 1 près de Cheonan, là où le portable de Sol Lisa avait borné avant d'être éteint le 10 mai. Sans résultat pour l'instant.

— Sol Lisa utilisait la carte de crédit de son père. Trouvez-moi le relevé de l'année écoulée.

— Oui, commandant !

Hong In-hyuk se précipita sur son téléphone.

Revenu à son dossier, Lee Pyeong-so en vérifia soigneusement les éléments qui lui semblaient louches.

3

Ahn Woo-ram, l'épouse de l'accusé

Park Shim portait une chemise blanche à manches courtes, un pantalon noir et un sac à dos en cuir. En tant qu'étudiant en master, il ne se sentait pas obligé d'adopter une tenue trop formelle; la personne qu'il allait rencontrer connaissait sa situation. Lorsque Park Gap-yeong l'avait présenté comme son assistant dans l'affaire Jeon Hak-soo, Ahn Woo-ram avait manifestement été ravie. N'étant pas avocat en titre, le jeune homme n'avait pas pu voir l'inculpé dans la maison d'arrêt, mais son oncle lui avait fait part de leur entretien. Le stagiaire avait maintenant rendez-vous avec l'épouse de leur client.

Avec un quart d'heure de retard, Ahn Woo-ram entra dans le café. Visage menu sans aucun maquillage, cheveux coupés au carré rassemblés en queue-de-cheval, tee-shirt XXL couvrant un short; elle s'était dépêchée pour venir et n'avait pas eu le temps de se changer.

— Mon bébé pleurait… Il a fallu que je le calme… dit-elle en manière d'excuse.

Après le drame, elle était partie vivre chez ses

parents avec sa fille de seize mois. Selon sa déposition, c'est là qu'elle était lorsque le meurtre avait eu lieu, à deux stations de métro du domicile conjugal : elle passait toute la journée chez ses parents, y dînait puis rentrait.

— Ce n'est pas un problème, je vous assure… Que voulez-vous boire ?

— N'importe quoi… bon, enfin, un café.

Park Shim alla commander deux Americano glacés au comptoir et les rapporta à leur table. Un peu plus calme, Ahn Woo-ram manipulait son portable.

— Je ne savais vraiment pas du tout que Grand Frère avait une maladie de l'âme.

Comme chez beaucoup de jeunes couples, elle appelait son mari « Grand Frère ». Pour se justifier, elle appuya sur les mots « vraiment pas du tout ». Elle ne manifestait pas d'inquiétude, contrairement à Park Shim. Deux mois auparavant, elle avait été sonnée : son monde avait basculé. Quand s'était-elle ressaisie ?

— Oui, je comprends, répondit Park Shim avec empathie.

Il allait dire « Ce n'est pas votre faute », mais se retint à temps, jugeant la phrase inappropriée.

— Ah… dit-elle, surprise.

Elle réagissait de façon affectée lorsqu'il était question de son mari.

— On dit que les personnes dépressives peuvent si bien dissimuler leur état que leurs proches ne remarquent rien.

Ahn Woo-ram tressaillit à cette marque de sympathie inattendue.

— Pas étonnant que sa femme n'en ait rien su. Tu sais, les malades eux-mêmes n'en ont pas toujours conscience, lui avait dit Hwang Bo-dlin, une ancienne camarade de lycée, devenue psychiatre. Park Shim l'avait appelée dès qu'il avait été en charge de l'affaire. C'est dans l'institut privé qu'ils fréquentaient après leurs cours que les deux jeunes gens s'étaient liés d'amitié. Ils avaient été séparés au lycée, les classes n'étant pas mixtes. Ils étaient les meilleurs de leurs sections respectives – L pour lui et S pour elle – et ils ne se perdaient pas de vue. Ils durent se rencontrer une ou deux fois à l'occasion de réunions d'anciens élèves. Des amis lui ayant dit que Hwang Bo-dlin faisait médecine et se spécialisait en psychiatrie, il l'appela, longtemps après leur dernière rencontre.

— Ça alors ! Monsieur Sourcils charbonneux. Tu te souviens de moi après toutes ces années… Tu as besoin de quelque chose, j'imagine…

Hwang Bo-dlin taquinait Park Shim. Elle éclata de rire. Lui, tout gêné, ne savait comment évoquer le sujet.

Après avoir échangé quelques nouvelles, le jeune homme se lança et aborda le cas de Jeon Hak-soo. Reprenant son sérieux, Hwang Bo-dlin répondit en professionnelle.

— Bon. C'était peut-être une dépression cachée. La pression sociale oblige à se montrer parfait en toutes circonstances. Du coup, le malade n'a pas conscience de son état. Mais peu à peu des symptômes physiques se manifestent. On le constate souvent chez tous ceux que leur métier soumet à une pression très forte – ils travaillent pour la plupart dans le secteur tertiaire. Ils ont mal aux épaules, le cœur qui s'emballe sans raison… Alors ils font la tournée des médecins : du généraliste, ils passent au cardiologue. Puis ils finissent par consulter un psychiatre. Comment les autres pourraient-ils nommer leur maladie, alors qu'eux-mêmes en sont incapables ?

Hwang Bo-dlin ne laissa pas Park Shim intervenir.

— Il semble que, dans le cas qui t'occupe, ce soit une simple dépression : lorsque la pathologie s'aggrave, l'énergie physique est fortement diminuée. Les malades ne peuvent plus quitter leur lit ni même ouvrir une bouteille à côté d'eux. Mais ils sont nombreux à utiliser ce qui leur reste d'énergie pour dissimuler leur dépression. Alors, personne n'est au courant. Même pas ceux qui partagent leur vie.

— Mais pourquoi agissent-ils ainsi ?

— Pourquoi ? Tu demandes pourquoi ? Tu demandes vraiment pourquoi ?

Hwang Bo-dlin réagit à la naïveté de cette question.

— Eh bien, c'est le symptôme de la dépression. Des sentiments divers agitent les personnes dépressives – honte, culpabilité, inutilité, désespoir, tristesse, vide – et leur font perdre toute estime d'eux-mêmes. Ils ont tellement honte de leur état qu'ils ne veulent pas que les autres l'apprennent. Il faut dire que les préjugés sociaux et la stigmatisation de la maladie mentale y sont pour beaucoup. D'ailleurs, le terme de « dépression » est problématique : les gens ont tendance à le confondre avec « déprime » et à considérer que c'est une question d'émotivité, de volonté, un petit problème de santé qui se règle par un bon bol d'air. Et dès qu'ils savent que quelqu'un prend des psychotropes, ils le considèrent comme un psychopathe. Tu sais, ma grand-mère ne me regarde jamais en face : pour elle, un psychiatre ligote les fous et les abrutit de médicaments. Quand on lui demande ce que je fais, elle répond que je suis généraliste.

— Oh, quand même !

Grâce à cette discussion informelle, Park Shim avait obtenu des premières explications sur la dépression. Il les compléta par ce qu'il trouva sur internet et se documenta sur la jurisprudence. N'ayant jamais souffert de cette pathologie, il n'était pas sûr de comprendre ce que les patients ressentaient : son approche était purement intellectuelle.

Jeon Hak-soo voulait cacher sa maladie.

— Quand on s'est mariés, Grand Frère n'était déjà pas très solide.

Ahn Woo-ram tapota son glaçon avec une paille. Jeon Hak-soo et elle s'étaient rencontrés grâce à un ami commun et s'étaient mariés trois ans auparavant. La jeune femme faisait partie d'un petit cabinet d'expertise comptable qu'elle quitta quelques mois plus tard, lorsqu'elle se trouva enceinte. Atteinte de prééclampsie, elle dut démissionner : elle ne pouvait demander un congé car cela aurait été très mal vu dans cette entreprise de cinq salariés.

— En fait, je pense que Grand Frère a commencé à avoir mal partout dès ce moment-là. Mais j'étais alors trop préoccupée par ma grossesse.

Soucieuse, elle se mordit les lèvres.

Jeon Hak-soo faisait partie d'une agence d'architectes. Travailler dans ce domaine implique nuits blanches et jours fériés inexistants pendant les charrettes. Il faut mener à son terme un projet complexe dans un temps limité et travailler en équipe. Donc, impossible de rentrer tôt chez soi sous peine de s'attirer les regards réprobateurs de ses collègues. La plupart du temps, Jeon Hak-soo finissait tard pour aider les autres. Et cet homme responsable, perfectionniste, qui ne se plaignait jamais, commença à quitter l'agence plus tôt. Il invoquait des maux de tête insupportables, des troubles digestifs. Cela avait commencé peu de temps après la démission de sa femme. Il était dans un état inquiétant mais qui semblait être un simple épuisement physique, conséquence d'années de labeur intensif sur un organisme peu vigoureux. Sa femme se contenta de lui confectionner une potion fortifiante. Ensuite vinrent les insomnies, soignées par des somnifères achetés à la pharmacie. Sa santé sembla s'améliorer. Hélas, pour peu de temps. Il souffrit de courbatures, comme s'il était grippé. Ses douleurs étaient telles qu'il ne pouvait pas se lever. L'année précédente, il avait pris un mois de congé maladie pour fatigue chronique. Cela n'avait pas suffi et il avait obtenu de fréquents congés maladie par la suite. Mais, dit-elle, il n'était pas particulièrement déprimé ou découragé. Il manifestait une grande curiosité à l'égard de leur fille et prenait plaisir à la regarder s'ébattre. Comme n'importe quel père. Il s'adressait rarement le premier à sa femme, la laissant toujours entamer les discussions sur les questions familiales, et il y participait volontiers. Ahn Woo-ram était simplement ennuyée qu'il soit si fragile physiquement. Elle ne pensait pas du tout qu'il puisse souffrir de troubles mentaux. Et tous leurs proches pensaient comme elle.

Compte rendu figurant dans le dossier médical de Jeon Hak-soo à l'issue de sa première consultation en juillet de l'année passée : *Le patient n'arrive pas à dormir quand il pense aux tâches qui l'attendent le lendemain. Il est insomniaque. Il se sent inutile. Lui seul contribue financièrement à la vie du ménage depuis la démission de sa femme et la naissance de leur fille. Il se sent dans une impasse : il ne peut pas quitter son travail malgré ses difficultés. Les résultats du MMPI-2*[1]*, du KSCL90*[2] *et de l'examen du tonus musculaire montrent des niveaux de risque de dépression et de crises d'angoisse très élevés. Diagnostiquée avec un trouble dépressif modéré, la somatisation semble avoir considérablement progressé.*

Donc il prenait des médicaments. Mais pour que cela ne figure pas dans son dossier médical, il avait choisi de ne pas être remboursé par l'assurance-maladie et d'avoir tout à sa charge. Certains traitements lui provoquant des nausées, d'autres aggravant ses crises d'angoisse, son médecin lui prescrivit du Paxil, un antidépresseur, et du Zanapam, un stabilisateur de l'humeur. Jeon Hak-soo allait en cachette chez son psychiatre, avalait ses médicaments et luttait tout seul, ne laissant rien paraître chez lui ni à son travail. Quand il reçut Park Gap-yeong à la maison d'arrêt, il

1. Inventaire multiphasique de personnalité du Minnesota-2.
2. Inventaire de symptômes psychologiques.

lui avoua qu'il se sentait de plus en plus mal à l'agence. Son congé maladie d'un mois l'avait fait régresser dans l'équipe, autre sujet d'angoisse. En son absence, le projet dont il était responsable avait été confié à l'un de ses collègues, son égal en termes de carrière et de statut, et il était devenu son assistant. Peut-être était-ce une manifestation de générosité de la part de son entreprise, pour éviter de licencier un collaborateur devenu moins efficace. Mais il le prit mal : jour après jour, il soufflait de son inutilité. Il avait l'impression que tout le monde le considérait comme un bon à rien et se moquait de lui. Il lui arrivait même de penser que, dans la rue, des inconnus riaient de lui. Sa femme et ses parents aussi. Et même s'ils ne lui disaient rien, il était persuadé qu'ils lui reprochaient sa faiblesse. Quand il tentait de se concentrer sur son travail, un poids lui oppressait la poitrine et son dos le brûlait. C'était une lutte perpétuelle. Il n'avait pas le courage de se suicider mais il souhaitait mourir lors d'une catastrophe naturelle.

C'est d'un air sombre que l'avocat avait raconté cette entrevue à Ahn Woo-ram.

— Il ne m'en a jamais dit un mot, même au commissariat… Vous savez comment je l'ai appris ?

La jeune femme était rouge de colère.

— Comment ?

— Le directeur de l'agence s'était arrangé pour que son départ apparaisse comme volontaire, alors je suis allée récupérer ses affaires et toucher son indemnité. J'avais vos honoraires à payer, la vie avec ma fille à organiser. Grand Frère avait déjà été transféré pour les besoins de l'enquête. En ouvrant le tiroir de son bureau, tout au fond je tombe sur une enveloppe pleine de médicaments. Impossible de savoir ce que c'était : rien n'était écrit sur l'enveloppe… Troublée, je la prends et rentre à la maison. Pourquoi avoir caché ces médicaments prescrits pour un mois, que je n'avais jamais vus ? Alors je les examine de plus près et fais des recherches sur internet. Et là, quelle surprise et quelle trahison ! Mais surtout, j'ai eu vraiment pitié de Grand Frère.

Même après le meurtre, Jeon Hak-soo n'avait rien dit de sa dépression. Il avait fallu que ce soit révélé par sa femme.

— J'ai entendu dire que votre mari avait arrêté de prendre ses médicaments dix-sept jours avant l'altercation…

Ahn Woo-ram hocha la tête. La rougeur de la colère quittait lentement son visage et la tristesse emplissait son regard.

— Avez-vous remarqué des symptômes de sevrage ? Le dossier médical fait état d'un arrêt brutal des antidépresseurs qu'il prenait à haute dose.

— Des symptômes de sevrage ? Aucune idée… (Ahn Woo-ram secoua la tête.) Je ne savais même pas qu'il prenait ces médicaments.

— Vous lui en avez peut-être parlé lorsque vous lui avez rendu visite… enfin, c'est pour ça que je vous pose la question.

— Rendu visite ?

La jeune femme posa son index sur le verre. Pensait-elle à la situation incroyable de son mari, qui se retrouvait soudain dans la peau d'un meurtrier enfermé derrière les barreaux ?

— Il m'a dit qu'il voyait trouble et qu'il avait le vertige. Parfois il avait même des nausées.

— C'est bien ça. Il paraît que les antidépresseurs ont le plus souvent des effets secondaires. Et la durée et l'intensité de ces effets secondaires varient d'une personne à l'autre.

— Il m'a dit aussi qu'il avait arrêté parce qu'il ne constatait aucun effet positif et qu'il se serait senti encore moins bien s'il avait continué…

Ahn Woo-ram ne terminait pas ses phrases. Elle hésitait à parler. Park Shim n'insista pas. Il attendit.

— Quand je suis allée le voir avant-hier, il m'a dit quelque chose en plaisantant…

— Qu'est-ce qu'il vous a dit ?

— Euh… qu'un spécialiste lui avait dit que… les antidépresseurs détruisent les neurones… il paraît que ce spécialiste fait des recherches là-dessus…

Park Shim fronça ses sourcils épais. Malgré l'imprécision de ces propos, ils retinrent son attention.

— Et qui était ce spécialiste ?

— Je ne sais pas. Il ne me l'a pas dit. En tout cas, après leur discussion, il avait pensé que cette remarque était juste. Et c'est probablement à ce moment-là qu'il a arrêté d'un coup les médicaments et qu'il a rangé ce qui restait au fond du tiroir.

Ahn Woo-ram poussa un profond soupir.

— En fait, c'est lui qui a voulu arrêter. Grand Frère n'assumait pas sa dépression. Comment un homme pouvait-il garder ça sur le cœur, sans se confier à sa femme ? Il a dû trouver quelqu'un qui lui a dit qu'il n'était pas dépressif et qu'il n'avait pas besoin de médicaments. Oui, je pense que c'est ça…

Donc quelqu'un l'avait poussé à arrêter les antidépresseurs. Était-ce un argument pour la défense ? Park Shim réfléchit un moment.

— Pourriez-vous vérifier le journal d'appels de son portable pendant cette période ? Si vous l'avez, vous pouvez vérifier directement, sinon vous pouvez vous renseigner chez son opérateur.

Ahn Woo-ram releva ses yeux fixés sur la table et regarda le jeune homme.

— Ce ne sera pas difficile… mais est-ce que cela va vraiment aider Grand Frère ?

Park Shim haussa les épaules.

— Je ne sais pas encore. Je cherche à comprendre l'état psychologique de votre mari au moment des faits. Donc j'enquête sur tout ce qui s'y rapporte. En quoi l'objet de la discussion entre le spécialiste et Jeon Hak-soo a-t-il pu affecter ce dernier ? Je pense que c'est une piste à ne pas négliger… S'il vous plaît…

La passion qui animait le visage de l'avocat stagiaire entraîna l'adhésion d'Ahn Woo-ram.

Avant de partir, elle se mit à parler de son mari, un homme tellement timide qu'il n'osait pas croiser le regard d'étrangers. Elle l'avait trouvé mignon. Le jour où il était venu voir ses futurs beaux-parents, il avait les oreilles toutes rouges, brûlantes. Il avait renversé un verre plein d'alcool sur le pantalon de son beau-père en le servant, tellement ses mains tremblaient. Et ensuite, il ne savait plus quoi faire. Elle l'avait trouvé très gentil et naïf. Si elle épousait un tel homme, il ne lui ferait jamais de mal. En plus il avait un bon travail et il était très responsable. Et même s'il ne parlait pas beaucoup, il lui arrivait quelquefois de raconter des histoires qui la faisaient rire.

Comment un homme si timide avait-il pu commettre un tel meurtre ? Elle ne le comprenait toujours pas. Elle n'aurait jamais imaginé que la dépression puisse avoir des conséquences aussi horribles. Elle en avait les larmes aux yeux.

Visiblement, elle aimait encore son mari.

4

Le chien noir ne disparaît jamais

Le téléphone sonna longuement…

— Allô ?

— Ah, bonjour. Ici le commandant Lee Pyeong-so du commissariat central de Suwon. Je vous appelle dans le cadre d'une enquête.

Lee Pyeong-so cocha au crayon le numéro qu'il venait de composer, qui faisait partie du journal d'appels de Sol Lisa. Il nota brièvement la conversation.

— Allô ? Tu disais quoi ?

En pleine journée, la voix pâteuse de l'homme trahissait l'alcool.

— Je reprends… Je suis le commandant Lee Pyeong-so du commissariat central de Suwon. Je vous appelle parce que votre numéro apparaît dans le journal d'appels d'une victime sur laquelle nous enquêtons.

Le policier avait répété cette phrase au téléphone tout l'après-midi. Cette fois-ci, il perçut une ambiance festive : des verres s'entrechoquaient en arrière-fond. Il jeta un coup d'œil à l'horloge murale : 16 h 40.

— Mais qu'est-ce que tu me dis, là ? demanda l'homme, contrarié.

— Je veux dire… Avez-vous téléphoné à Sol Lisa le 22 avril dernier vers 15 heures ?

— Ha, ha, ha, elle est bien bonne ! Merci bien pour votre peine, ricana l'homme.

— Pardon ?

— Allez, ça va, arrête ton char ! Si tu es le commandant du commissariat central de Suwon, moi je suis le procureur de Suwon, connard ! Non, procureur général, petit con !

— Comment ?

— Putain ! Renseigne-toi avant de faire une blague !

Bip bip bip.

Fin de l'appel. Le visage de Lee Pyeong-so, grenu comme un coing, s'empourpra. Ce n'était pas la première fois qu'il rencontrait cette difficulté : les arnaques au téléphone progressant de plus en plus, les policiers se trouvaient souvent désemparés quand ils menaient ce genre d'enquêtes.

Lee Pyeong-so envoya un texto : « Mon appel n'a rien à voir avec du phishing : je suis un officier de police coréen. J'enquête sur un meurtre qui a eu lieu à Suwon. Vous pouvez en avoir la confirmation en téléphonant au commissariat central de Suwon. »

Aucune réaction. Après avoir attendu cinq minutes en essayant de se calmer, il appuya sur la touche pour recomposer le numéro.

— Ne raccrochez pas ! Ce n'est pas une arnaque ! Monsieur, oui ou non, connaissez-vous Sol Lisa ?

Le policier avait abandonné son ton de politesse convenue pour entrer dans le vif du sujet. Même si son correspondant ne fit pas preuve d'une grande courtoisie, il lui répondit d'une voix plus claire et moins ironique.

— Sol Lisa ? Connais pas. Pourquoi j'appellerais quelqu'un que je ne connais pas ?

— Votre numéro figure dans son journal d'appels. Vous avez été en communication avec elle pendant sept minutes quarante-deux secondes le 22 avril à 15h12.

— Je viens de te dire que je ne la connaissais pas. N'insiste pas ! J'ai rien fait !

— Eh, arrêtez de me tutoyer ! dit Lee Pyeong-so en faisant claquer sa langue. Monsieur, nous parlons d'un meurtre. On a retrouvé le cadavre de la jeune fille qui a parlé avec vous, au mont Paldal. Décomposé. Vous n'avez pas lu le journal ? Vous êtes ivre en plein après-midi et vous me parlez comme si j'étais votre fils, Monsieur le procureur de Suwon, pardon, Monsieur le procureur général. Apparemment vous ne comprenez toujours pas que l'affaire est très grave. Si vous préférez me parler en face, je peux passer vous voir. On fait comme ça ?

Le soi-disant procureur général murmura une insulte indistincte et demanda quel jour était ce 22 avril.

— Un vendredi.

— Vendredi ? C'est bien un vendredi ? C'est un jour de repos, alors… Ah ! Ce doit être le gamin qui a encore fait des bêtises ! s'écria-t-il.

L'homme avait manifestement une profession qui lui permettait d'avoir son vendredi libre. Aujourd'hui, c'était justement vendredi, il pouvait donc picoler à son aise en pleine journée.

— C'est mon fils. Il vient d'avoir quatre ans. Dès

qu'il voit mon portable, il le prend et appuie sur n'importe quelle touche. Et pourtant, je le punis ce connard… En tout cas, Sol Lisa ou Sol Lio, je ne connais personne de ce nom. Vraiment pas.

Sol Lisa, ce n'est pas un nom qu'on peut oublier facilement. Une fois entendu, il reste en tête. Bêtise de son fils ou autre chose, le buveur du vendredi ne connaissait manifestement pas la victime.

— Entendu. C'est ok. J'ai bien compris.

Lee Pyeong-so raccrocha en grognant « Putain ». Il s'étira longuement, puis s'adressa à Hong In-hyuk :

— Et toi, tu as fini ?

— Oui, commandant. Rien de spécial, dit-il en bâillant d'ennui.

Ils avaient passé tout leur après-midi à appeler les numéros qui figuraient sur le journal d'appels de Sol Lisa. Après en avoir exclu Park Yi-eum, la famille de la jeune fille et les spams, ils s'étaient réparti les numéros restants : soixante-dix seulement pour l'année écoulée.

Ils firent le point. Pour plus de la moitié : appels publicitaires. Quatre communications avec la clinique vétérinaire à propos de son oiseau. Un appel du délégué des étudiants, uniquement pour la forme, car il savait qu'elle était une étudiante fantôme et qu'elle refuserait de participer à une rencontre universitaire. Ce qu'elle confirma, bien entendu. Le président de l'association des anciens élèves du lycée la contacta également pour l'entendre dire qu'elle ne viendrait pas à la réunion. Sa cousine l'appela pour lui annoncer son mariage. Douze appels provenaient de livreurs de colis. Et puis quelques appels erronés, comme celui du soi-disant procureur général.

Bref, aucun appel ne semblait relié à sa mort.

— Tu sais ? Depuis fin avril de cette année, les températures ont dépassé les trente degrés dans la journée.

Sur l'écran d'ordinateur de Lee Pyeong-so s'affichaient les données météorologiques de l'année. La moyenne des températures pour le printemps et l'été battait des records. Mais le commandant ne se préoccupait pas de problèmes environnementaux mondiaux…

— Le 9 mai : nuages, température maximale : vingt-sept degrés. Le 10 mai, la pluie a fait baisser la température : dix-neuf degrés.

Hong In-hyuk pointait la partie concernée de l'écran avec son stylo-bille.

Il faisait terriblement chaud dans leur bureau, tandis qu'ils évoquaient l'affaire, assis à la même table. Il était plus de 20 heures, mais le thermomètre indiquait toujours vingt-neuf degrés. L'antique climatiseur qui crachait péniblement de l'air froid dans la journée était éteint après 18 heures. Par mesure d'économie : consigne gouvernementale.

— De toute manière, la température de ce jour-là ne justifiait pas de porter des vêtements d'hiver.

En se rappelant les vêtements épais de la victime, Lee Pyeong-so eut encore plus chaud. Il souffla en agitant le col de sa chemise.

— Même si elle était frileuse, ce n'était vraiment pas le jour à porter une veste d'hiver.

— En février dernier, Sol Lisa avait acheté des

vêtements de randonnée d'hiver avec la carte de crédit de son père. Vu la somme importante qu'elle a dépensée, elle a dû s'équiper de la tête aux pieds.

Hong In-hyuk montra le relevé bancaire que Sol Chang-seok lui avait fourni. Ce dernier avait donné une de ses cartes de crédit à sa fille, en plus de l'argent qu'il virait tous les mois sur son compte. Dirigeant une entreprise qui marchait plutôt bien à Gwangju, il était assez à l'aise financièrement. Sol Lisa utilisait la carte à peu près tous les deux mois. En février, elle avait dépensé environ 700 000 wons dans la boutique de sport de la marque qu'elle portait au moment de sa mort. Puis, le 12 mars, elle avait fait des achats au Coco Mart de Gongju, dans la province de Chungnam, pour un montant d'environ 20 000 wons.

— Et alors ?

— C'est pour frimer qu'on achète des vêtements de sport, non ? dit Hong d'un air moqueur.

— Tu es en train de me dire qu'elle portait des vêtements d'hiver en plein mois de mai pour frimer ? lui répondit Lee Pyeong-so d'un ton rogue.

— Au fait, commandant. On ne sait pas ce qu'elle avait pris comme vêtements : on n'a pas retrouvé son sac.

— Et alors ?

Devant l'irritation de son chef due à la chaleur et à la fatigue, Hong avança un autre argument logique.

— Elle a dû prendre des vêtements légers et aussi des vêtements chauds. En arrivant au mont Paldal le 10 mai, comme la température est plus basse qu'en ville, elle a eu froid, donc elle s'est changée. Voilà tout.

Lee Pyeong-so fixa son subordonné.

— Ensuite ?

— Elle a probablement campé. Même en plein été, il faut être bien couvert pour passer la nuit en montagne.

— Ouais…

C'était une hypothèse à considérer. Pendant les canicules, alors qu'il fait trente degrés en ville la nuit, il fait froid en altitude. C'était peut-être un élément mineur, mais il était à creuser.

Restait une question importante…

— Elle n'était pas du genre à voyager seule… ni à partir avec une simple connaissance. Et elle n'avait aucun ami proche à part Park Yi-eum.

Quelque chose ne collait pas entre les traces laissées par la victime et sa personnalité passive et renfermée. Et c'était beaucoup plus difficile à comprendre que le pourquoi de ses vêtements d'hiver.

Cela troublait aussi Hong In-hyuk. Il soupira et changea de sujet.

— Le portable de Sol Lisa a été éteint le 10 mai sur la nationale 1 près de Cheonan et son corps a été retrouvé au mont Paldal. Ces deux endroits bien distincts pourraient nous dire quelque chose.

Hong s'inclina sur sa chaise, prit l'éventail laissé par la représentante d'une compagnie d'assurances et l'agita. Au centre de l'éventail, un super-héros arborait le logo de la compagnie sur son torse, prêt à protéger une famille de terribles dangers imminents.

— A-t-elle été tuée à Cheonan, à Suwon ou ailleurs ? L'a-t-on retrouvée sur le lieu même du meurtre ? Cheonan, où le téléphone portable a été éteint, faisait-il partie de l'itinéraire du criminel ou n'a-t-il rien à voir avec l'affaire ? On pourrait élaborer plusieurs hypothèses.

Lee Pyeong-so soupira à son tour.

— Il y en a un nombre infini…

— D'abord, on peut penser que le mont Paldal, où le corps a été enterré, est un lieu familier au meurtrier.

— C'est possible…

— À mon avis, le crime a eu lieu au sud de Cheonan et peut-être même dans la maison du criminel, située dans les environs. Oui, c'est probablement dans un de ces deux endroits.

— Qu'est-ce qui te fait dire ça ?

Hong posa l'éventail et leva les deux mains.

— Le criminel s'est débarrassé de tout ce qui appartenait à Sol Lisa, sauf des vêtements qu'elle portait. Ce qui signifie qu'il voulait dissimuler son forfait. Il savait probablement qu'on peut localiser un portable. Il l'aurait donc éteint le plus loin possible du lieu du crime, non ? Alors, il est peu probable que ça se soit passé à Cheonan. Imaginons que le meurtrier ait tué Sol Lisa à Suwon : il aurait enterré le corps puis éteint le portable sur la route menant à son domicile. Maintenant, troisième hypothèse : s'il a tué la jeune femme dans un autre endroit, il a désactivé son portable soit en allant à Suwon pour enterrer le cadavre, soit au retour, sur le chemin de chez lui.

— Euh… D'après toi… quel que soit le lieu du crime – Suwon ou ailleurs – le criminel habiterait au sud de Cheonan. Et tu penses que Cheonan ne peut pas être le lieu du crime…

— C'est exactement ça.

Lee Pyeong-so, mains jointes dans le dos, se

balança sur sa chaise. À son expression, on voyait bien qu'il n'était pas convaincu.

— Cela ne veut rien dire. Tant qu'on n'est pas sûr que le sud de Cheonan est le lieu du crime ou le lieu de résidence du criminel, le lieu du crime ou le lieu de résidence du criminel peuvent se trouver n'importe où en Corée…

— … on pourra le déterminer quand on aura mis la main sur d'autres indices.

Hong était un peu découragé.

— Mais avant tout…

Le dos calé contre le dossier de sa chaise, Lee Pyeong-so contempla une tache au plafond.

— Tu crois que le tueur a vraiment essayé de dissimuler son crime ? Il n'a pas enterré le corps très profondément…

Il a déplacé le corps dans la montagne, ce qui a dû être assez ardu, mais il s'est contenté de le recouvrir d'un peu de terre. Comme s'il voulait seulement empêcher qu'on ne le retrouve trop vite. Pas pour éviter qu'on ne le découvre jamais. Par culpabilité ? Même décomposé, il voulait qu'on retrouve le cadavre. Ou alors il a manqué de temps. Ou alors il était fatigué. Il se disait peut-être que ça suffirait comme ça. Il aurait pu faire mieux. Mais alors pourquoi ne l'a-t-il pas fait ? N'était-ce pas un meurtre planifié ? Au contraire, était-il accidentel, laissant le meurtrier désorienté ?

Ces pensées obsédaient Lee Pyeong-so lorsqu'il entra dans son minuscule appartement de célibataire, un sac plein de canettes de bière à la main. Le deux-pièces était à cinq minutes à pied du commissariat. Il était meublé d'un canapé deux places, d'un lit simple et d'une petite commode. Les vêtements étaient empilés sous un portant, les livres et les dossiers, entassés dans des boîtes en carton posées à même le sol. Il ne cuisinait jamais : il ne savait même pas comment utiliser la plaque à induction de sa kitchenette. Le frigo ne contenait que quelques bouteilles d'eau minérale et une boîte de kimchi qui devenait de plus en plus acide : il n'avait pas soulevé le couvercle une seule fois. C'était le kimchi que lui avait donné sa vieille mère lorsqu'il était retourné dans son village natal pour la fête traditionnelle.

Sans allumer la lumière, Lee Pyeong-so traversa le living pour remonter le store. Les néons du centre commercial sur le trottoir d'en face se mirent à clignoter dans la pièce sombre. À moitié allongé sur le canapé, les pieds sur un accoudoir, il ouvrit une canette de bière. Il saisit la télécommande qui traînait par terre et appuya sur une touche. Il visait le climatiseur mural. Le capot s'ouvrit en émettant un sifflement qui libéra d'abord de l'air chaud. Il se versa une gorgée de bière glacée dans la bouche. Tout à coup, ses membres raidis, son corps entier accablé de fatigue le firent gémir.

Il sortit son téléphone de sa poche pour regarder l'heure. Déjà 2 heures… « Aujourd'hui encore, j'ai raté le moment d'appeler ma femme et mon fils, se dit-il. Ça fait combien de temps que nous ne sommes plus en contact ? » Il écrasa sa canette vide, en prit une autre. Dire qu'on est occupé et qu'on n'a pas le temps d'appeler n'est pas une excuse… Mais il n'avait pas envie de faire le premier pas, il voulait que ce soit sa femme. Il savait bien qu'il n'avait rien à dire quand il les appelait, que ni sa femme ni son fils n'attendaient son coup de fil. Bref, il n'était pour eux qu'un porte-monnaie. Tous les trois en étaient conscients.

Ses yeux se fermèrent bientôt sous l'effet de l'alcool.

« Tu crois que mon salaire de policier me permet de vous envoyer à l'étranger et de faire le pigeon voyageur parce que l'école d'ici ne convient pas à notre fils ? » Lee Pyeong-so, écarquillant les yeux, essayait de convaincre sa femme. Mais elle se montrait intraitable : leur fils, disait-elle, avait été accusé « à tort » de violence. Alors qu'il était en cinquième année de primaire, il avait juste protesté parce que ses camarades l'avaient mis à l'écart. La maîtresse l'avait estimé coupable d'agression violente et l'avait fait passer devant le conseil de discipline. Les enseignants en avaient rajouté : ils n'étaient pas en mesure de comprendre la personnalité unique de leur fils. Tous les jours, sa femme allait à l'école : elle protestait comme une forcenée contre la décision du conseil. Lorsque celui-ci eut rejeté son appel, elle fut sur le point de porter plainte. Quelques années auparavant, lorsque l'enfant avait cinq ans, on lui avait diagnostiqué un déficit de l'attention avec hyperactivité. Aux yeux de son père, il était distrait et impulsif, c'est vrai, mais les garçons sont souvent comme ça et cet enfant n'avait rien d'exceptionnel. Pas la peine de le stigmatiser comme hyperactif en l'emmenant chez un psychiatre ou en le soumettant à un traitement. Le problème n'était pas son hyperactivité mais la façon dont sa mère le surprotégeait. Bien sûr, Lee Pyeong-so pensait qu'il aurait été mieux de résoudre ce problème de violence en évitant le conseil de discipline, mais il ne trouvait pas cela aussi « injuste » que sa femme. Elle, elle n'avait plus qu'une idée en tête : l'injustice faite à son fils. Et, entre eux, les disputes se multipliaient.

— Et d'abord, qu'est-ce que tu sais de ton fils, toi ? lui dit-elle un jour.

Il en resta sans voix. C'est sa femme qui emmenait leur fils chez le pédiatre avant qu'il soit scolarisé ; c'est sa femme qui s'occupait de la vie de leur fils à la maison et à l'école ; c'est sa femme qui était toujours au courant de tous les petits et grands événements qui touchaient l'enfant – elle lui était entièrement dévouée. Elle seule. Et lui, pendant ce temps, il gagnait l'argent du ménage en poursuivant des criminels. Il était incapable de mettre le doigt sur ce qui n'allait pas chez sa femme, car il ne savait presque rien de leur fils.

Sa femme conclut qu'il n'était pas possible d'éduquer leur fils en Corée. Elle craignait que des incidents aussi « injustes » ne se reproduisent. Après la sanction scolaire, les notes de l'enfant chutèrent. Les enseignants le discriminaient en cachette. Il en fut durablement blessé et en devint timoré. Et ce n'était pas seulement l'établissement que fréquentait leur fils qui était en cause, disait-elle. Aucune école du pays n'était en mesure de résoudre ce problème, alors inutile de le changer d'école ou de l'envoyer plus tard au collège. La solution : une école à l'étranger. Elle n'en démordait pas. Après la énième dispute, Lee Pyeong-so se trouva devant cette alternative : divorcer ou accepter que leur fils étudie à l'étranger. Alors, deux ans auparavant, sa femme et son fils étaient partis pour les Philippines.

— Une fois qu'il aura terminé ses études secondaires, il ira dans une université européenne.

— Comme tu veux.

Lee Pyeong-so capitula car il n'avait plus envie de se disputer et il ne voulait pas divorcer. Il avait un moment espéré que sa femme et leur fils reviendraient vite, incapables de s'adapter à la vie à l'étranger. Il se trompait. Tous deux étaient heureux là-bas et ils n'étaient rentrés qu'une fois, lors des premières vacances scolaires. Sa femme avait peut-être raison de dire que le système éducatif coréen était absurde. Du coup, il n'avait plus besoin de rester dans une si grande maison. Il se débarrassa des meubles encombrants et, l'an passé, emménagea dans un minuscule appartement.

La deuxième canette lui glissa des mains, un reste de bière se répandit sous le canapé. La tête sur un accoudoir, il s'endormit. Avant d'atteindre un sommeil profond, il fit un rêve. Un homme, de dos, nourrissait un moineau du Japon dans sa cage. Cet homme au dos large, assis sur une chaise, c'était lui. Le corps décomposé de l'oiseau grouillait de mouches et de vers. Bien que mort, il reposait sur son perchoir et ses pattes maigres et noires comme des branches d'arbre mouillées s'y agrippaient encore. Un ver se tortillait en sortant de l'orbite creuse du moineau. On aurait dit que son œil dansait. Lee Pyeong-so pensa que l'oiseau était vivant.

Et pourquoi ne voulait-il pas manger ?

Il marmonna en lui approchant de la nourriture.

— Mais pourquoi tu ne manges pas ? Pourquoi donc ?

Le jour se leva.

Assis en tailleur sur le canapé, Lee Pyeong-so se massa la nuque. Il avait mal partout. 5 h 40. Le petit matin. Il était encore fatigué mais impossible de se rendormir. Tout en se massant la nuque, il entra dans la salle de bains, se lava le visage d'une main et commença de se raser la moustache au rasoir électrique. Il contempla son reflet dans le miroir : peau mate et rugueuse de paysan qui a passé toute sa vie au soleil, cheveux de devant courts et bouclés, devenus blancs, avant-bras épais, vestiges de sa puissante musculature. Sur le dos d'une main, une longue cicatrice. Il avait oublié de vérifier quelque chose…

Vers 6 h 25, il entra dans l'immeuble où avait vécu Sol Lisa. Porte fermée, serrures cassées, l'appartement était resté dans le même état qu'après la perquisition et rien n'avait été rangé. Le corps n'avait pas été remis à la famille pour les obsèques, il était encore à l'Institut médico-légal, en vue d'analyses toxicologiques.

Lee Pyeong-so se dirigea vers la véranda. La cage et l'oiseau mort avaient disparu. S'appelait-il Kobi, l'oiseau de compagnie de Sol Lisa ? L'ami de Sol Lisa qui s'était enfui de sa nouvelle famille sans pouvoir s'y adapter ? Il ouvrit l'armoire remplie de fournitures pour oiseaux et en sortit le tas de journaux empilés dans un coin. Une dizaine d'exemplaires. Tous publiés entre décembre et janvier de cette année.

L'oiseau mort n'était plus là mais l'odeur de cadavre persistait. Le policier entra dans la chambre. Sur la table, il y avait un vide à l'endroit où Sol Lisa posait son ordinateur. Le voyant de la box wifi qui avait perdu son récepteur clignotait. Peu de livres. Une trentaine en tout : des manuels pour la fac, quelques romans et essais. La plupart étaient rangés dans deux casiers à côté de la table. Trois seulement étaient sur le bureau : *La Ballade de l'impossible* de Haruki Murakami, *Justice* de Michael J. Sandel, *Du statut social* d'Alain de Botton. *Justice* lui disait quelque chose, alors qu'il n'avait aucune idée des deux autres titres. En ouvrant *Du statut social,* il tomba sur un bout de papier. Du papier rose uni.

« L'épisode précédent est la mauvaise réponse de l'épisode suivant.

Non. Je connais la fin. La fin définie par le sang.

Mon chien noir va grandir de plus en plus, devenir de plus en plus sauvage. Il me mordra, déchirera mon corps, me tuera.

C'est juste une question de temps.

La douleur n'en finit pas. Le chien noir ne s'en va pas. »

C'était écrit à la main. À l'encre bleue. Les lettres étaient bien formées. Ce n'était pas un gribouillis sentimental, mais des phrases transmises par le cerveau au papier, le fruit d'une longue réflexion. Et, placée comme elle l'était au milieu d'un livre, la feuille n'était destinée à personne, elle s'apparentait à un écrit intime. Probablement de la main même de Sol Lisa. Le policier avait l'impression de respirer l'odeur de la victime dont les contours restaient flous comme ceux des figurants à l'arrière-plan d'un film muet.

Preuve qu'elle avait été vivante, qu'elle avait eu une personnalité propre.

Que signifiait ce texte ? Il fallait qu'il le découvre.

Le chien noir.

Il faut trouver le chien noir.

5

Un pays malheureux

On dit que la dépression vient d'un mauvais fonctionnement des neurotransmetteurs. Les « hormones heureuses », telles la sérotonine, la noradrénaline, la dopamine, qui composent le système de transmission, ne remplissent plus leur office, ce qui entraîne un déséquilibre chimique dans le cerveau. La dépression n'est pas une simple déprime, c'est une maladie qui provoque un sentiment persistant d'accablement et d'impuissance et, au-delà de l'altération de l'humeur, elle endommage les fonctions cognitives et le corps. Le malade est incapable d'avoir une pensée cohérente et il souffre physiquement. Souvent il manifeste de l'anxiété ou des troubles paniques. Dans sa forme la plus sévère, cette maladie peut conduire au suicide : 15 % des personnes dépressives font une tentative de suicide et 10 % en meurent.

Depuis 2000, le taux de suicide par habitants est monté en flèche, plaçant la Corée au premier rang des pays de l'OCDE.

Quatrième cause de décès dans le pays, le suicide tue environ quarante personnes par jour ; il est la principale cause de mortalité des adolescents. 80 % des suicides sont dus à des maladies mentales comme la dépression.

La Corée est un pays malheureux.

Or la dépression est peu soignée. La Corée se place à l'avant-dernier rang pour la prescription d'antidépresseurs, avec seulement un tiers de la consommation moyenne de l'OCDE.

Mais pourquoi ?

Park Shim marmonnait en feuilletant les documents. Pourquoi les Coréens ont-ils une vision si négative des maladies mentales et de leurs traitements ? Les soins médicaux en général y sont de grande qualité et tout le monde peut bénéficier du système d'assurance-maladie.

Laissant de côté ces questions qui le taraudaient, Park Shim se jeta sur les documents qu'il avait rassemblés depuis plusieurs jours.

Des recherches récentes montrent que nombre de suicidés avaient des problèmes de santé mentale, mais que rares étaient ceux qui avaient suivi un traitement régulier. Le tabou qui touche les traitements psychiatriques médicamenteux ou psychothérapeutiques constitue un obstacle majeur à la prévention du suicide. Comme le disait son amie Hwang Bo-dlin, ceux qui prennent des psychotropes sont considérés comme « fous » et ceux qui croient qu'on devient bel et bien fou en prenant des psychotropes ne sont pas rares. On distingue trois niveaux de dépression : léger, modéré, sévère. À partir du niveau modéré, il est impossible de surmonter la dépression sans intervention de la médecine : la seule volonté du patient n'y suffit pas, de même qu'elle ne suffit pas à guérir une fracture ou une infection bactérienne. Les symptômes douloureux mettent un certain temps à disparaître ; ils peuvent devenir chroniques en cas d'absence de soins.

Découverts dans les années 1950, les premiers médicaments provoquaient des effets indésirables mais la commercialisation du Prozac dans les années 1980 marqua un changement radical. Le Prozac empêchait que la sérotonine libérée par le cerveau ne soit réabsorbée par les récepteurs. Grand succès commercial, ce psychotrope devint même un phénomène culturel aux États-Unis : grâce à lui, les Américains étaient heureux, confiants et productifs. Les antidépresseurs connurent un développement accéléré : le Zoloft, le Paxil, le Selecta et le Lexapro firent leur apparition et succédèrent au Prozac.

Bien sûr, les antidépresseurs n'étaient pas la solution miracle car les causes de la dépression étaient multiples : facteurs génétiques, psychologiques, stress mais aussi facteurs physiologiques comme les déséquilibres chimiques du cerveau. Avant l'apparition du Prozac, le traitement psychanalytique, censé cerner et éliminer les causes psychologiques de la dépression, était plus répandu que le traitement chimique. Aujourd'hui, il est recommandé d'associer la psychothérapie – thérapie cognitivo-comportementale par exemple – à la prise de psychotropes considérée comme prioritaire.

Malheureusement, certains patients ne répondent à aucun antidépresseur et, globalement, 75 à 95 % des patients rechutent au moins une fois. Plus les rechutes sont fréquentes, plus le laps de temps entre les épisodes raccourcit. La dépression devient une maladie chronique. Winston Churchill, connu pour avoir souffert toute sa vie de cette pathologie, disait : « Mon chien noir me suit partout. » Le chien noir est toujours sur les pas de son maître. Impossible de le chasser ni de le faire disparaître, on ne peut qu'essayer de le tenir en laisse.

Pour atteindre ce résultat, le malade doit bénéficier non seulement de soins – médicaments et psychothérapie – mais aussi du soutien de ses proches et de la société, en plus de sa propre volonté de guérison.

Selon l'OMS, trois cent cinquante millions de personnes dans le monde souffriraient de dépression. D'ici 2030, la dépression devancera les pathologies cardiaques et deviendra la première source de dépenses de l'assurance maladie.

Bon, ça suffit pour aujourd'hui.

Park Shim mit de côté les documents et afficha à l'écran le blog tenu par Ban Tak-shin. Ahn Woo-ram avait rappelé le jeune stagiaire le lendemain de leur rencontre pour lui donner un numéro de téléphone qui était, pensait-elle, celui du soi-disant « spécialiste ». En examinant le journal d'appels de son mari, elle avait trouvé une communication de quarante-trois minutes avec ce numéro, vingt jours avant l'altercation. Park Shim avait bien fait de rechercher ce numéro sur internet : la personne qui le possédait ne cachait pas son activité. Un blog intitulé « No depression » apparaissait en première ligne. L'administrateur avait laissé son nom et son numéro de téléphone un peu partout sur le site. Un nom plutôt original : Ban Tak-shin.

Le blog mettait en doute l'efficacité des antidépresseurs et s'alarmait de leurs effets secondaires fatals, inconnus du grand public. Des propos qui allaient à l'encontre de tous ceux que Park Shim avait lus au cours de son enquête. Ban Tak-shin prenait un ton prophétique pour éveiller les masses ignorantes trompées par les mensonges du capital et des hommes politiques, et les mener sur la bonne voie.

La dépression, écrivait-il, est une maladie survenue après le développement des antidépresseurs. Il n'existe aucune preuve scientifique démontrant que les antidépresseurs guérissent la maladie que nous appelons aujourd'hui dépression. Les laboratoires pharmaceutiques multinationaux à la recherche de profits et la psychiatrie chimique désireuse de combattre l'hégémonie de la psychothérapie ont uni leurs efforts pour s'imposer et ont consacré des sommes considérables au marketing et au lobbying, entre autres. La théorie des récepteurs est erronée, on le sait depuis longtemps. Mais depuis plus de cinquante ans les laboratoires propagent cette fable ressortie d'une poubelle.

Ne croyez pas aux comptes rendus des expériences menées au sein des laboratoires pharmaceutiques. Ils exagèrent les succès et cachent les effets secondaires. On a découvert que les fabricants de Prozac et de Paxil avaient dissimulé délibérément leurs effets indésirables, et ce n'est que le début. Les antidépresseurs provoquent nombre de problèmes : vomissements, diarrhées, troubles gastro-intestinaux, sécheresse buccale, perte ou gain de poids, insomnies, vertiges, difficulté de concentration, dyskinésie… mais la plupart des risques sont toujours passés sous silence. Et surtout, les antidépresseurs augmentent l'anxiété et la dépression, ils sont générateurs de violence et de pulsions suicidaires.

Rappelez-vous : aux États-Unis les auteurs de fusillades meurtrières et les victimes de suicide sont pour la plupart des adolescents sous antidépresseurs ; des recours collectifs innombrables sont menés depuis les années 2000 contre les laboratoires pharmaceutiques à propos des effets secondaires des psychotropes ; ces mêmes laboratoires étouffent les affaires dans l'œuf grâce à un marketing sanglant.

La théorie du complot.

Après avoir lu les posts de « No depression », Park Shim appela Ban Tak-shin sur son portable. Le blog avait été créé en mai de l'année précédente ; il rassemblait quantité de documents et organisait méthodiquement les arguments autour d'un seul sujet.

La sonnerie retentit trois fois.

— Allô ? Ici Ban Tak-shin, répondit la voix de baryton d'un homme d'âge moyen.

— Oh, bonjour, monsieur Ban. Ici Park Shim. Excusez-moi de vous déranger, puis-je vous parler un moment ? demanda-t-il poliment, enveloppant de ses mains la base de son téléphone.

À l'intérieur même de l'industrie pharmaceutique, existait aussi la théorie du complot selon laquelle le médicament provoque la maladie. Alors que tordre le cou à la vérité pour en tirer profit serait une démarche plus courante pour un capitalisme sans moralité qui vend des biens d'une importance vitale pour la santé humaine.

— Oui. Bonjour. Votre nom de famille est bien Park

et Shim votre prénom ? Il me semble que c'est la première fois que vous m'appelez. C'est à quel sujet ?

La voix de Ban Tak-shin était grave et douce ; elle contredisait l'impression de dureté qu'il donnait sur son blog.

Park Shim essaya de laisser de côté ses préjugés, mais il n'avait pas l'esprit clair. Chercher à convaincre des personnes aux capacités de jugement altérées par la dépression que les thérapies standardisées sont nocives, est-ce honnête ? Il pensa à un écrivain, mort des suites du diabète et de la tuberculose, dont le livre devenu un best-seller racontait comment vivre sans l'aide de la médecine moderne. L'an passé, un cybercafé nouvellement ouvert avait fait scandale : il promouvait l'idée d'élever les enfants sans médicaments.

Sur son blog, Ban Tak-shin avait laissé son numéro de téléphone et un message disant qu'il attendait les appels de patients souffrant des effets secondaires des antidépresseurs et de toute personne désireuse de s'informer sur ces mêmes antidépresseurs. Jeon Hak-soo avait probablement lu ce message et appelé Ban Tak-shin.

— Je suis avocat stagiaire. Je prépare la défense d'un de nos clients accusé de meurtre. Cet homme est atteint de dépression et il a tué dans un accès de violence accidentel. J'ai trouvé votre nom lors de mon enquête.

— Votre client a-t-il été diagnostiqué comme dépressif ? Prenait-il des médicaments ? demanda Ban Tak-shin.

Park Shim répondit sans hésiter :

— Oui, c'est ça. Il vous a appelé pour en parler avant l'altercation.

— Il m'a appelé ? Comment s'appelle-t-il ?

— Il s'appelle Jeon Hak-soo. Le meurtre a eu lieu il y a deux mois, en mai. Il avait parlé avec vous par téléphone pendant quarante minutes environ à la mi-avril. J'ignore de quoi vous avez discuté, je sais juste qu'il vous a téléphoné.

— M. Jeon Hak-soo…

Ban Tak-shin s'arrêta un instant, comme s'il interrogeait sa mémoire.

Sur l'écran d'ordinateur, Park Shim vit la photo d'un jeune garçon, âgé de douze ans, selon la légende. Tête rasée de sportif, visage rond et plein, cou et épaules puissants : bref, un costaud. Un garçon ordinaire que l'on imaginait très bien en uniforme ou pratiquant le taekwondo avec ses copains dans le club du quartier. Sa bouche aux coins relevés en forme de croissant disait sa nature rieuse. Son visage respirait la gaieté, comme les autres garçons de son âge. Il s'agissait bien du fils de Ban Tak-shin, qui s'était jeté de la véranda de leur appartement deux semaines après avoir pris des antidépresseurs. Park Shim imagina le visage du garçon avec trente ans de plus, cela donnait le visage de l'homme à qui il parlait.

— … Je ne suis pas sûr, mais ça me dit quelque chose. C'est vraiment malheureux.

— Heu… Avez-vous conseillé à Jeon Hak-soo d'arrêter ses médicaments ? demanda prudemment Park Shim.

— Oui, c'est ce que j'ai fait, répondit Ban Tak-shin.

Son ton emprunté embarrassa Park Shim.

— Oh… c'était ça…

— Il n'a pas dû suivre mon conseil.

— Non, il a bien arrêté les médicaments. Et dix-sept jours plus tard, l'altercation a eu lieu.

— Depuis combien de temps était-il sous traitement ?

— Il prenait du Paxil et du Zanapam depuis environ dix mois.

— C'était trop tard pour arrêter.

Ban Tak-shin poursuivit la conversation. Park Shim, le téléphone portable à la main, regarda à nouveau le visage du garçon sur l'écran. En mémoire de son fils décédé, le père consacrait sa vie à proclamer sa vérité au monde. « Le psychiatre et les antidépresseurs ont tué mon enfant qui n'était pas malade. Vous aussi, vous êtes en train de mourir à petit feu. Vous n'êtes pas malade. Arrêtez de prendre des médicaments. »

— J'ai quelque chose d'important à vous dire, dit le père de l'enfant mort. Mais si ça ne vous dérange pas, je préférerais vous parler face à face.

Park Shim s'empressa de prendre rendez-vous. Ban Tak-shin lui donna l'adresse de son bureau, reconnaissable à l'enseigne : AAD.

Anti-antidépresseur, une association.

Park Shim décida de ne pas se laisser prendre à la voix grave et douce de cet homme de conviction ni de rejeter a priori ce qu'il pourrait lui dire, sans chercher à comprendre. Sous son bureau, Park Shim serra fort ses deux poings. Ses sourcils épais se contractèrent sous l'effet de la tension.

6

Jeon Hak-soo, l'employé du cabinet d'architectes

Rien ne prédisposait Jeon Hak-soo à la dépression. Il avait grandi dans une famille ordinaire, pour devenir une personne ordinaire. Entre ses parents, son frère aîné et lui, les rapports étaient tantôt harmonieux, tantôt conflictuels. Ils n'étaient ni riches ni pauvres. Comme tous les parents coréens, les siens avaient consacré leur vie à ce qui était le plus important pour eux : l'éducation de leurs enfants. Sans être atteint d'une maladie ou d'un handicap quelconque, Jeon Hak-soo était un enfant fragile. Sans être laid, il n'était pas beau. Il réussit sans problème l'examen d'entrée à l'une des universités de Séoul, grâce à son bon niveau scolaire – ses notes se situaient au-dessus de la moyenne – et surtout parce que la crise du FMI et l'instabilité économique du nouveau millénaire n'avaient pas ruiné ses parents. Parmi les départements de la fac auxquels ses notes lui donnaient accès, il choisit celui d'architecture, pour la raison tout à fait simple que le taux d'emploi y était élevé. Mais, comme la plupart des jeunes qui avaient intégré l'université, son choix n'était pas dicté par la passion.

Les hommes de la famille s'inquiétaient de son caractère introverti et timide. En fait, c'était un problème mineur, car il était admis qu'un homme soit timide. Le frère aîné de Jeon Hak-soo étant plutôt brutal et impulsif, les adultes concluaient que, tout compte fait, leurs caractères opposés s'équilibraient.

Certes, le jeune homme était excessivement timide et parlait si peu qu'on ne remarquait pas sa présence. Mais il avait un sens de l'humour très original, qu'il utilisait comme une arme efficace. Les histoires drôles qu'il semait çà et là faisaient tellement rire ses auditeurs qu'ils lui trouvaient du charme. Jeon Hak-soo avait beaucoup de mal à nouer de nouvelles relations ou à parler en public. Il mettait du temps à croiser le regard d'autrui sans rougir. Une fois le contact établi et après un bon moment, il se révélait un ami plutôt drôle. Ses relations interpersonnelles étaient limitées mais de qualité convenable. L'évaluation de ses performances à l'intérieur du cabinet d'architectes qu'il avait rejoint après son diplôme était elle aussi plutôt positive. Responsable, méticuleux, il obtenait des résultats supérieurs à la moyenne et on le considérait comme un employé fiable. Au bout de trois ans, ses qualités lui valurent une promotion : il fut nommé directeur adjoint.

Jeon Hak-soo pensait que tout le monde était sujet à des baisses d'humeur. Autour de lui, la plupart des gens se plaignaient d'être déprimés, tristes, d'avoir de la difficulté à vivre. Lorsqu'on n'arrivait plus à contenir ce désespoir persistant dans son cœur, que tous les verrous sautaient, on tombait dans un puits sans fond. Mais, se disait-il, tout le monde peut surmonter cet état en se mettant au vert pendant un moment. Tantôt la réalité présente l'angoissait, tantôt l'avenir inconnu ; il pensait que c'était le sort commun, à une différence de degré près. Jamais Jeon Hak-soo n'avait pensé être à part. D'ailleurs, il voyait autour de lui des gens bondir et hurler soudain comme si on leur avait planté un couteau dans le dos, alors qu'ils se heurtaient à de simples difficultés. Contrairement à eux, il maîtrisait ses sentiments et son humeur, et menait toujours ses tâches à bien.

À vingt-neuf ans, il avait rencontré Ahn Woo-ram par l'intermédiaire d'un ami et l'avait épousée. Ils s'aimaient et formaient un couple harmonieux. Comme tous les nouveaux mariés, ils étaient pleins d'ardeur. Cette nouvelle vie lui avait apporté stabilité et anxiété, mais il pensait que la stabilité l'emporterait rapidement. Il ressentait une fatigue physique, c'était tout. Il avait du mal à se lever et à se concentrer après avoir travaillé plusieurs nuits d'affilée ou passé une seule nuit blanche. Il attribuait cela au changement de vie et au vieillissement. L'architecture n'avait jamais été un domaine facile. À moins d'avoir une nature résistante, il était normal d'avoir des problèmes de santé avec le temps. C'est ce que pensa Jeon Hak-soo le jour où il ressentit des picotements et des brûlures dans les cuisses. Les douleurs musculaires gagnèrent son dos, l'empêchant de dormir. Il pensa qu'il avait simplement besoin d'un peu de repos. Lorsqu'un jour il sentit sa tête prise dans un étau et ses épaules douloureuses au point de ne pas pouvoir lever les bras, il fut paniqué. Impossible de travailler aussi bien qu'avant. Ayant pris sur lui pour cacher aux autres ses troubles survenus sans cause apparente, il fut épuisé physiquement et moralement avant la fin de la matinée.

À la même période, sa femme enceinte dut quitter son emploi et rester à la maison : stress supplémentaire pour lui. Ahn Woo-ram n'était pas consciente de la détresse de son mari. C'était une souffrance invisible et Jeon était dans l'incapacité d'en expliquer le pourquoi ni le comment. Il devait assumer seul la charge de sa femme et de l'enfant à naître, alors qu'il ne pouvait prévoir ni la durée ni l'éventuelle aggravation de son mal. À chaque fois qu'il pensait à sa femme et à l'enfant, il était anxieux, et quand il était anxieux, son cœur s'emballait. Puis son cœur s'emballa sans raison. Puis il eut des problèmes digestifs, des diarrhées quotidiennes. D'origine psychosomatique, sa colite l'empêchait de se rendre à des réunions à l'extérieur et il se sentait de plus en plus mal lorsqu'il devait partager un repas avec ses supérieurs. La nuit, impossible de dormir ; le matin, impossible de se lever. Dès qu'il ouvrait les yeux, il pensait aux tâches qui l'attendaient et il se noyait dans son impuissance : jamais il n'arriverait à faire quoi que ce soit. Les actes quotidiens les plus simples – se lever, se laver, s'habiller, manger – lui demandaient des efforts surhumains.

Pour la première fois Jeon Hak-soo, qui considérait son sérieux au travail comme son plus grand atout, arriva en retard au bureau ; pour la première fois il partit en milieu de journée ; pour la première fois il prit un congé maladie. Il en conçut un sentiment de culpabilité. Son cœur battait de plus en plus vite, son dos le brûlait de plus en plus, il n'arrivait plus à respirer. Quand cela lui arrivait, il attendait simplement que ça passe. Si ses collègues lui parlaient, il ne les entendait pas et restait planté là.

Le spécialiste de médecine interne lui découvrit un syndrome d'intestin irritable et un autre de fatigue chronique. Le cardiologue, ne trouvant rien d'anormal à l'examen, lui conseilla d'aller consulter ailleurs. Et le généraliste diagnostiqua une fibromyalgie. Résultat : un mois de congé maladie pour le syndrome de fatigue chronique. Entre-temps, sa fille était née. Quand il la vit, Jeon prit pleinement conscience de ses responsabilités et ressentit une grande curiosité envers cet être si joli né de son ADN ; il eut envie de pleurer. Il avait la conviction que sa fille serait l'ultime rempart de sa vie.

De retour au bureau après son congé maladie, il constata que son travail avait été redistribué entre les employés et qu'il ne lui en restait qu'une partie. Auparavant, il était responsable des plannings et de la conception. Maintenant, il n'était plus que l'assistant d'un de ses collègues : il faisait des recherches juridiques ou rassemblait les documents requis pour les permis de construire. On avait même mis en place un système de remplacement pour le cas où il serait encore absent. Jeon Hak-soo remercia son patron pour sa bienveillance. Chaque fois qu'il s'asseyait à son bureau, il pensait qu'il ne le méritait pas. Jusqu'alors il s'était toujours montré compétent et avait fait en sorte de ne jamais être un fardeau pour les autres. Pour lui, un homme incompétent ne méritait pas de vivre. Il était perfectionniste, à cheval sur les règlements et les procédures. Certes, il n'était pas d'un abord facile, mais tout le monde s'accordait sur la netteté de son travail : il était exigeant et on reconnaissait clairement ses efforts. Un compliment sur une tâche bien accomplie et il était rasséréné, une remarque sur une erreur commise et il se sentait coupable. Le bonheur ne lui durait qu'un instant, la culpabilité le hantait très longtemps.

Un bon à rien.

D'abord, ses collègues s'inquiétèrent de ses problèmes de santé, avant de le considérer peu à peu comme un boulet.

« Nous sommes obligés de faire le travail de quelqu'un qui est payé à ne rien faire. » Voilà ce que Jeon Hak-soo lisait dans le regard bienveillant de ses collègues et de ses supérieurs. Quand il revenait à l'agence après un jour d'absence car il n'avait pas pu se lever, il lui semblait les entendre dire : « Ça suffit comme ça. Va-t'en ! »

Il avait femme et enfant à charge, il ne connaissait rien en dehors de l'architecture et ses parents n'avaient aucun bien à lui transmettre. S'il quittait le cabinet, il ne pourrait pas retrouver un autre emploi dans son domaine. Et il ne pourrait pas non plus retourner chez ses parents vivre comme un parasite, avec sa femme et sa fille : il était adulte maintenant.

Environ un an après l'apparition des premiers symptômes, il alla consulter un spécialiste de santé mentale.

— Vous souffrez de dépression. À un stade avancé. Anxiété accompagnée de douleurs thoraciques, douleurs musculaires, maux de tête, asthénie générale, fourmillements, picotements… tous les symptômes de la dépression se manifestent dans votre corps. Vous feriez mieux de prendre des médicaments et d'arrêter de travailler. Vous n'avez plus aucune énergie.

Tel fut le diagnostic prononcé d'une voix désolée par une jeune psychiatre portant des lunettes à monture noire.

— Vous auriez dû consulter plus tôt. Il est vrai que les hommes réagissent en général plus lentement que les femmes. Vous avez dû beaucoup souffrir jusqu'à maintenant.

Ce qu'elle dit ensuite, Jeon Hak-soo ne l'entendit pas : boum ! un voile noir se déroula soudain devant ses yeux.

C'est le cardiologue qui n'avait rien trouvé d'anormal à son électrocardiogramme qui lui avait conseillé d'aller voir un psychiatre. Jeon Hak-soo s'en était souvenu et il était venu consulter, se disant qu'il devait faire tout ce qui était en son pouvoir pour guérir. Néanmoins, il n'aurait jamais imaginé souffrir de dépression au point de devoir prendre des médicaments.

« Pourquoi moi ? »

« Pourquoi a-t-il fallu que ça tombe sur moi ? »

« Mon cerveau est en panne, il faut que je prenne des médicaments pour le remettre en route parce que je ne contrôle rien. »

Submergé de honte et de dégoût de soi, il songea au suicide. Il s'imaginait assis dans une pièce sombre, ne faisant rien d'autre que fixer le mur d'en face. Un psychopathe qui resterait comme ça pendant un an, voire dix.

Jeon Hak-soo estima qu'il n'avait aucune chance

de guérir. Il était condamné à la dépression, sa conscience était entrée dans un tunnel dont l'entrée s'était effondrée. À l'autre bout, il apercevait une lumière de la taille d'une pièce de monnaie, qui rétrécissait jusqu'à devenir comme le chas d'une aiguille et finalement disparaissait. Pas d'issue de ce côté-là. Et de l'autre, ce qui était effondré était effondré. Il fallait faire quelque chose, mais il n'avait pas la force de soulever la moindre petite pierre. Les débris du tunnel se relèveraient, voleraient dans les airs avant de se réassembler, et ce serait comme s'il ne s'était rien passé… mais ce rembobinage n'aurait pas lieu. Jeon Hak-soo était assis dans le noir, le regard vague. Il ne pouvait rien faire, submergé de désespoir. Les scènes effrayantes qu'il se passait et repassait dans sa tête ne le poussaient même pas à agir.

Personne ne pourrait jamais comprendre sa souffrance, fût-ce un proche ou l'être aimé, personne ne pourrait pénétrer en lui et guérir son esprit accablé. Jeon Hak-soo ressentit jusque dans la moelle de ses os la solitude absolue de son être prisonnier de son corps. Il en ressentit une peur terrible. Il avait compris que personne ne s'échappe de son corps et que, finalement, on est totalement seul. Il avait envie de mourir. Il avait envie d'arrêter de vivre. Il n'avait ni le courage ni l'énergie de se suicider. Un accident bienvenu le débarrasserait de sa souffrance.

— Vous pensez que votre état ne s'améliorera jamais : c'est aussi un symptôme de dépression, dit la psychiatre aux lunettes à monture noire. Il faudra le supporter et patienter pendant un mois environ, le temps que les antidépresseurs agissent. Toutes vos difficultés passeront, croyez-moi. Vous irez mieux en prenant des médicaments : votre cerveau vous transmettra cette impression.

Le médecin lui dit encore qu'une fois sorti de cet épisode dépressif il comprendrait tout seul comment on en vient à bout. Ce serait plus facile à vivre si cela se reproduisait plus tard. Il y avait même des cas, rares il est vrai, de guérison complète.

Jeon Hak-soo prit d'abord du Lexapro, un antidépresseur, un stabilisateur de l'humeur et un somnifère. Le Lexapro lui provoqua sécheresse buccale et perte d'appétit. Il se sentait lourd et avait du mal à se lever le matin. Il le remplaça par du Wellbutrin, censé lui redonner de la vitalité. Certains jours, il allait un peu mieux ; il ressentit même des moments de joie comme jamais auparavant mais très fugaces. Lorsqu'il augmentait la dose, nausées et vertiges l'empêchaient de mener une vie normale. Alors il changea pour du Paxil. Toujours pas d'appétit, mais moins d'effets secondaires. Un médicament après l'autre et un mois passa. Un jour Jeon Hak-soo se leva le cœur léger. Les antidépresseurs avaient fait leur effet. Il reprit espoir. « En poursuivant le traitement, je vais m'en sortir. » S'il n'y a pas de récidive, pas besoin d'en parler à quiconque ni même de se rappeler cette maladie. Bien que le médecin lui ait assuré que, contrairement à ce que l'on pense, personne ne saurait qu'il avait consulté un psychiatre, Jeon Hak-soo insista pour payer l'intégralité du traitement, sans aucune prise en charge par l'assurance-maladie. Il voulait que cela reste son secret, à lui seul.

Mais son état ne s'améliorait pas de façon continue

et progressive. Il ressemblait plutôt à une vague fantaisiste, avec ses crêtes et ses creux. Les symptômes physiques ne connaissaient aucune amélioration, pas plus que les effets secondaires ne disparaissaient. La perte d'appétit, les problèmes digestifs, la sécheresse buccale et les étourdissements persistaient, avec de légères variations. Un jour qu'il allait au travail en voiture, dix mois environ après le début du traitement, son cœur s'emballa. Il avait la poitrine oppressée, n'arrivait plus à respirer. Soudain une brume laiteuse envahit son champ visuel et il ne put résister à la somnolence. Quand il reprit conscience, sa voiture était en train de passer de la deuxième à la quatrième voie et fonçait droit sur le mur de séparation. Une dizaine de véhicules derrière lui se mirent à freiner et à klaxonner en même temps. Par chance il y avait peu de circulation car il était tard et l'heure de pointe était passée. La catastrophe avait été évitée. Jeon Hak-soo réussit de justesse à freiner, laissant sur la chaussée de longues traces de dérapage. Puis il s'affala sur le volant, inconscient. Les conducteurs des trois véhicules qui le suivaient accoururent pour l'insulter. Surpris par son attitude, ils frappèrent à sa vitre : « On dirait qu'il a perdu connaissance. Monsieur, réveillez-vous ! » Jeon Hak-soo perçut confusément une odeur de caoutchouc brûlé.

Assis à l'arrière de sa voiture remorquée par une dépanneuse, Jeon Hak-soo rentra chez lui. Il n'avait jamais de sa vie ressenti une telle impuissance. Il en pleurait. Il laissa libre cours à ses larmes jusqu'à son arrivée chez lui. Son col de chemise en fut complètement trempé. Il n'avait jamais eu d'accident depuis plus de dix ans qu'il conduisait. Il avait obtenu son permis à dix-neuf ans. Il conduisait la voiture de son père quand il étudiait à l'université et les véhicules de l'armée pendant son service militaire. Jusque-là il avait confiance en ses capacités de conducteur, mais c'était fini maintenant, il pouvait tirer un trait dessus. Et il allait petit à petit perdre tous ses moyens et bientôt il ne saurait plus rien faire du tout.

— Le prix de l'essence a trop augmenté, dit ce soir-là Jeon Hak-soo en feuilletant son journal comme si de rien n'était. Il va falloir que je prenne le métro.

— Ah bon ? répondit Ahn Woo-ram distraitement, en plongeant les biberons dans l'eau bouillante pour les stériliser.

Elle avait beau passer la journée chez ses parents qui l'aidaient à s'occuper de l'enfant, elle s'en sortait toujours mal. En rentrant chez elle, elle s'occupait du ménage et de la lessive en bâillant et préparait le biberon les yeux mi-clos. Toute son énergie était absorbée par leur fille qui faisait ses premiers pas et touchait à tout. Elle ne pouvait pas la quitter des yeux. Ce n'était pas sa faute si elle ne remarquait rien chez son mari : Jeon Hak-soo faisait tout pour dissimuler son mal-être.

Jeon Hak-soo était furieux de voir son état s'aggraver malgré les antidépresseurs : la honte cédait la place à la colère et à l'incrédulité. Il s'était senti mieux pendant un mois seulement, et ensuite, qu'il prenne ou non ses médicaments, cela ne faisait aucune différence. Sauf qu'il subissait toujours leurs effets indésirables. Il alla sur le blog qu'il avait trouvé en naviguant sur internet à la recherche d'informations sur la dépression.

« La dépression, ça n'existe pas. »

Jeon Hak-soo appela le numéro de téléphone fourni par le site.

Puis il arrêta les médicaments. Il résista aux symptômes de sevrage, persuadé qu'ils étaient moins gênants que les effets secondaires des antidépresseurs.

Un jour de mai marqué par une chaleur excessive, dix-sept jours après avoir arrêté ses médicaments, Jeon Hak-soo avait pris son après-midi. Le corps pesant, la tête lui rentrant dans les épaules comme sous le poids d'un roc, il avait dû changer deux fois de métro. « Je ne suis pas malade. » Enfin à l'air libre, il s'était mis à gémir et à haleter, une main agrippée à sa poitrine oppressée. « Je ne suis pas malade. Je suis en train de vaincre mon addiction. » Une sueur froide lui inondait le front : « Suis-je malade ? » Il voulait juste s'asseoir. « Suis-je malade ? Je préférerais avoir eu un accident de voiture, avoir tous les membres cassés et être cloué sur un lit d'hôpital. Les autres verraient que je suis bel et bien malade, et moi aussi. Personne ne pourrait douter de ma souffrance… » Il se sentait tellement vide qu'il lui semblait que son âme flottait au-dessus de son corps et observait ses mouvements lents.

La tête dans les épaules, traînant les pieds, Jeon Hak-soo entra dans l'immeuble. À ce moment précis, Ra Sang-pyo sortit de son appartement, le 302. Vêtu d'un polo gris, il bombait le torse en descendant l'escalier.

Entre le premier et le deuxième étage, l'épaule gauche de Jeon Hak-soo rencontra inopinément celle de Ra Sang-pyo.

7

Im Gwi-sup, le professeur de médecine et psychiatre au CHU d'Yi-kyeong

Im Gwi-sup répondit que c'était son jour de consultation externe. Les rendez-vous se succédant sans interruption, il n'avait pas une minute à lui. Le commandant Lee Pyeong-so insista pour le rencontrer, puis raccrocha. Accompagné du lieutenant Hong In-hyuk, il se dirigea vers le CHU d'Yi-kyeong, muni du consentement écrit de Sol Chang-seok lui permettant d'avoir accès au dossier médical de Lisa.

Im Gwi-sup avait examiné Sol Lisa en tant que professeur au Service de psychiatrie du CHU d'Yi-kyeong. Interrogé par téléphone, il avait dit n'avoir aucun souvenir de cette ancienne patiente. Bien sûr, comment s'attendre à ce qu'un médecin de CHU qui reçoit de nombreux malades en consultation externe se souvienne de l'un d'eux, rencontré deux fois l'année précédente. Lee Pyeong-so avait donc décidé d'aller le voir, espérant que la consultation du dossier médical de Sol Lisa lui rafraîchirait la mémoire.

Le commandant n'avait eu aucun mal à découvrir que « le chien noir » désignait la dépression. Le papier de Sol Lisa prenait tout son sens. Le fait que la jeune fille se cloître chez elle sans rien faire était dû à sa dépression. Idem pour l'impression de manque de confiance et de flou qui se dégageait de sa photo.

— Votre fille a-t-elle déjà souffert de dépression ? avait demandé Lee Pyeong-so.

— Oh… Non… Non. Je n'étais pas au courant, mais…

Le père de la victime, gêné par cette question inattendue, s'était tu. Son interlocuteur en avait déduit qu'il avait quelque chose à ajouter.

— Vous ne le saviez pas, mais… quoi ?

Silence à l'autre bout du fil. Après avoir hésité à faire cette confidence, Sol Chang-seok avoua à contre-cœur :

— La maman de Lisa a souffert d'une dépression sérieuse. Elle a été hospitalisée plusieurs fois, et elle s'est suicidée quand Lisa était en troisième.

— Hum…

Lee Pyeong-so jeta un œil sur la note laissée par la jeune fille.

« … Non. Je connais la fin. La fin définie par le sang.

Mon chien noir va grandir de plus en plus, devenir de plus en plus sauvage. Il me mordra, déchirera mon corps, me tuera.

C'est juste une question de temps. »

C'était bien ça. On savait que la dépression était une maladie héréditaire. Sol Lisa avait laissé entendre qu'elle se suiciderait un jour comme sa mère.

Mais elle avait été tuée.

— Vous voulez dire que votre fille n'a pas été soignée pour dépression pendant son adolescence ?

— Non, jamais.

— Votre fille ne présentait aucun symptôme, alors que la dépression avait conduit sa mère au suicide ?

— Lisa ? répondit Sol Chang-seok avec embarras.

Depuis le début de l'enquête, il devait répondre à toutes sortes de questions gênantes car il ignorait presque tout de la vie de sa fille au moment des faits.

— Si elle avait été déprimée, je l'aurais su et j'aurais fait quelque chose. Je connais bien la dépression : j'ai vécu pendant près de vingt ans avec une femme atteinte de cette maladie. Et vous pensez que je ne sais pas à quoi ça ressemble ? Que je n'en sais pas plus que le commun des mortels ? protesta Sol Chang-seok avec amertume.

Le relevé des prestations d'assurance-maladie que le commandant obtint révéla que Sol Lisa avait consulté à deux reprises au CHU d'Yi-kyeong pour dépression et qu'un traitement lui avait été prescrit. C'était tout en ce qui concernait la dépression. Cela s'était passé en mai de l'année précédente, peu de temps après son inscription à la faculté, alors qu'elle était séparée de sa famille.

Moins d'une heure après avoir quitté Suwon, Lee Pyeong-so et Hong In-hyuk pénétrèrent dans le bâtiment principal du CHU, bondé de patients et de personnel médical.

Près de l'accueil, à l'entrée du Service de psychiatrie, se situait la salle d'attente, un espace rectangulaire ouvert entouré de quatre cabinets de consultation.

Une vingtaine de patients attendaient, assis sur quatre rangées de chaises. Au bureau d'accueil, une infirmière répondait au téléphone, tandis qu'une autre appelait les patients.

Un garçon de dix ans donnait des coups de pied dans la chaise qui était devant lui, le visage agité de tics. Sa mère lui demanda d'arrêter ; elle avança la main pour lui maintenir le pied. L'homme d'âge moyen assis devant le garçon se retourna, le regarda, puis reprit sa position initiale, le visage impassible. À côté de la fenêtre, un jeune homme à capuche noire, les genoux relevés, se bouchait les oreilles en se balançant sur sa chaise. Et puis, des gens de tous âges, sans anomalie apparente, attendaient, assis à leur place, les yeux fixés sur le panneau d'affichage des numéros.

Les deux enquêteurs tendirent leur carte de police à l'infirmière du bureau d'accueil : d'une main elle tenait le téléphone, de l'autre elle frappait sur son clavier.

— Nous venons voir le professeur Im Gwi-sup. Je l'ai appelé tout à l'heure, dit le commandant.

— Patientez une seconde, s'il vous plaît, dit l'infirmière à son interlocuteur au bout du fil. (Elle éloigna le combiné de son oreille.) Euh… il est en consultation pour l'instant.

L'infirmière désigna du menton le cabinet du professeur. Presque en même temps, la porte s'ouvrit et un vieil homme en fauteuil roulant sortit avec son accompagnateur. Lee Pyeong-so et Hong In-hyuk en profitèrent pour se glisser à l'intérieur avant que la porte se referme. L'infirmière avait bien essayé de les en empêcher mais ils furent plus rapides.

— Bonjour, monsieur. Je me présente, commandant Lee Pyeong-so, du commissariat central de Suwon, et voici le lieutenant Hong In-hyuk.

Im Gwi-sup, les yeux rivés à l'écran, cliquait avec sa souris. Il leva la tête. Sa coiffure – raie à gauche séparant des cheveux gris fer et raides – évoquait le milieu des années 1940. Avec son visage net et rasé de près, ses épaisses lunettes à monture dorée, il était le type même de l'intellectuel d'âge moyen.

— Puisque vous êtes entrés, asseyez-vous là, dit-il, mécontent.

— Excusez-nous de vous déranger, mais nous avons une affaire vraiment importante.

Hong, souriant, s'assit à côté de Lee.

Le professeur sortit de son tiroir le dossier médical de Sol Lisa.

— J'ai retrouvé l'historique de ses soins. La patiente est venue pour la première fois le 7 mai de l'an dernier. Elle avait d'abord consulté au Centre de conseils en santé mentale de son université puis chez un généraliste près de la faculté. C'est là qu'on lui a donné une lettre d'introduction pour moi.

Il poursuivit tout en feuilletant le dossier qui ne contenait que quelques feuillets.

— On l'a soumise à un autotest et à un test psychologique. Je l'ai ensuite écoutée décrire ses symptômes. Je lui ai diagnostiqué un épisode de dépression modérée mais à la limite de la dépression sévère. Elle n'avait jamais suivi de traitement mais avait des antécédents familiaux.

— Oui, l'interrompit le commandant, j'ai appris que sa mère, dépressive, s'était suicidée.

Le professeur le regarda par-dessus ses lunettes avant de se replonger dans le dossier.

— Oui, elle me l'avait dit. La dépression s'était probablement transmise, mais aussi la tentation du suicide. La patiente pensait souvent à la mort. Et puis, comment dire… elle avait tendance à penser que son destin était de se suicider pour suivre sa mère. Il lui fallait de toute urgence un traitement médicamenteux et une observation suivie. Je lui ai prescrit des antidépresseurs et des stabilisateurs d'humeur. Comme elle souffrait d'insomnies, j'y ai ajouté des somnifères. Je lui ai conseillé de revenir la semaine suivante et, dans la mesure du possible, de ne pas rester seule. Comme elle était encore jeune, je voulais avertir sa famille, mais elle a refusé catégoriquement.

Il consulta une autre page du dossier.

— Et puis, une semaine plus tard, le 14 mai, elle est revenue. Les somnifères avaient agi : elle avait dormi. Par contre, elle n'avait constaté aucune amélioration de son humeur ni de son comportement. J'avais également observé chez elle une phobie sociale et un trouble de la personnalité évitante. Elle avait peur de nouer des relations. Il fallait attendre encore un peu pour que les antidépresseurs fassent leur effet. Elle n'avait pas ressenti d'effets secondaires importants, j'ai donc augmenté le dosage : du Lexapro à 10 mg, initialement prescrit à 5 mg. Oh… le Lexapro est un antidépresseur. Puis je lui ai demandé de revenir la semaine suivante. Mais elle n'est jamais revenue…

Im Gwi-sup poussa le dossier vers les enquêteurs et se cala sur sa chaise, signe qu'il avait tout dit.

— Y aurait-il autre chose dont vous vous souviendriez ? Quelque chose qui pourrait nous aider ? lui demanda Lee Pyeong-so.

Le médecin secoua négativement la tête, regarda sa montre et jeta un coup d'œil à la porte. Il pensait à ses patients qui attendaient.

— Et l'infirmière, là-bas, se souviendrait-elle de quelque chose ? À propos de Sol Lisa ? demanda à brûle-pourpoint Hong In-hyuk d'une voix enjouée.

Im Gwi-sup fronça les sourcils.

— Comme vous le voyez, on voit défiler près de cent patients par jour…

— Pourriez-vous simplement le lui demander ? On est venu quand même…

Le commandant lui donna une petite tape pour l'interrompre.

Comme ils n'avaient pas l'air de vouloir partir avant d'avoir obtenu satisfaction, le professeur, résigné, appuya sur un bouton situé sous son bureau. L'infirmière de l'accueil, qui tout à l'heure répondait au téléphone, entra dans la pièce.

— Oui, monsieur.

Im Gwi-sup lui fit signe d'approcher.

— Madame Cho, si vous vous souvenez de quelque chose concernant cette patiente, dites-le à ces policiers.

Mme Cho prit le dossier médical de Sol Lisa et le survola rapidement. Elle avait le regard vif et professionnel d'une personne dont la compétence s'est développée au fil de sa longue expérience.

— Eh bien, monsieur… S'agissant d'une patiente ayant consulté il y a un an…

Alors que l'air triomphant du professeur signifiait à ses visiteurs : je vous l'avais bien dit, l'infirmière proposa de regarder le journal des consultations externes. Elle se fit réprimander des yeux, mais Lee Pyeong-so et Hong In-hyuk ouvrirent grandes leurs oreilles. Il y avait donc un journal tenu par les infirmières en charge des consultations externes.

— Oui, s'il vous plaît, lui répondit le lieutenant en souriant.

Avec son beau visage et ses lèvres fraîches, il ne manquait pas de charme. Malgré la tension qui régnait dans la pièce, Mme Cho rougit. Le professeur lui ayant donné l'autorisation à contrecœur, l'infirmière sortit du bureau à petits pas, le dossier à la main.

En attendant son retour, Lee Pyeong-so demanda :

— Si un patient ne vient pas à un rendez-vous, est-ce que l'hôpital l'appelle ?

— Les infirmières vont l'appeler une fois ou deux pour lui rappeler le rendez-vous et l'inciter à venir. Mais beaucoup ne répondent pas au téléphone ou ne viennent pas, alors qu'ils avaient répondu qu'ils viendraient. Les patients en psychiatrie arrêtent souvent leur traitement, même au début. Ils ne sont pas toujours exempts de préjugés sur le traitement psychiatrique, et les effets secondaires tendent à diminuer leur volonté de se soigner. Les psychotropes agissant sur le cerveau peuvent avoir des effets secondaires notables, qui varient considérablement d'une personne à l'autre. Ce qui peut les rendre insupportables à certains, d'autant que l'action des antidépresseurs n'est effective qu'au bout de deux à quatre semaines. Nous ne sommes pas en mesure de les forcer à venir.

— Ensuite, Sol Lisa n'est allée dans aucun autre hôpital, semble-t-il. Que se passe-t-il si on ne se soigne pas à ce stade ? L'état peut-il s'améliorer tout seul ?

L'index posé sur le menton, Im Gwi-sup réfléchit un moment.

— Une guérison naturelle n'est pas tout à fait impossible. Mais les épisodes dépressifs s'améliorent très difficilement sans intervention médicale et le patient ressent une souffrance intense. On peut peut-être éviter les médicaments, mais on ne peut pas éviter une thérapie, que ce soit la psychothérapie, les thérapies alternatives ou la médecine orientale. Le risque de suicide est élevé en cas de souffrance extrême, d'isolement social ou de dépression chronique. Dans ces cas-là, les patients peuvent vivre comme des plantes vertes. Si on ne les soigne pas, les épisodes dépressifs durent de six à treize mois environ. Et bien que les épisodes aient une fin, ils risquent de se reproduire à échéance de plus en plus brève et de durer plus longtemps. La dépression est un état dans lequel l'équilibre du cerveau qui contrôle l'humeur est rompu. Comme l'énergie nécessaire au rétablissement de l'équilibre fait défaut, seuls des médicaments le restaureront de façon artificielle. Ce qui redonnera au patient le courage de sortir de la dépression.

Le médecin, pris par son explication, en avait oublié son mécontentement.

— C'est pourquoi il est absurde de conseiller à un dépressif de faire preuve de volonté pour surmonter sa maladie. C'est comme demander à un paralytique de marcher.

— Euh… Dans le cas de Sol Lisa, vous avez dit

qu'il peut s'agir de phobie sociale. En fait, au moment de son décès, la jeune femme vivait très isolée : elle ne comptait qu'une seule amie. Et soudain elle rencontre un homme et ils partent en voyage… Est-ce possible ? Sans même en avertir son amie ? dit Lee Pyeong-so.

Hong In-hyuk, curieux de la réponse qu'allait apporter le professeur, tendait l'oreille en hochant la tête.

— Le diagnostic de phobie sociale ou de trouble de la personnalité évitante n'est peut-être pas définitif. C'est une constatation que j'ai faite en matière de relations humaines, lors du premier rendez-vous. En tout cas, la pathologie principale de cette patiente était la dépression, autrement dit un trouble psychologique majeur. On le distingue de la forme légère du trouble bipolaire, que l'on appelle également cyclothymie. Bref… Cela semblait être un épisode dépressif d'intensité moyenne. Et pour répondre à votre question… Il est impossible de prévoir ce que fera quelqu'un, on ne peut que le deviner. Mais vu le stade de la maladie et la psychologie de cette patiente, je ne la vois pas nouer soudain de nouvelles relations et partir.

— Et voyager seule ? Sans destination précise ? Est-ce possible ? demanda Hong.

Im Gwi-sup pinça la bouche avant de répondre.

— Eh bien. Impossible de le dire… Étant sujette à l'agoraphobie, incapable de sortir de chez elle, elle pourrait voyager seule, n'est-ce pas ? Il est vrai que c'est moins probable que pour une personne en bonne santé. Cependant, même les patients dépressifs ne le sont pas toute la journée, voire tous les jours. Ils peuvent connaître des périodes de mieux-être, au point que leur entourage ne remarque pas leur maladie. Parce qu'ils se montrent pleins de vitalité au moment des rencontres.

L'infirmière Cho entra dans le bureau avec le document. Elle avait l'air soucieux. Tous les yeux étaient braqués sur elle.

— Monsieur, j'ai trouvé…

— Ah bon ? Quelque chose de particulier ? demanda Im Gwi-sup.

— Ça ne concerne pas directement Sol Lisa. Je ne sais pas si je peux en parler…

Elle hésitait, les yeux fixés sur le professeur.

— Qu'est-ce que c'est ? Dites-le.

— Le jour de la première consultation de Sol Lisa, M. Ban Tak-shin était venu vous voir pour se plaindre.

Le visage du professeur se ferma lorsqu'il entendit ce nom.

— Et donc tous les rendez-vous de ce jour-là à partir de 15 h 15 ont été repoussés d'une heure, y compris celui de Sol Lisa. Vous avez terminé vos consultations un peu avant 19 heures. C'est bien ce jour-là.

L'infirmière pensait que rappeler au professeur l'incident désagréable lui serait utile. Cela ne fit que l'énerver. Les poches sous les yeux d'Im en tremblèrent comme sous l'effet de la colère. L'infirmière baissa la tête et glissa le document sur le bureau.

— Que s'est-il passé ce jour-là ? demanda le commandant.

Im Gwi-sup secoua la tête en reniflant.

— Non, non. La famille d'un patient s'était plainte de mes prescriptions et faisait un esclandre dans mon bureau. Je pense que c'était effectivement lors de la première visite de Sol Lisa. On a dû repousser tous les rendez-vous de l'après-midi pour calmer le jeu. Sol Lisa, elle aussi, a dû attendre très longtemps. C'est tout.

— Hé ! s'écria le lieutenant, les yeux écarquillés, en tapant sur le bras du commandant.

— Commandant, regardez.

— Hein ?

Hong tira à lui la feuille posée sur le bureau. C'était la liste des patients externes reçus le 7 mai, que l'infirmière avait apportée. À la troisième ligne y figurait un nom familier.

— Hum…

Lee Pyeong-so fixa le papier. Il était estomaqué. Il y lisait les nom et prénom d'une personne qu'il avait rencontrée dans le cadre de cette affaire. Comme le prénom était rare, il était peu probable que ce soit un homonyme.

À leur sortie du cabinet, les deux hommes furent assaillis par les plaintes et les regards de reproche des patients. Ils en avaient la tête en feu. L'ambiance était probablement la même le jour de la première consultation de Sol Lisa. Le commandant imaginait l'atmosphère de la salle d'attente le 7 mai. Une famille mécontente des soins prodigués à l'un de ses membres vient voir le professeur et fait un esclandre. Dans la salle d'attente, les patients entendent tout. Ils attendent une heure ou plus avant de voir le médecin. Certains ont dû rentrer chez eux, d'autres faire les cent pas dans la salle pour se calmer.

Et si certains s'étaient parlé pour vaincre leur anxiété ou leur ennui ? Même s'ils ne se connaissaient pas, même s'ils étaient timides, le fait qu'ils soient tous atteints de la même maladie aurait pu créer un lien entre eux. Lee Pyeong-so avait vécu une expérience semblable lorsque sa femme courait les médecins pour trouver le traitement qui soignerait leur fils souffrant de troubles mentaux pédiatriques. Plus la maladie est difficile à guérir ou à avouer aux autres, plus le lien entre patients souffrant des mêmes maux se développe rapidement et solidement.

8

Ban Tak-shin, le président de l'AAD

Dès qu'il entra dans les 13 m^2 du bureau de l'AAD, l'association contre les antidépresseurs, une affiche de format A3, collée au mur, sauta aux yeux de Park Shim. Y étaient répertoriés par ordre chronologique les auteurs de meurtres, suicides, incendies criminels et agressions ayant agi sous antidépresseurs.

Joseph Wesbecker, auteur d'une tuerie sur son ancien lieu de travail, une imprimerie – huit morts –, s'était ensuite suicidé. Eric Harris, responsable de la fusillade du lycée de Columbine – treize morts –, s'était ensuite suicidé. Christopher Pittman, douze ans, avait tué ses grands-parents par balles. En 2003, Kim avait mis le feu à une rame de métro à Daegu en Corée du Sud – cent quatre-vingt-douze morts. En 2015, Choi avait tué deux personnes par balles dans un camp d'entraînement de l'armée de réserve en Corée du Sud, avant de se suicider.

— Tous, ils prenaient ou avaient pris des antidépresseurs, des ISRS.

La même voix grave qu'au téléphone.

Ban Tak-shin était plutôt petit mais tout en muscles,

avec un cou puissant et des épaules carrées, un visage rond aux yeux vifs, un menton ombré de barbe. On l'aurait bien vu haltérophile ou acteur. Un acteur de films de genre qui interpréterait un personnage très déterminé. Il devait avoir entre quarante-cinq et cinquante ans.

— Savez-vous ce que sont les ISRS ? Je vous l'explique ?

— Non, merci. Je sais ce que c'est.

Park Shim fit appel à sa mémoire. Il avait appris que les antidépresseurs sont en gros divisés en trois catégories : inhibiteurs de la monoamine-oxydase, antidépresseurs tricycliques et inhibiteurs sélectifs du recapteur de la sérotonine, dits ISRS. Les deux premiers mis sur le marché entraînaient des effets indésirables graves et étaient peu fiables, si bien qu'on n'y avait plus guère recours. Les médicaments les plus couramment prescrits aujourd'hui étaient les ISRS, des antidépresseurs innovants. C'est dans cette catégorie que se trouvaient le Prozac, le Zoloft, le Celexa, le Paxil et le Lexapro.

— J'ai entendu dire qu'un des effets secondaires des ISRS est d'augmenter le risque de suicide chez les jeunes de dix-huit à vingt-quatre ans. C'est de notoriété publique, c'est même précisé dans les notices, dit Park Shim, tout en jetant un coup d'œil au jeune homme qui, dos à lui, moulait des grains de café dans son coin.

Vêtu d'un ample tee-shirt en coton et d'un jean, le jeune homme maigre, sensiblement du même âge que lui, lui semblait étrangement familier. Il s'était levé à son entrée, et maintenant, sans dire un mot, il préparait le café.

— C'est la Food and Drug Administration qui, en 2004, a demandé aux laboratoires pharmaceutiques d'ajouter un avertissement précisant que les ISRS pouvaient déclencher des pulsions suicidaires chez les jeunes de moins de dix-huit ans. De leur côté, les autorités sanitaires britanniques avaient officiellement reconnu ce fait dès 2003, année où de nombreux recours collectifs contre les laboratoires avaient été déposés, visant les effets secondaires des antidépresseurs.

Ban Tak-shin, toujours ironique, poursuivit ses explications.

— Mais les laboratoires savaient dès le début que les ISRS pouvaient déclencher des pulsions suicidaires. Avant même la commercialisation des antidépresseurs, un rapport, issu de chez eux, avait fait état de ce risque.

L'arôme de café emplit le petit bureau. Le jeune homme apporta deux mugs de boisson brûlante sur un plateau. Son menton en forme de gland, ses oreilles pointues ne déparaient pas un assez beau visage.

« Je les ai déjà vues. Mais où ? » Des oreilles semblables surgissaient de la mémoire de Park Shim. Le jeune homme posa les mugs sur la table puis retourna près de la fenêtre. Il évita le regard de l'avocat stagiaire. Celui-ci, après en avoir reçu l'autorisation de Ban Tak-shin, alluma un petit magnétophone et le posa sur le bureau.

— Je suis curieux de savoir de quoi vous avez parlé avec Jeon Hak-soo.

— Je vous demande de considérer que ma mémoire n'est pas infaillible, car je reçois de nombreux appels. Je vais vous dire ce dont je me souviens… Jeon Hak-soo avait parcouru mon blog avant de m'appeler. Il m'a demandé s'il devait continuer à prendre des antidépresseurs. Je lui ai donc dit…

— Qu'il faudrait arrêter les médicaments ?

— Tout à fait. Je lui ai dit que les antidépresseurs n'avaient rien à voir avec sa maladie. Je me souviens qu'il était au bord des larmes : il disait se sentir encore plus mal, alors qu'il prenait régulièrement ses médicaments. Il devenait stupide, disait-il, incapable de réfléchir. Je suppose que vous saviez déjà tout ça.

— Ne lui avez-vous pas dit de diminuer la dose progressivement car… il pouvait avoir des symptômes de sevrage ?

Cette question pouvait être interprétée comme un blâme. Que Ban Tak-shin soit contre les antidépresseurs était son droit, mais il aurait dû préciser à son interlocuteur qu'il est dangereux de les arrêter subitement.

— Oui, les symptômes de sevrage… Je lui en ai parlé, bien sûr. Je lui ai dit qu'il devrait diminuer les doses progressivement car il devait déjà être dépendant.

— Ah bon…

Ban Tak-shin releva la tête et fixa Park Shim.

— Je pense que vous m'avez mal compris. Je lui ai donné toutes les informations sur les symptômes de sevrage. Il semble m'avoir écouté et avoir arrêté les médicaments, mais d'un coup. Effet secondaire ou symptôme de sevrage, pour moi, c'est tout comme :

son acte est une conséquence de la nocivité des antidépresseurs.

Intimidé par le ton sans réplique et le regard impérieux de Ban Tak-shin, Park Shim saisit son mug en toussant. Le café était brûlant. Il avait la tête vide.

Ban Tak-shin s'approcha de la bibliothèque et en sortit un livre à couverture verte.

— Le connaissez-vous ?

Il posa sans ménagement le livre épais sous les yeux de l'avocat stagiaire. Boum.

— *DSM-III* ? lut Park Shim.

— Oui. *DSM. Manuel diagnostique et statistique des troubles mentaux.* C'est un livre publié par l'American Psychiatric Association. Considéré comme la bible en matière de diagnostics des maladies mentales. Il en est maintenant à sa cinquième édition et c'est bien cette troisième édition sortie en 1980 qui a inventé les troubles anxieux. Une invention qui a provoqué un élargissement du champ de la dépression, permettant aux laboratoires pharmaceutiques et aux psychiatres de vivre sans problème.

Ban Tak-shin ouvrit le livre en son milieu et commença à le feuilleter.

— Vous vous appelez bien Park Shim, non ? Monsieur Park, vous savez quoi ? L'expression « trouble panique » n'existait pas avant les années 1980. Maintenant, des stars aux employés de bureau, tout le monde souffre de trouble panique. Et ce sont les psychiatres qui en profitent. Le trouble panique s'accompagne généralement de dépression, et la dépression, de troubles anxieux tel le trouble panique. On prescrit les mêmes médicaments : antidépresseurs et stabilisateurs de l'humeur. Le trouble panique et les troubles anxieux sont des prolongements de la dépression et favorisent la vente d'antidépresseurs. Avant la sortie du *DSM-III*, dépression, panique, anxiété et dépression nerveuse relevaient toutes du terme « maladie des nerfs ». Les patients souffrant de maladies des nerfs suivaient des psychothérapies. Ils allaient consulter des psychologues, pas des psychiatres.

Park Shim se représentait une femme ou un homme blancs, allongés sur un divan et confiant leurs problèmes à un psychothérapeute. Scène qu'il avait souvent vue au cinéma dans des thrillers.

Le représentant de l'AAD poursuivit.

— Le *DSM-III* a ensuite été révisé sous la direction de psychiatres. Ils ont remplacé le terme psychanalytique de « névrose » par « trouble anxieux ». Dans la catégorie des troubles anxieux, on trouve le trouble panique et la phobie sociale. Les troubles n'appartenant à aucune de ces deux catégories sont regroupés sous le terme de « trouble d'anxiété généralisée ». La révision du *DSM-III* a duré six ans. Un laboratoire a soutenu les psychiatres dans leur lutte pour l'hégémonie contre les psychologues et les psychothérapeutes en faisant du lobbying et en les finançant.

Ban Tak-shin tapotait la couverture verte.

— Le *DSM-III* est passé des cent trente pages de sa deuxième édition à cinq cents pages dans la troisième, répertoriant quatre-vingt-trois nouvelles maladies mentales. L'antidépresseur du labo qui soutenait les psychiatres a reçu le feu vert de la FDA comme traitement des troubles anxieux. À partir de là, on a commencé à diagnostiquer des troubles anxieux, on a commercialisé des traitements pour les soigner et le nombre de patients souffrant de ces troubles a augmenté rapidement.

Ban Tak-shin fit une pause pour donner plus de poids à ce qui suivait :

— Au commencement était le médicament. Pas la maladie.

— D'accord, monsieur. Je cherche aussi des éléments susceptibles de faire comprendre au tribunal l'état psychologique de notre client au moment du crime.

— Je sais, je sais… Écoutez encore.

Ban Tak-shin se dirigea vers la bibliothèque où il prit un ouvrage intitulé *Comment la psychiatrie et l'industrie pharmaceutique ont médicalisé nos émotions*, traduit de l'anglais.

— Ce livre a été écrit par un psychopharmacologue, Christopher Lane, qui s'est surtout concentré sur la phobie sociale, une nouvelle maladie définie dans le *DSM-III*. Cet ouvrage a considérablement abaissé les critères de diagnostic afin qu'on puisse détecter chez pratiquement tout le monde une maladie mentale. Par exemple, la timidité normale que l'on constate chez les personnes introverties a été considérée comme une phobie sociale. Le Paxil, l'antidépresseur que votre client avait pris, a d'abord été commercialisé comme traitement de la phobie sociale. Les laboratoires pharmaceutiques ont investi des sommes considérables dans le marketing. Ils montrent des hommes et des femmes au visage épanoui, qui réussissent leur vie professionnelle, voyagent, font du sport, un éternel sourire aux lèvres. Alors, beaucoup de personnes introverties ont commencé à prendre des antidépresseurs. Et donc le Paxil est devenu l'ISRS le plus populaire, dépassant le Prozac.

— Attendez, monsieur… c'est vrai seulement aux États-Unis, non ?

Ban Tak-shin haussa un sourcil à cette interruption.

Park Shim lui rappela les statistiques concernant la Corée : le taux de dépression et de suicide y est le plus élevé du monde, et le taux de prescription d'antidépresseurs, l'un des plus bas. Il poursuivit :

— Je vois bien de quoi vous parlez. Il s'agit de l'abus d'antidépresseurs. La gamme de la dépression et de maladies similaires a été tellement étendue qu'on prescrit des antidépresseurs à des personnes qui n'en ont pas besoin. Mais le problème chez nous est que les préjugés touchant la psychiatrie poussent les malades à cacher leur pathologie et à ne pas prendre de médicaments, n'est-ce pas ? Et puis, les fusillades américaines dues aux abus d'antidépresseurs… Je pense que cela concerne l'industrie des armes à feu plutôt que les antidépresseurs.

Ban Tak-shin souriait tristement en caressant son menton noir de barbe.

— … vous m'avez bien dit que vous étiez étudiant en droit ? Vous êtes aussi intelligent que je l'avais imaginé.

Ban Tak-shin arrêta là ses commentaires et reprit :

— Vous avez raison. La Corée n'en est pas encore au stade où l'on doit s'inquiéter de l'abus d'antidépresseurs comme en Occident. Et une timidité appropriée est souvent considérée ici comme une vertu accompagnant la modestie. Ce que je veux dire, c'est que les laboratoires et les psychiatres vendent des médicaments sans se soucier de leur peu d'efficacité ni de leurs effets secondaires à court ou à long terme. Notre pays prend peu à peu conscience que la dépression est une maladie grave et qu'il faut abandonner certains préjugés. Le diagnostic de dépression et la consommation d'antidépresseurs augmentent sans arrêt. À plus ou moins longue échéance, l'industrie de la dépression gagnera le pays.

— Mais, monsieur, pensez-vous que la dépression n'existe pas, tout simplement ?

— Vous semblez mal comprendre le titre de mon blog : « No depression ». Il signifie juste qu'on ne peut pas traiter la dépression avec des médicaments. Bien sûr qu'il y a une pathologie qu'on appelle dépression. Mais distinguer la dépression d'un état normal n'est pas chose facile : c'est même impossible. En plus, jamais les médicaments n'amélioreront cet état, quel qu'il soit et quelle qu'en soit la gravité.

— Et si les antidépresseurs ne sont absolument pas efficaces, pourquoi alors les médecins les plus compétents les prescrivent-ils et pourquoi de nombreux patients les prennent-ils ? Ils sont tous… sont-ils tous stupides ? dit Park Shim en riant. Aucune preuve scientifique à l'appui de leur efficacité n'existe mais tous les médecins actuels croient en leur action ? Une élite médicale et les laboratoires qui ont mis au point le *DSM-III* ont-ils réussi à tromper les personnels de santé d'une génération à l'autre ?

À cet instant précis, Park Shim sentit un regard peser sur lui depuis le coin de la pièce : le jeune homme aux oreilles pointues le fixait de ses yeux noirs et profonds. Impossible de déchiffrer son expression : il était à contre-jour.

Ban Tak-shin but son café et affermit sa voix.

— Monsieur Park, connaissez-vous l'action des ISRS sur le cerveau ?

— Je sais qu'ils empêchent que la sérotonine libérée par les neurones ne soit réabsorbée par les récepteurs, répondit Park Shim, conscient des deux regards braqués sur lui.

— Oui, mais il n'est pas prouvé que la carence en sérotonine provoque la dépression.

Ban Tak-shin déclara qu'on savait cela depuis les années 1970, mais que l'on relie toujours sérotonine et dépression parce que l'on n'a pas trouvé de meilleure explication. L'augmentation de la sérotonine dans le cerveau provoque des réactions en chaîne que nous ne ressentons pas physiquement et qui finissent par affecter notre humeur. Pour certains, la prise d'antidépresseurs est efficace, mais momentanément.

« Notre corps a tendance à s'adapter quand nous absorbons des composés chimiques de synthèse. Le corps modifie ses réactions pour s'ajuster à son nouvel environnement, puis il rétablit son équilibre. Le médicament perd de son efficacité. Le corps s'adapte si bien que des symptômes de sevrage apparaissent quand on arrête brutalement les médicaments. Dans le cas qui nous occupe, le cerveau de Jeon Hak-soo, qui s'était déjà accoutumé à un excédent de sérotonine, en a vu soudain la quantité réduite. Et cela a provoqué des troubles du contrôle de la colère. Mais sachez que c'est le sentiment d'impuissance dû aux effets secondaires des antidépresseurs qui l'a poussé à les arrêter soudainement. Bien sûr, cela n'explique pas tous les crimes. Je pense malgré tout que cela fait partie des éléments à décharge : vous pouvez montrer à quel point les antidépresseurs peuvent être dangereux et plaider une atténuation de responsabilité.

Ban Tak-shin sortit son portefeuille de sa poche arrière et l'ouvrit sur la photo d'un jeune garçon.

— C'est mon fils. En avril dernier, à l'aube, il s'est jeté de la terrasse de l'appartement. Il avait douze ans.

— Oui… je l'ai vu sur votre blog.

— Il avait seulement douze ans. Et le psychiatre lui avait prescrit des antidépresseurs. Parce que ses notes avaient baissé, qu'il refusait d'aller à l'école, qu'il avait écrit dans son journal intime qu'il voulait mourir. Il s'agissait d'une crise d'adolescence précoce ! Et le médecin a tué mon enfant, qui était tout à fait normal, avec des antidépresseurs. Nous avons tous traversé cette période de l'adolescence, n'est-ce pas ? Vous aussi, vous savez très bien à quel point cette période est absurde et déroutante. On se rebelle sans raison, on se met en colère, on se livre à du vandalisme en pensant qu'on est cool, on peut aller jusqu'à s'automutiler ou faire des expériences sexuelles par défi. Il est difficile de démêler là-dedans ce qui relève de la puberté et ce qui relève de la dépression. Si un enfant a un comportement un peu différent, on le considère comme un élève à problèmes, un élève dépressif.

En remettant son portefeuille dans sa poche, les mains de Ban Tak-shin tremblaient.

Park Shim, incapable de dire un mot, prit son mug. Le café avait refroidi.

— Si cela vous est utile, je peux être un témoin de référence dans le procès de Jeon Hak-soo.

— Un témoin ?

— Je suis en procès contre le médecin qui a soigné mon fils et contre le laboratoire pharmaceutique. J'ai rencontré de nombreux patients qui se sont plaints d'effets secondaires et je suis convaincu d'être un expert en la matière. Je peux témoigner que Jeon Hak-soo avait perdu sa capacité à contrôler sa colère au moment du crime, sous l'effet des antidépresseurs.

— Ah…

Park Shim ne savait que répondre : il n'avait jamais pensé demander à un expert de témoigner. Et surtout, n'étant pas avocat, il ne pouvait prendre aucune décision.

Ban Tak-shin se montra très ferme.

— Comme Jeon Hak-soo m'avait demandé conseil, je suis plus ou moins impliqué dans cette affaire. J'aurais dû être plus directif quand il m'a appelé… Je ne peux pas dire qu'il n'y a aucune faute de ma part. J'aurais dû insister pour qu'il vienne à EC. Il ne fallait pas le laisser lorsqu'il m'a répondu : « Je vais y réfléchir… »

Ban Tak-shin s'exprimait d'une voix pleine de regrets, comme s'il avait vraiment été perturbé par ce qui était arrivé à Jeon Hak-soo.

— Qu'est-ce qui se passe ? demanda Park Shim sans perdre un mot de son interlocuteur.

Le climatiseur mural, éteint jusque-là, s'était remis en marche : l'air soufflait bruyamment. Aujourd'hui encore il faisait chaud. Le soleil qui commençait à descendre restait accroché dans la fenêtre. Il était éblouissant.

9

Les deux amies de l'hôpital

— Vous avez rencontré Sol Lisa au café Aux amateurs d'oiseaux, c'est ce que vous nous avez dit, non ? Vers juin de l'année dernière ?

Lee Pyeong-so tourna son ordinateur portable vers Park Yi-eum assise en face de lui. Celle-ci leva des yeux écarquillés au-dessus de ses lunettes à monture marron. À la demande insistante de l'enquêteur, elle avait pris un jour de congé pour se rendre au poste de police. Elle n'arrivait pas à cacher son anxiété. C'était la deuxième fois qu'elle était convoquée. Ses cheveux, attachés lors de sa dernière visite, étaient maintenant coupés court. Elle portait une robe noire sans manches et un simple collier.

— Oui, et alors ?

— Voulez-vous s'il vous plaît entrer sur le site du café ? J'aimerais vérifier votre date d'adhésion.

Les yeux de Park Yi-eum, fixés sur l'écran, se troublèrent.

— Et… pourquoi ça ? répliqua-t-elle, en colère.

Sa voix rauque de chanteuse de jazz montait dans les aigus comme une flèche acérée.

Mais on sentait bien que, dans sa tête, elle courait après les mots de sa réponse.

— Êtes-vous sûre d'avoir rencontré Sol Lisa dans le café en juin de l'an dernier ?

— Oui… c'est bien ça. Pourquoi ? N'est-ce pas une violation de ma vie privée ?

— Je ne vous demande ni votre identifiant ni votre mot de passe. Je ne les regarderai pas. C'est si difficile ?

Park Yi-eum hésita. Elle ne put poser les mains sur le clavier.

Hong In-hyuk prononça la phrase décisive en ramenant vers l'avant sa crête iroquoise :

— Vous vous êtes bien inscrite au café, mademoiselle Park, mais pas en juin de l'an dernier ?

Park Yi-eum tourna la tête vers lui et le fixa en silence.

— Vous avez été soignée par le professeur Im Gwisup au CHU d'Yi-kyeong, n'est-ce pas ? Et vous avez rencontré Sol Lisa à l'hôpital. Plus tard, vous vous êtes inscrite au café Aux amateurs d'oiseaux, dit le commandant, la poussant brutalement dans ses retranchements.

Il n'était pas sûr qu'elle fasse partie des patients du professeur : il lui aurait fallu un mandat pour consulter les dossiers médicaux autres que celui de Sol Lisa. Il avait donc décidé d'agir à sa façon en brusquant la jeune femme. Il eut confirmation que son intuition était bonne en constatant l'attitude embarrassée de Park Yi-eum.

— Ah… soupira-t-elle, baissant ses épaules raidies par la tension.

— Pourquoi avez-vous menti ? demanda le commandant.

Suspicieux, le lieutenant ajouta :

— Pourquoi avez-vous passé sous silence la dépression de Sol Lisa ? Si vous nous l'aviez dit plus tôt, nous aurions gagné du temps. C'est un élément très important de la personnalité de la victime.

— … Lisa n'était pas dépressive ! cria Park, serrant les poings sur ses genoux.

À cette explosion, les deux enquêteurs froncèrent les sourcils.

— Et moi non plus. Le diagnostic était erroné. Vous me trouvez dépressive, là ?

La jeune femme, la meilleure amie de la victime, leva la tête et sourit. Cette tentative de faire preuve de confiance, de courage et d'ironie leur semblait la réaction typique d'un témoin acculé.

— Ça, on ne peut pas le savoir. Alors pourquoi avoir caché que vous l'aviez rencontrée à l'hôpital ? interrogea le lieutenant en haussant le ton.

Lee Pyeong-so l'incita du regard à se calmer. Inutile d'accuser le témoin de mensonge. Il fallait au contraire la calmer et lui faire avouer la raison de son mensonge.

— Je ne voulais pas que vous sachiez que j'étais soignée. Lisa non plus ne l'aurait pas voulu. Vous voyez bien. Vous me regardez d'un air bizarre depuis que vous savez que je suis suivie en psychiatrie. C'est vrai, non ?

« Quand l'avons-nous regardée d'un air bizarre ? »

La remarque de Park Yi-eum était absurde, mais Lee Pyeong-so décida de ne pas la relever.

— Le professeur Im Gwi-sup a dit que Sol Lisa était gravement atteinte. Que si elle n'avait pas été soignée, son état aurait empiré.

— N'importe quoi, dit Park Yi-eum en reniflant. Lisa était tout à fait normale. Elle était seulement très préoccupée par ses antécédents familiaux et elle était introvertie. Au début, elle avait assez mauvais moral. Ça s'est amélioré à mesure qu'elle se rapprochait de moi. Im Gwi-sup était une espèce de charlatan qui faisait de chaque visiteur un malade. J'ai suivi son ordonnance au pied de la lettre pendant deux ans… et vous savez quoi? J'ai souffert de dizaines d'effets secondaires et je suis devenue grosse comme une truie. Allez le voir. Dites-lui que vous êtes fatigué, que vous ne dormez pas, que vous manquez d'énergie en ce moment. Il va tout de suite vous diagnostiquer une dépression et vous aurez des mois de congé maladie.

Le ton de la jeune femme se fit soudain agressif. Difficile de penser que l'instant d'avant elle était tellement gênée. Son hostilité se manifestait particulièrement à l'égard du professeur Im. Comme si elle n'avait plus rien à perdre, elle se mit à raconter sa rencontre avec Sol Lisa. Lee Pyeong-so et Hong In-hyuk écoutèrent le récit décousu de cette femme surexcitée.

Le 7 mai de l'année précédente, Park Yi-eum était assise dans la salle d'attente du Service de psychiatrie au CHU d'Yi-kyeong; elle attendait son tour. Elle avait rendez-vous à 15 h 15. Elle avait grossi de huit kilos en un an et son visage était couvert de plaques rouges d'urticaire sous son maquillage outrancier. Elle ne supportait plus son corps transformé, enlaidi. Le visage vide, elle se tourna vers la fenêtre, espérant n'attirer l'attention de personne. Elle voulait demander à son médecin de changer de médicament. Lors de la consultation précédente, ce dernier lui avait dit qu'il n'y en avait pas d'autre. Elle était convaincue du contraire. Depuis deux ans, elle prenait des antidépresseurs et des stabilisateurs de l'humeur, avec des combinaisons variées qui cherchaient à contourner l'apparition des effets secondaires. Im Gwi-sup lui avait dit que les ISRS semblaient ne pas lui convenir, et il lui avait proposé d'utiliser un antidépresseur tricyclique. Park Yi-eum se sentait comme une souris de laboratoire.

Cet après-midi-là, les consultations externes battaient leur plein et la salle d'attente était bondée. Une jeune fille maigre aux cheveux courts s'assit timidement à côté d'elle. Elle posa sur ses genoux un petit sac à dos d'étudiant et regarda autour d'elle, l'air apeuré. Comme si elle était gênée d'avoir dérangé les autres, elle joignit les jambes et s'installa bien au milieu de sa chaise. Son anxiété se transmettait à Park Yi-eum, qui ne l'avait encore jamais vue.

La dépression.

Park Yi-eum devina la maladie de la nouvelle venue. Toute son attitude trahissait son impuissance. Relevant manifestement de la même pathologie, ses symptômes étaient sensiblement différents de ceux de Park Yi-eum.

Selon le professeur Im, cette dernière souffrait de dépression atypique. Les malades qui en sont atteints semblent pleins d'énergie : ils cachent aux autres leurs idées noires et remplissent bien leurs fonctions sociales.

L'homme d'âge moyen assis au premier rang,

là-bas. Celui qui avait des rougeurs sur le nez et les joues, il somnolait. C'était un dépressif alcoolique. L'autre jour, son haleine empestait l'alcool.

Le garçon qui faisait le tour du bureau d'accueil et qui touchait à tout devait souffrir d'un déficit de l'attention. Sa mère le tira par la main pour le faire asseoir. Son QI devait être inférieur à la moyenne.

La grosse fille en jogging, assise, les yeux brûlants de colère, avait probablement été amenée de force par sa mère. Elle souffrait de dysmorphie corporelle. L'autre jour, à l'hôpital, elles s'étaient disputées : « Pourquoi m'amènes-tu ici ? C'est de chirurgie esthétique que j'ai besoin : il faut m'opérer du menton. » Son menton était parfaitement normal. Pourtant, elle en faisait une obsession et ne voyait pas son corps obèse.

Le jeune homme assis derrière Park Yi-eum frappait sur le clavier de son ordinateur portable en fredonnant sans arrêt. Un cyclothymique ? Vu qu'il était guilleret, il devait être dans une phase d'hypomanie. La jeune femme l'enviait. La cyclothymie était, paraît-il, plus dangereuse et destructrice que la dépression, mais elle aurait aimé se sentir pleine de vitalité et euphorique, comme lui. Sincèrement, elle aurait aimé se considérer comme quelqu'un de bien.

— Im Gwi-sup ! Sors tout de suite !

Ces cris secouèrent toute la salle. Stupéfaction des patients.

Un homme d'âge moyen, corps trapu, grands yeux, barbe de deux jours, se tenait devant le bureau d'accueil, des papiers roulés à la main. Son visage cramoisi, déformé par la colère, tremblait ; ses yeux semblaient sur le point de jaillir de leurs orbites.

Deux infirmières accoururent pour le maîtriser.

— Monsieur Ban Tak-shin, pas de ça ici, s'il vous plaît…

L'homme repoussa l'une des infirmières par les épaules.

— Rien à foutre de vous !

Il ouvrit la porte du bureau d'Im Gwi-sup. À sa vue, la patiente en consultation sortit, effrayée. Ban Tak-shin entra avec détermination et jeta ses papiers au visage du professeur. Par la porte restée ouverte, les patients regardaient, le souffle coupé, le docteur subir cet affront.

— Hé toi ! Espèce d'assassin ! T'as porté plainte ? Pour diffamation ?

La voix grave semblait venir du plus profond de son corps ; elle résonnait dans tout le bâtiment. Ceux qui passaient dans le couloir s'attroupèrent à l'entrée du Service de psychiatrie pour l'observer. Im Gwi-sup blêmit, se leva et se mit à crier, demandant de quoi il s'agissait. Une infirmière ferma la porte. L'autre téléphona à l'agent de sécurité, lui demandant de venir d'urgence.

— Rends-moi mon fils ! cria Ban Tak-shin dans le bureau.

— Laisse-moi !

— Eh ! Lâchez-le si vous voulez discuter !

On entendait les bruits de l'altercation : Ban Tak-shin semblait avoir pris le professeur au collet et l'infirmière s'efforçait de libérer son patron. Trois agents de sécurité arrivèrent, bientôt rejoints par deux policiers.

Les trois agents se frayèrent un chemin à travers l'attroupement et firent écran. Les deux policiers saisirent Ban Tak-shin par les bras.

Le regard de Ban Tak-shin encadré par les deux costauds rencontra celui de Park Yi-eum.

La désignant du doigt, il lui dit :

— Ne prenez pas ses médicaments ! C'est du poison ! Ne vous laissez pas duper !

Il continuait de crier en direction des personnes attroupées, tout en étant traîné vers l'extérieur.

Park Yi-eum, choquée par la violence de ce qui s'était déroulé sous ses yeux, reprit son souffle. Elle avait l'impression que le doigt de Ban Tak-shin pointé sur elle lui avait transpercé le cœur. Elle n'avait jamais de sa vie entendu une voix aussi puissante et désespérée. Son cri résonnait sans cesse dans sa tête.

« Ne vous laissez pas duper ! »

Im Gwi-sup rajusta sa tenue et suivit l'agent de sécurité. L'infirmière annonça qu'elle allait redonner des rendez-vous aux patients qui ne souhaitaient pas attendre, car les consultations du professeur risquaient d'être retardées. Quelques-uns partirent en râlant après avoir repris rendez-vous. Park Yi-eum resta. La jeune fille maigre aux cheveux courts ne bougeait pas d'un pouce. Elle avait le regard vide. Elle semblait incapable de décider entre partir ou rester.

— C'est la première fois ? dit Park Yi-eum.

— … Pardon ? répondit la jeune fille en se tournant pour vérifier que cela s'adressait bien à elle.

— Cela fait deux ans que je viens ici, et je n'ai jamais vu pareil tumulte.

— Ah… oui… fit la jeune fille, au bord des larmes.

Park Yi-eum était désolée de voir une telle impuissance peinte sur ce jeune visage.

Elle n'avait jamais adressé la parole à quelqu'un

dans la salle d'attente. Elle ne cherchait pas à partager son expérience avec d'autres patients pour en tirer du réconfort. Elle avait d'autres problèmes. Elle ne s'aimait pas et elle n'aimait pas non plus les autres.

Était-ce à cause de l'incident de tout à l'heure ? Sans savoir pourquoi, Park Yi-eum demanda son nom à la jeune fille. Elle s'appelait Sol Lisa. Elle avait vingt et un ans.

— C'est un joli prénom, Lisa. Moi, je m'appelle Park Yi-eum. C'est la première fois que vous venez ici ?

— Oui…

— Pour voir le professeur Im Gwi-sup ?

— Oh, oui…

Une telle timidité faisait sourire Park Yi-eum.

— Vous n'avez pas de chance d'assister à ça pour votre première visite. Ça vous fait peur ?

— Pardon ? demanda Sol Lisa, stupéfaite.

Park Yi-eum observa le visage de la jeune fille. Un visage banal, calme, sans rien de particulier. Ses petits yeux étaient pleins de larmes.

« J'ai peur. J'ai très peur » : voilà ce que disaient ses larmes.

Park Yi-eum cessa de la regarder et se mit à parler d'elle. Elle raconta la vie qu'elle menait, l'histoire de sa dépression, les médicaments qu'elle prenait, l'état dans lequel elle était actuellement, etc. Elle n'avait jamais parlé d'elle, ni surtout de sa maladie. Elle n'en avait jamais dit autant aux hommes qu'elle avait cru aimer. Parce qu'ils faisaient partie de ses problèmes : impossible de confesser ses problèmes à des problèmes. Elle s'en rendait compte en se confessant à Sol Lisa.

Celle-ci écoutait en silence. Un moment plus tard, le médecin revint et reprit ses consultations. Il termina sa journée comme si de rien n'était. Tout le monde était conscient qu'il cherchait ainsi à restaurer sa dignité bafouée devant les patients. Les deux femmes passèrent en consultation après 18 heures. En sortant de son rendez-vous, Sol Lisa aperçut Park Yi-eum qui l'avait attendue et lui sourit faiblement. Il y avait eu trois patients entre elles deux. Elles mangèrent ensemble dans une petite échoppe en face de l'hôpital, échangèrent leurs numéros de téléphone et se séparèrent. Depuis, elles se donnaient des nouvelles régulièrement et Park Yi-eum rendait souvent visite à Sol Lisa qui vivait seule.

— Pourquoi êtes-vous allée avec elle à Gongju le samedi 12 mars ? lança Lee Pyeong-so.

Après avoir terminé la longue histoire de sa rencontre avec Sol Lisa, Park Yi-eum glissa les mains sous ses lunettes pour se frotter les yeux. Le lieutenant alla lui chercher un verre d'eau qu'il posa devant elle. Elle le but sans se presser.

Lee Pyeong-so avait prêté attention à chaque détail du relevé de la carte de crédit de Sol Lisa. Elle avait acheté des vêtements de randonnée en février de cette année-là et, le 12 mars, elle avait réglé 20 000 wons dans un Coco Mart de Gongju, dans le Chungnam. Au début, il ne l'avait pas remarqué, mais elle n'avait pas l'habitude de régler des petites sommes en dehors de Séoul. Coco Mart était une supérette située à côté des toilettes publiques, près de l'accès au mont Gyeryong. Elle avait probablement manqué de liquide une fois sur place et elle avait payé par carte. Si Sol Lisa était allée quelque part, il était très probable que Park Yi-eum ait été avec elle.

— C'était pour la « cohésion de l'équipe ». Tous ensemble, déclara Park Yi-eum.

Elle ne se souciait pas de savoir comment les policiers étaient au courant pour Gongju.

— Tous ensemble ?

— C'était avec Évasion collective. Nous sommes tous allés au mont Gyeryong, nous avions loué deux caravanes.

— Évasion collective ? répéta Lee Pyeong-so, qu'est-ce que c'est ?

Hong aussi était intéressé.

— C'est un groupe de patients contre les antidépresseurs, ça dépend de l'AAD. Lisa et moi en faisions partie.

Les yeux de la jeune femme se remirent à briller.

— C'est un groupe dirigé par M. Ban Tak-shin. « EC » pour Évasion collective. Cela signifie qu'on s'échappera tous ensemble de cette fausse maladie connue sous le nom de dépression.

— Hum…

Le commandant sentit monter la migraine. Sol Lisa, la solitaire, avait une vie sociale, contrairement à ce qu'il pensait. Et cette femme qu'il imaginait être la seule amie de la victime l'avait caché.

— Ban Tak-shin… celui qui avait fait scandale à l'hôpital ?

— Le jour même, en rentrant à la maison, j'ai

cherché sur internet, dit Park Yi-eum d'une voix sèche.

Le soir de sa première rencontre avec Sol Lisa, elle avait tapé le nom de Ban Tak-shin sur son ordinateur. La voix désespérée, le regard perçant et la phrase « Ne vous laissez pas duper » l'obsédaient.

Ban Tak-shin tenait un blog, « No depression ». Sur la page d'accueil figurait une grande photo de son fils. Ce dernier s'était suicidé après avoir pris des antidépresseurs prescrits par Im Gwi-sup. Il y avait aussi une photo du médecin légendée ainsi : « Im Gwi-sup, le médecin assassin ». Park Yi-eum se mit à lire les articles. Ban Tak-shin décrivait en détail le traitement de son fils et ce qui l'avait conduit au suicide. Il donnait aussi une biographie fouillée du professeur. En conclusion, il disait souhaiter entrer en contact avec des patients dépressifs, esquintés par le professeur, et avec leur famille. Il disait même qu'il faudrait un recours collectif pour chasser de l'hôpital le médecin assassin, ainsi qu'une action collective pour révéler les mensonges du capital et de la science entourant la dépression.

Environ une semaine plus tard, Park Yi-eum l'avait appelé. Ban Tak-shin lui proposa de participer à la création d'un groupe de personnes en dépression, qui ne serait pas réservé aux patients d'Im Gwi-sup mais ouvert à toute personne partageant ses opinions. Park Yi-eum alla voir Ban Tak-shin à son bureau. Elle décida de participer au groupe, baptisé Évasion collective, et le proposa aussi à Sol Lisa qui la suivit.

— Combien y a-t-il de membres en tout ? demanda calmement le commandant.

— Pas beaucoup. Les dépressifs n'aiment pas se retrouver en groupe.

— Pas beaucoup… Mais combien ?

— Maintenant… toutes les personnes parties camper en mars. C'est-à-dire cinq, y compris M. Ban Tak-shin.

— Donc Ban Tak-shin, Sol Lisa, vous et deux autres personnes ?

— Oui.

Lee Pyeong-so posa une feuille de papier et un stylo devant Park Yi-eum.

— S'il vous plaît, écrivez le nom des membres, leurs coordonnées et tout ce que vous savez sur eux.

— EC n'a rien à voir avec l'affaire de Lisa. Nous ne nous sommes plus jamais vus après le 12 mars. Ils se sont tous rétablis sans médicament et ont vécu chacun de leur côté.

— C'est à nous de juger s'il y a un lien ou non. Écrivez tout. Nous aurons les informations de toute façon, mais cela nous permet de gagner du temps, dit le lieutenant en tapotant la feuille vierge.

Park Yi-eum se mordit les lèvres sous l'effet de la colère. Cependant, elle admettait intuitivement que les enquêteurs apprendraient ce qu'ils voulaient par d'autres moyens. Elle attrapa le stylo et écrivit noms et numéros de téléphone des membres en appuyant fortement sur chaque lettre.

— Il ne s'est rien passé de spécial le 12 mars ?

— Non, rien. On a fait un barbecue et on s'est bien amusés. Lisa était joyeuse.

— Qu'avez-vous fait là-bas ?

— Ce que nous avons fait ? On s'est promenés… on

s'est promenés tous ensemble avant de dîner, puis ceux qui ont voulu marcher encore ont gravi la montagne.

— Quelles étaient les relations de Sol Lisa avec les autres membres du groupe, s'il vous plaît ? dit Lee Pyeong-so en regardant la feuille.

— Que voulez-vous dire ?

— Les deux autres membres… Im Na-min, Kim Yeol. Je suppose que Kim Yeol est un homme. Je veux dire, avait-il des sentiments particuliers pour Sol Lisa ou pour d'autres ?

— N'importe quoi, dit Park Yi-eum en ricanant. C'est ridicule, nous ne sommes pas ce genre de groupe.

— Les membres se sont-ils déjà disputés, sont-ils en conflit entre eux ?

— Jamais de la vie.

— Qu'est-ce que Sol Lisa a acheté dans la supérette près du camping ? Avec la carte de son père ?

Park Yi-eum se concentra pour raviver ses souvenirs.

— Oh… on a dû aller acheter du charbon de bois. Chacun en a profité pour choisir une boisson. Lisa a tout payé en disant qu'elle était désolée de ne pas avoir aidé à la préparation. On lui a dit qu'une étudiante ne devait pas avoir beaucoup d'argent, mais elle a répondu en riant qu'elle avait tellement d'argent qu'elle s'était acheté une nouvelle tenue de randonnée. Et elle disait que les boissons ne lui coûtaient rien. Elle était vraiment joyeuse.

Lee Pyeong-so fit la grimace ; il eut l'air encore plus menaçant.

Il devait maintenant rencontrer chacun des membres d'EC.

10

Évasion collective des antidépresseurs

— C'est un groupe de patients. Son nom entier, c'est Évasion collective, mais on l'appelle EC d'habitude, répondit Ban Tak-shin au jeune avocat stagiaire. J'allais organiser un autre groupe à ce moment-là. J'aurais dû insister auprès de Jeon Hak-soo pour qu'il en fasse partie, d'autant qu'il m'avait demandé de l'aide.

— Il s'agit du groupe de patients… des dépressifs ? demanda Park Shim tout en vérifiant que le magnétophone enregistrait bien.

Ils parlaient depuis plus de quarante minutes déjà.

— Oui, j'avais constitué un groupe de patients qui partageaient ma façon de voir. On a pu prouver que, sans antidépresseurs, grâce à la solidarité, les patients pouvaient surmonter leur dépression.

Ban Tak-shin se tourna vers le jeune homme aux oreilles pointues.

— Au fait, ils ont bien dit qu'ils arriveraient à 16 heures ?

— Oui, monsieur. Ils ont dit 16 heures.

Park Shim regarda son téléphone. Il affichait 15 h 52.

Message reçu : il fallait conclure l'entretien. Le jeune homme éteignit le magnétophone. Puis il rangea carnet et stylo dans son sac.

— Mais je ne peux pas prendre de décision à propos d'un témoignage d'expert. Il faut que j'en réfère à l'avocat. Je vous laisse. Merci pour votre disponibilité.

— J'espère que cela vous aidera. Je veux dire : que cela aidera Jeon Hak-soo, dit Ban Tak-shin.

Un sourire de façade masquait son trouble intérieur.

Le jeune homme aux oreilles pointues se leva pour sortir du bureau. Quand il passa devant lui, Park Shim vit distinctement son visage. Un nom enfoui dans ses souvenirs émergea soudain. Un nom qui se mit à l'obséder.

— Je vous recontacterai si j'ai d'autres questions.

Alors qu'il prenait son sac, on frappa à la porte.

Deux hommes à la carrure imposante franchirent le seuil, avant que Ban Tak-shin eût fini de leur dire d'entrer : le premier, d'âge moyen, les cheveux courts et bouclés, la peau mate et grenue ; l'autre, jeune, d'une beauté incroyable avec sa crête d'Iroquois.

— Eh, bonjour. Monsieur Ban Tak-shin ? dit le premier en avançant d'un pas.

— Oui, c'est moi.

L'homme d'âge moyen sortit sa carte de police. La sueur collait sa chemise blanche à son dos ; l'odeur de transpiration mêlée à sa forte odeur de mâle envahit le bureau.

— Je suis le commandant Lee Pyeong-so du commissariat central de Suwon. Et voici le lieutenant Hong In-hyuk.

Ban Tak-shin se leva et désigna deux chaises.

— Oui, bonjour. Asseyez-vous, je vous prie.

— Bon, alors je vous laisse.

Park Shim inclina la tête en direction de Ban Tak-shin avant de se retourner. Il sentit les yeux de l'homme le plus âgé, le commandant du commissariat central de Suwon, fixés sur lui. Que vient faire la police ? Il était intrigué, mais cela ne le concernait pas. Il mit son sac à l'épaule et gagna le couloir.

— J'espère qu'on n'a pas chassé votre invité ?

Lee Pyeong-so demanda un verre d'eau fraîche à Ban Tak-shin qui s'apprêtait à leur donner du café.

— Non, nous avions fini.

— Qui est-ce ? Il a des sourcils vraiment surprenants ! dit le lieutenant en essuyant sa nuque ruisselante de sueur avec son mouchoir.

— C'est un étudiant en droit qui fait un stage dans un cabinet d'avocats. Il enquête sur une affaire criminelle impliquant un patient dépressif.

— Hum… Vous vous occupez de ce genre de choses ici…

Lee Pyeong-so se retourna pour jeter un coup d'œil à la pièce.

Il avait été frappé par le jeune homme aux sourcils froncés qui venait de sortir. Il avait perçu la passion et l'éclat qui émanaient de lui. C'est vraiment bien d'être jeune. Les jeunes qui sont passionnés par ce qu'ils font dégagent une énergie toute neuve.

Sol Lisa aussi était jeune. Mais sa jeunesse lui faisait peur.

C'est bien aussi d'être vieux. Il reste moins de

temps à vivre. Sans rien de très heureux ni de très triste, on se sent neutre. Qu'est-ce qui me reste de toute ma vie passée ?

Ces derniers jours, Lee Pyeong-so avait souvent des idées noires.

— Park Yi-eum m'a parlé avant-hier de Sol Lisa. J'ai peine à y croire. Pourquoi lui est-il arrivé une chose aussi terrible…

La fin de la phrase de Ban Tak-shin se perdit dans le tremblement de ses lèvres.

— Vous ne le saviez pas ?

Lee Pyeong-so, le menton dans ses mains, examinait attentivement son interlocuteur. Après avoir terminé ses recherches sur Park Yi-eum, il était allé sur le blog de Ban Tak-shin. On ignorait ce qu'il en était pour les autres membres du groupe mais Park Yi-eum, elle, semblait le croire et l'aduler. Petit mais costaud, énergique, des yeux brûlants, une voix grave et puissante au timbre clair, il donnait l'impression d'un homme structuré et persuasif.

— Je n'étais pas au courant de quoi ?

— De la disparition de Sol Lisa au mois de mai… En tant que responsable du groupe EC, vous ne le saviez pas ?

Ban Tak-shin secoua la tête, l'air ahuri.

— Pas du tout. C'est Park Yi-eum qui a dû vous parler d'EC. Je n'ai jamais contacté Sol Lisa directement. C'était toujours Park Yi-eum qui le faisait. Et puis le groupe s'est pratiquement dissous après la sortie du mois de mars. Plus personne n'a eu besoin de mon aide. Je pense mettre en place un nouveau groupe.

— EC… qu'est-ce que c'est exactement ? dit Lee Pyeong-so, croisant les jambes et repoussant sa chaise.

— Tout simplement un groupe de patients souffrant de dépression. Sans antidépresseurs, chacun doit essayer de faire face à sa souffrance, soutenu par les autres membres du groupe. Contrairement à d'autres malades mentaux, les dépressifs n'entretiennent pas de relations entre eux, en dehors d'internet. Donc les patients, isolés, ne peuvent se reposer que sur les médicaments. Même si les antidépresseurs sont source de problèmes, les patients n'ont ni alternative ni accès à de bonnes informations. Ils doivent se contenter de suivre les prescriptions de leur médecin.

— Avez-vous recruté les membres via votre blog ?

— Oui, c'est ça. Quelques personnes seulement nous ont rejoints.

— Combien ?

Le visage de Ban Tak-shin se ferma.

— Je ne peux rien vous dire sur les membres.

Hong In-hyuk, immobile jusque-là, haussa les épaules.

— Mlle Park Yi-eum nous a tout raconté. Nous voulons seulement vérifier nos informations.

Le président de l'AAD se tourna vers le lieutenant et le fixa d'un regard dur et impénétrable même pour un devin.

— Je me fiche pas mal de ce que Park Yi-eum vous a dit ou pas. Les informations concernant les personnes souffrant de maladie mentale sont sensibles : elles exigent une confidentialité absolue. Je suppose que vous êtes au courant. Au passage, je suis contre le fait de considérer la dépression comme une maladie mentale. Mais en aucun cas je ne vous dévoilerai quoi que ce soit sur aucun des membres.

— Alors, dites-nous seulement combien de membres il y avait, s'il vous plaît. Le nombre de personnes n'est pas une information personnelle, dit le lieutenant, reposant sa question.

— Peu de monde. Je ne peux pas vous en dire plus.

Ayant appris que Park Yi-eum avait déjà tout raconté à la police à propos de Sol Lisa et des autres, Ban Tak-shin aurait dû comprendre qu'il ne servait à rien de se taire, mais il était déterminé. Son mutisme pouvait s'interpréter comme le comportement responsable du président d'une association. Ou alors dissimuler des arrière-pensées.

— Comment fonctionnait EC ?

Lee Pyeong-so adoptait là un autre angle d'attaque. De toute façon, Park Yi-eum lui fournirait les informations nécessaires sur les membres.

— Les patients dépressifs peuvent guérir simplement en se rencontrant et en parlant entre eux…

Muet sur les membres du groupe, Ban Tak-shin se montra intarissable sur le fonctionnement de son association. Il commençait par organiser une réunion de patients dépressifs. Tous avaient consulté son blog avant de le contacter. Tous avaient donc des doutes – petits ou grands – sur l'efficacité des antidépresseurs. Lors de la réunion, ils faisaient part de leur expérience et découvraient avec surprise qu'ils n'étaient pas seuls, que d'autres partageaient leurs souffrances. Libérés de leur isolement, ils se dégageaient de la honte attachée à la maladie mentale. Une empathie qu'ils n'avaient jamais rencontrée auparavant unissait soudain de parfaits inconnus. La solidarité entre les membres créait un soutien émotionnel qui était au cœur de leur guérison.

D'après Ban Tak-shin, les membres d'EC se réunissaient trois ou quatre fois par mois. Il expliqua ensuite que le degré et les symptômes de la dépression variaient d'une personne à l'autre. D'ailleurs, il valait mieux présenter la dépression comme un ensemble de symptômes plutôt que comme une maladie unique. Cette pathologie pouvait survenir n'importe quand et toucher n'importe qui, sans distinction de profession, de revenus, d'âge ou de formation.

Cela explique qu'EC rassemblait des personnes appartenant à différents milieux sociaux et présentant des symptômes variés, et différents stades de dépression. Peu à peu, les membres du groupe nouaient des liens entre eux, par affinités. Ils s'aidaient mutuellement psychologiquement, parfois aussi concrètement. Au bout de sept mois, tout le monde avait vu son état s'améliorer sans antidépresseurs.

— … Cela montre bien que ce qui est efficace, ce ne sont pas les antidépresseurs, mais bien le sentiment d'appartenance à une communauté, l'empathie entre ses membres et les aides concrètes qu'ils s'apportent les uns les autres. Ce serait bien si la chimie pouvait venir à bout de la dépression, mais ce n'est pas le cas, conclut Ban Tak-shin.

— Ce groupe vient prouver le bien-fondé de votre théorie, non ? demanda Lee Pyeong-so.

Ban Tak-shin se contenta de sourire du bout des lèvres, ce que le commandant interpréta comme une réponse affirmative.

— Comment se comportait Sol Lisa à l'intérieur du groupe ? Je vous rappelle qu'il s'agit d'une victime de meurtre, et que, comme nous avons obtenu son dossier médical, vous pouvez tout nous dire.

— Hum…

Ban Tak-shin se gratta les sourcils en réfléchissant.

— Mlle Sol Lisa… elle était calme et passive. Surtout au milieu des membres. Elle ne parlait pas beaucoup d'elle et semblait très timide. Les deux premiers mois, elle n'a pas levé la tête. Park Yi-eum s'occupait bien d'elle. C'est d'ailleurs Park Yi-eum qui l'avait amenée. Elle allait chez Sol Lisa presque tous les jours en sortant du travail, elle faisait le ménage et elles mangeaient ensemble. Bref, deux amies.

« S'occuper de la jeune fille faisait du bien à Park Yi-eum : elle avait besoin de se sentir utile. Sol Lisa parlait plus facilement, son visage s'égayait. La dernière fois que je l'ai vue, je me suis même demandé s'il s'agissait de la même personne.

— La dernière fois… c'est-à-dire lors de la sortie du 12 mars ?

— Oui, c'est bien ça.

— Comment avez-vous eu l'idée de faire cette sortie de groupe ?

— Eh bien… il me semble que l'un des membres l'avait proposée. Ils parlaient souvent d'aller faire une excursion en dehors de Séoul. Alors, le printemps étant arrivé, j'ai soutenu ce projet. Nous sommes allés sur le mont Gyeryong. Nous avions choisi le terrain de camping Sae-rim, pensant que ce serait un endroit assez tranquille. Tous détestaient les endroits surpeuplés.

— Qu'avez-vous fait là-bas ?

— On a joué, tout simplement. On n'avait aucun objectif particulier et on voulait juste s'amuser. On s'est promenés tous ensemble, on a fait griller de la viande et des crevettes sur le barbecue. On a bavardé en buvant, certains de la bière, d'autres du vin. On est restés tard à discuter. Ceux qui avaient sommeil sont allés se coucher. Le lendemain matin, on a préparé une soupe aux germes de soja. Après avoir mangé rapidement, chacun a pris sa valise pour rentrer à Séoul. C'est tout.

— Avez-vous remarqué quelque chose d'anormal dans le comportement de Sol Lisa ?

Ban Tak-shin secoua la tête.

— Absolument pas. Elle me semblait beaucoup plus joyeuse qu'auparavant. Elle racontait des blagues et elle était très souriante. Elle a bu beaucoup de vin. Je pensais qu'elle ne buvait pas d'alcool mais je me trompais. Seulement elle n'a pas pu se lever le lendemain matin : elle avait trop bu. Du coup, elle seule n'a pas pris de petit déjeuner. Sinon tout était normal.

— Ah bon…

Lee Pyeong-so finit son verre d'eau.

— Aviez-vous rencontré Sol Lisa ou lui aviez-vous parlé depuis ?

— Non. Je vous rappelle que nous n'avons jamais eu de contact téléphonique. Mais on m'a dit que Park Yi-eum allait la voir tous les jours et qu'elle prenait soin d'elle. Et puis j'ai appris que Park Yi-eum n'avait plus aucune nouvelle de son amie depuis que celle-ci lui avait annoncé qu'elle allait partir en voyage début mai. Park Yi-eum m'a fait part de ses inquiétudes.

Mais… que pouvait-on y faire ? Je lui ai dit qu'on allait d'abord attendre. Si elle était rentrée chez ses parents, cela expliquait qu'elle ne nous donne pas de nouvelles… Qui aurait pu imaginer qu'elle était morte ? conclut Ban Tak-shin d'une voix sombre.

— Je vois.

— Messieurs… dit le blogueur en fixant les policiers l'un après l'autre, ce qui est arrivé à Sol Lisa est terrible, mais cela n'a rien à voir avec nous. Le fait qu'elle appartienne à notre groupe est une simple coïncidence.

11

Park Yi-eum, l'employée administrative d'école primaire

Park Yi-eum en avait assez de sa famille.

Elle avait eu une jeunesse insouciante. Son père dirigeait une usine de composants électroniques, sous-traitant d'une grande entreprise, sa mère était femme au foyer, et elle avait deux petits frères. Grâce à la situation de son père, la famille vivait dans l'aisance ; étant l'aînée et la seule fille, elle bénéficiait d'un traitement de faveur et d'une attention toute particulière. Elle était assez jolie : elle ressemblait à sa mère qui, lycéenne, avait participé à un concours de beauté local.

Mais quand elle eut treize ans, la crise financière éclata. L'aide internationale, dont le FMI, renfloua l'économie contre des conditions drastiques. La production du pays entier chuta, l'argent ne circulait plus. Alors que l'État faisait une campagne de collecte d'or, via les médias, pour sauver le pays, l'usine de son père fit faillite. Les deux garçons étaient encore petits mais Park Yi-eum avait l'âge de ressentir la pauvreté. La famille dut quitter la grande maison avec jardin pour un appartement petit et insalubre à Seongnam, dans la banlieue de Séoul. La nuit, des hommes ivres pissaient dans la ruelle et on entendait les voisins casser les vitres quand ils se disputaient.

Son père tenait maintenant une supérette ouverte vingt-quatre heures sur vingt-quatre, qu'il avait achetée avec ses économies. Autrefois VIP, à qui on servait le thé dans le bureau d'un directeur de banque, il portait maintenant un gilet de supérette affublé d'un grand logo et vendait des barquettes de nouilles instantanées. De femme au foyer, sa mère s'était mise à travailler en alternance avec son mari pour épargner le salaire d'employés à temps partiel. De nombreux chômeurs dans la même situation ouvrirent d'autres supérettes ou des petits commerces dans le même coin. Malgré un labeur acharné, ses parents ne réussirent pas à faire prospérer leur affaire.

Alors le père reporta tous ses espoirs sur sa fille. Si les deux garçons avaient réussi aussi bien qu'elle à l'école, l'espoir aurait reposé sur eux. Mais ils n'étaient ni assez bons élèves ni assez mûrs.

— On verra bien quand ma fille aura réussi le concours de la haute fonction publique. Tout le monde sera obligé de reconnaître que je n'ai pas raté ma vie. Je l'annoncerai d'abord à ceux qui m'ont tourné le dos quand j'ai fait faillite. Rira bien qui rira le dernier !

Incapable de rétablir seul sa situation, le père voulait que sa fille le venge de ses amis et réalise son rêve brisé. Le critère du succès était la réussite à un concours de la haute fonction publique. Le père avait foi en sa fille et la mère était aux petits soins pour elle. Elle réservait les meilleurs plats, les plus raffinés, à son aînée, candidate potentielle à ce concours et pilier de toute la famille.

Park Yi-eum était une jolie fille, bonne élève et travailleuse, mais elle n'avait rien d'exceptionnel. Ses parents attendaient trop d'elle, c'était écrasant. Elle en vint à penser qu'elle n'était bonne à rien, et ce sentiment s'aggrava à son entrée à l'université : à chaque instant de chaque jour, elle pensait qu'elle n'était pas à la hauteur. Avait-elle A et non A+, elle se sentait nulle. Après avoir obtenu un score supérieur à 700 au TOEIC, elle se sentit fautive de ne pas avoir dépassé 800. Elle décrocha une bourse, mais elle était perpétuellement angoissée car elle n'était pas sûre de l'obtenir le semestre suivant. Dès sa deuxième année, elle présenta le concours administratif de haut niveau, mais elle ne réussit même pas la première épreuve. Quand elle rentra chez elle, accablée de culpabilité, sa mère lui servit du riz tout chaud qu'elle venait de préparer et son père disposa devant elle plusieurs plats d'accompagnement, avec un regard qui signifiait : je ne peux compter que sur toi, ma fille.

« Ils n'ont pas encore compris que je suis incapable de réussir le concours ? »

Park Yi-eum pensait que ses parents le savaient bien. Le contraire était impossible. Elle étouffait. Elle n'avait rien d'exceptionnel – elle en était consciente – et elle ne méritait pas l'adulation de ses parents. Elle voulait être aimée sans conditions, telle qu'elle était. Elle coucha donc avec le premier garçon qui lui fit des avances. C'était un étudiant rieur, dans la même année qu'elle, au regard affectueux et doux. Ils se promenaient partout sur le campus, collés l'un à l'autre, comme s'ils ne formaient qu'un seul corps. Être aimée par un homme l'avait libérée de l'idée qu'elle ne valait rien.

Peu de temps après, un étudiant plus âgé, une star de la fac, revint après avoir terminé son service militaire. Il était, selon les rumeurs, le deuxième fils d'une famille à la tête de quasi-chaebols. Grand, beau comme un acteur de publicité pour téléphones portables, toutes les étudiantes lui faisaient les yeux doux, y compris Park Yi-eum. Celle-ci trouvait maintenant son petit ami tellement ennuyeux qu'elle ne voulait même plus lui parler. Elle préférait l'étudiant beau, riche, spécial, convoité par toutes les filles, à son condisciple dans les bras duquel elle s'était jetée sans beaucoup réfléchir. Aveuglée par la passion, elle rêvait qu'il n'aimait qu'elle. Pour la première fois, elle était amoureuse.

À sa grande surprise, le rêve devint réalité. Un jour, cet étudiant lui téléphona en cachette pour lui avouer son amour : l'inimaginable était arrivé ! Park Yi-eum ne touchait plus terre tellement elle était heureuse. Son échec au concours administratif : aucune importance. Les attentes excessives des siens à son égard, leurs moyens financiers quasiment inexistants : aucune importance. Seul comptait l'amour.

Toutes les étudiantes étaient jalouses de Park Yi-eum, et elle, elle se vantait : « Toutes, vous le voulez, mais c'est mon petit ami à moi ! » Cette euphorie ne dura que quelques jours. L'anxiété succéda peu à peu à l'exaltation : « M'aime-t-il vraiment ? » Elle ne se sentait pas à la hauteur. Elle pensait qu'il l'avait prise pour une autre ou qu'il avait agi sans réfléchir.

« Est-ce qu'il va me quitter s'il découvre qui je suis vraiment ? Est-ce qu'il regrette déjà ? »

Elle ne pourrait pas vivre un jour ni même une seconde sans lui.

« Tu m'aimes ? » lui demandait-elle au moins dix fois par jour. Elle n'en avait jamais assez de ses « Oui, je t'aime ». « Que faut-il que je te dise pour que tu me croies ? » lui rétorquait-il, excédé. Elle ne le savait pas non plus. Elle lui demandait sans cesse : « Tu me mentais quand tu disais m'aimer ? Tu ne m'aimes plus ? »

S'il mettait plus de dix minutes à lui répondre, elle devenait hystérique. Elle déchirait des papiers, lançait ce qui lui tombait sous la main et l'abreuvait d'injures. Quand elle n'était pas violente, elle était anxieuse. Fatigué de lutter sans cesse contre cette obsession, le beau jeune homme rompit avec elle.

Park Yi-eum en eut des crises d'angoisse jour et nuit ; elle ne pouvait ni manger ni dormir. Elle était incapable de se lever le matin et restait au lit toute la journée à sangloter ; les mouchoirs s'amoncelaient autour d'elle. Il lui fallut trois mois pour sortir de cet état. Son corps déjà très mince devint squelettique. Ses parents avaient eu beau réduire leurs attentes à son égard durant cette période, elle n'en était pas plus heureuse. Elle se sentait plutôt abandonnée. Elle n'était bonne à rien, pensait-elle.

Elle limita ses ambitions à fonctionnaire de catégorie 7 et présenta les concours de catégorie 7 et 9 en même temps. Elle ne savait pas quoi faire d'autre, alors elle continua comme avant. Malheureusement pour elle, la sélection était très sévère cette année-là. Elle traversa aussi trois tempêtes amoureuses avant d'obtenir son diplôme universitaire et de réussir enfin le concours de catégorie 9.

Park Yi-eum, qui devait devenir une fonctionnaire de haut niveau, ne réussit que ce concours, soit le plus bas de l'échelle. Elle remplissait des tâches administratives dans une école primaire : elle chiffrait le coût des voyages scolaires, négociait avec le prestataire de la cantine, participait aux dîners entre collègues. Son salaire filait vite : dépenses quotidiennes, quelques films, des vêtements pour aller travailler… Des mois s'écoulèrent ainsi. Puis elle commença à douter : elle avait beau essayer d'améliorer sa vie, rien ne changeait. C'est juste que, maintenant, elle travaillait dans une école où on l'avait embauchée avec difficulté, et qu'elle passait de bons moments avec ses collègues. C'étaient les seuls plaisirs de sa vie. « La joie, la satisfaction, qu'est-ce que ça veut dire ? Les autres, comment se sentent-ils ? » Elle avait surtout peur de la nuit, seule dans sa chambre. Comme elle détestait ruminer ses pensées, elle sortait toutes les nuits. Elle vit que les hommes la trouvaient belle et, sous leurs regards, elle retrouva l'estime de soi.

Un jour, une femme avec qui elle s'était liée vint la voir avec son petit ami ; et celui-ci se mit à la draguer. C'était un homme d'âge moyen au sourire chaleureux et charmeur, possédant une Audi et une montre de luxe. Park Yi-eum vola le petit ami de sa copine. Elle apprit ensuite qu'il était déjà marié, mais elle l'aimait avec passion. Avec lui elle oubliait son quotidien morose. Pour tenir à l'écart son anxiété et son angoisse, l'amour devait être passionné et houleux. Les amants se disputaient violemment, se blessaient, se réconciliaient et s'attachaient encore plus l'un à l'autre. Leur amour prit fin rapidement, lui laissant de terribles blessures, une haine de soi semblable à une infection, une réputation déplorable et une profonde dépression.

Une nuit, alors qu'elle avait à peine vingt-neuf ans, Park Yi-eum tordit sa serviette de toilette pour en faire un nœud coulant. Il lui suffisait d'en fixer l'extrémité au support de douche et d'y introduire la tête. Tout serait fini. Finies les relations destructrices et humiliantes à répétition, finis les rejets. Elle venait de prendre sa douche. Elle glissa sa tête dans le nœud coulant, mais dès qu'elle sentit sur son cou si mince le froid humide de la serviette, elle se dégagea en hurlant. Cette nuit-là, blottie sous sa couverture et agitée de frissons, elle prit conscience qu'elle ne voulait pas vraiment mourir. Elle serait incapable de se donner la mort si un jour cette envie la reprenait. Le lendemain elle consulta un psychiatre. Le diagnostic : elle souffrait de dépression depuis ses vingt et un ans à peu près. Son autodérision, sa faible estime de soi, son envie de plaire aux hommes pour se sentir exister, tout cela venait de sa dépression. Tous ses comportements passés dont elle avait honte étaient dus à la maladie, ce n'était pas sa faute. Elle en fut soulagée. À partir de ce moment, elle prit les antidépresseurs prescrits.

Malgré les effets secondaires, elle poursuivit le traitement. Cela l'empêchait d'être submergée par des émotions négatives. Mais elle ne ressentait pas de joie non plus. Elle vivait dans un vide émotionnel : ni joie ni tristesse, même pas le désir d'en finir. Il lui arrivait de se demander si vivre comme une poupée insensible était mieux qu'être déprimée, mais impossible de revenir en arrière. Au bout d'un an, elle prit beaucoup de poids, effet secondaire du médicament. Elle qui avait toujours été maigre s'irrita de voir son corps grossir, mais elle n'avait pas le choix. Elle voyait régulièrement son médecin et continuait son traitement.

En allant à une consultation, elle rencontra Ban Tak-shin. Elle interpréta comme un signe du destin d'avoir croisé le regard de celui qui faisait scandale à l'hôpital. Cet homme possédait des convictions bien ancrées et un enthousiasme communicatif, associés à un esprit rigoureux qui transformait sa passion en actes. La perte tragique de son jeune fils ajoutait une aura de tristesse à son expression déterminée. Cet homme avait trouvé sa vocation à la suite d'une expérience tragique. Il avait été réveillé par une douche glacée et il avait pour mission d'aller éveiller ceux qui, comme elle, pataugeaient dans leur apathie.

« Ne vous laissez pas duper. »

Ces quelques mots changèrent la vie de Park Yi-eum.

Elle sortit du vide émotionnel en abandonnant les médicaments : elle trouva une alternative grâce à Ban Tak-shin et au groupe qu'il constitua. Pour la première fois, Park Yi-eum put s'appuyer sur un homme sans qu'il soit question de sexe. Elle entraîna avec elle Sol Lisa, rencontrée dans la salle d'attente de l'hôpital le jour du scandale. En s'occupant de Sol Lisa, en voyant son état s'améliorer, elle-même allait de mieux en mieux. Elle pouvait partager les souffrances de patients dépressifs comme elle, chose impossible avec des gens « normaux ». Elle devint indispensable à certains membres du groupe. Elle en ressentit joie et fierté. Elle avait oublié ces sentiments depuis si longtemps qu'elle dut y réfléchir à deux fois pour s'en rendre compte.

Après avoir rencontré Ban Tak-shin, Park Yi-eum sortit de la longue et profonde dépression qui l'accablait depuis le début des années 2000 et du marais d'insensibilité dans lequel la plongeaient les antidépresseurs. Elle retrouva sa jolie silhouette d'autrefois. Elle n'entretenait plus de relations destructrices avec les hommes et vivait en paix, se réjouissant des petits bonheurs de la vie. Elle apprit à se contrôler.

Elle pensait que l'affirmation de Ban Tak-shin, le représentant de l'AAD, était vraie et méritait d'être diffusée auprès du plus grand nombre.

12

Le pouvoir de se tuer

Alors qu'il se dirigeait vers l'escalier en sortant du bureau de l'AAD, Park Shim croisa un homme qui sortait des toilettes. C'était bien le jeune aux oreilles pointues ; il se frottait les mains sur son pantalon pour finir de les essuyer. À la vue de Park Shim, il baissa la tête sans dire un mot et, mine de rien, voulut continuer son chemin.

— Eh… dit Park Shim en l'arrêtant. Mais… vous n'étiez pas au lycée de Dae-eun ?

Le jeune homme leva la tête et cligna des yeux pour acquiescer. Le pli de sa paupière supérieure était légèrement marqué.

— Alors peut-être… Kim Yeol, terminale 3 ?

— … Oui.

L'avocat stagiaire sourit avec chaleur et lâcha la bandoulière de son sac pour lui tendre la main.

— C'est bien ça ! Ravi de te revoir. Moi, c'est Park Shim, terminale 1. Tu me reconnais ?

Kim Yeol baissa les yeux sur la main tendue et la serra. Sa main, encore humide, était glaciale.

— Oui, bien sûr.

Tout content d'avoir rencontré un camarade de classe, Park Shim lui tapa sur le bras en une bourrade amicale :

— Hé, pourquoi faisais-tu semblant de ne pas me connaître ? Ça m'a contrarié car je n'étais pas sûr de t'avoir reconnu. Je me demandais à qui appartenait ce visage familier. Je pensais déjà que c'était toi pendant que j'interviewais M. Ban Tak-shin.

Un rictus souleva la lèvre supérieure de Kim Yeol. Sur son visage au menton en forme de gland, l'arc d'un sourire s'accrocha. Park Shim se rappela alors le calme imperturbable, glaçant de son camarade, qui éloignait les autres. Tous deux fréquentaient le même club de lecture qui n'avait de club que le nom. À l'exception du club de sport attirant les élèves doués d'un talent sportif, presque tous les autres clubs étaient consacrés aux études. Les jeunes se connaissaient à peine, ils ne savaient même pas les noms et prénoms de ceux qui les entouraient. Park Shim avait gardé Kim Yeol en mémoire car, fait rare, le prénom de ce dernier était composé d'une seule syllabe.

— Je me disais que tu me snobais. Tout le monde se souvient de toi, le meilleur du lycée, mais qui se souvient de moi ?

Park Shim, troublé par cette réflexion qui trahissait une mauvaise image de soi, eut un rire gêné.

Que peut bien faire Kim Yeol à l'AAD ? Manifestement habitué à servir le café aux visiteurs et à utiliser l'ordinateur du bureau, il semblait jouer un rôle dans l'association. S'il était payé – impossible de le savoir – son salaire devait être bien maigre. L'AAD n'était qu'une organisation à but non lucratif.

Kim Yeol serait-il un membre d'EC qui vient aider au bureau ?

— Hé, Yeol ! Il faut que tu y retournes tout de suite ?

Kim Yeol se tourna vers la porte du bureau et haussa les épaules.

— Non… Le président sera plus à l'aise sans moi.

Était-ce convenu d'avance entre eux ? Pour que le président reçoive seul les policiers ? se demanda Park Shim.

— Eh bien, tant mieux… Alors, on peut prendre un verre ensemble ? J'ai repéré un café en bas.

— Hum… ok, pourquoi pas.

Kim Yeol descendit l'escalier, suivi de Park Shim qui contemplait le dos de son camarade. Les jeunes gens n'avaient pas été proches au lycée. Mais parce qu'ils avaient fréquenté le même établissement, Park Shim imaginait retrouver un vieil ami, perdu de vue huit ans auparavant. « C'est étrange le lien scolaire… mais si je ne me trompe, il en reste encore quelque chose. »

Le temps de descendre les deux étages, de passer commande et de s'asseoir, un autre souvenir surgit de la mémoire de Park Shim, un souvenir qui tourbillonna comme une fumée épaisse et noire : le scandale terrible qui avait dévasté leur lycée. Et qui avait un rapport avec Kim Yeol.

Kim Yeol, le taré de terminale 3, est en couple avec la Lopette de terminale 3.

Une voix méchante résonnait aux oreilles de Park Shim. Qui avait dit ça ?

Au lycée, garçons et filles étaient séparés. Dans

chaque classe de garçons, il y en avait au moins un à l'apparence ou au comportement plus ou moins féminins, qui se trouvait en butte aux taquineries des autres. Les garçons choisissaient les plus efféminés de chaque classe et les désignaient, selon leur classe, comme « Lopette-1 », « Lopette-2 », « Lopette-3 »…

« Lopette-3 », le garçon le plus féminin, avait la peau très blanche, les membres minces et presque pas de pomme d'Adam. Il marchait d'un pas dansant, parlait d'une voix aiguë et nasale comme les homosexuels qu'on voyait dans les films. Il appliquait un baume parfumé sur son visage pour masquer sa barbe naissante et faisait pousser ses cheveux autant qu'il était possible pour un lycéen. Était-il vraiment gay, transgenre, ou simplement efféminé ? Peu importe. On l'appelait tout simplement « Lopette-3 ». Les lycéens ne le considéraient ni comme un homme, ni comme une femme : il était seulement un pédé dont tout le monde pouvait se moquer. Les préjugés et la violence des adolescents qui voulaient affirmer leur virilité étaient virulents.

La rumeur courait que Kim Yeol était en couple avec « Lopette-3 ». Les voyous du lycée se moquaient de lui, le qualifiant d'« amant de Lopette-3 », mais lui, toujours impassible, ne réagissait pas. Les moqueurs se calmèrent et Kim Yeol ne fut plus inquiété. Mais pas « Lopette-3 ». Il ne pouvait ni se fondre parmi les garçons dits « virils » ni supporter son isolement et son humiliation.

Un soir, à la fin des cours supplémentaires, « Lopette-3 » se jeta du toit de l'établissement. Les policiers vinrent sur place, le journal local en rendit compte. Conclusion : suicide dû au harcèlement scolaire. Les principaux responsables furent exclus et l'atmosphère du lycée se calma pendant un temps.

— Et… toi aussi, tu es un membre d'EC ? demanda Park Shim prudemment après avoir bu une gorgée de jus de fraise.

Il avait hésité à poser cette question, mais il pensait qu'il le pouvait, parce qu'ils s'étaient rencontrés dans le bureau de l'AAD et que Kim Yeol avait dû entendre l'ensemble de l'interview de Ban Tak-shin.

Kim Yeol posa sa tasse de café glacé et mâcha le glaçon.

— Oui, répondit cet ancien condisciple qui refaisait surface.

« Kim Yeol serait-il gay ? »

Park Shim avait lu des études faisant état d'un taux de prévalence élevé de dépression et de suicide chez les homosexuels. C'est comme si leur composante féminine les rendait deux fois plus susceptibles d'être atteints de dépression que les hommes « virils ». Un milieu social défavorisé, des troubles d'identité, une estime de soi défaillante, des préjugés, des humiliations constituent un terreau favorable à cette maladie mentale, génétique et biologique, mais aussi sociale.

— Park Shim, tu étudies à la fac de droit. Qu'est-ce que tu vas faire plus tard : juge ? procureur ?

— Euh, je veux devenir avocat.

— Ah bon ? dit Kim Yeol, le jaugeant d'un regard froid. Toi, tu pourras faire tout ce que tu veux parce que tu travailles bien.

— Non, quoi… répondit Park Shim en se grattant la tête.

— Ça fait des années que je cherche un emploi, sans succès pour l'instant. Alors l'an dernier, M. Ban m'a proposé de travailler trois jours par semaine au bureau jusqu'à ce que je trouve quelque chose.

— Ah bon ? Es-tu rémunéré ?

— Ouais. C'est pas mal. Je réponds au téléphone, je m'occupe de la comptabilité et je prépare le café pour les visiteurs. Voilà mon travail. En fait, M. Ban n'a pas vraiment besoin d'un employé : il m'a proposé ça pour m'aider financièrement. Lui, il a abandonné son travail, investi son temps et son argent dans l'association depuis le suicide de son fils.

Park Shim l'écoutait en hochant la tête.

« Est-ce bien cela, la solidarité entre dépressifs ? Est-ce bien ce sentiment de communauté dont Ban Tak-shin m'a parlé ? Fournir un emploi à un jeune dépressif au chômage ? Les patients qui se rencontrent s'entraident dans la vie quotidienne et créent des conditions favorables pour surmonter leur dépression. »

Combien de temps durerait l'AAD, subventionnée par le seul Ban Tak-shin ? Park Shim se souciait de la situation de cet homme : « Qu'en est-il de sa vie familiale, de ses finances ? »

— Et ta santé… Ça va ? demanda Park Shim, scrutant le visage de son interlocuteur, pâle et dénué de toute expression.

Comme au temps du lycée. Impossible de deviner ses pensées.

Kim Yeol but son café glacé et dit enfin :

— Ça va. Je me sens mieux depuis que je fais partie du groupe. Et toi ?

— Quoi ?

Park Shim leva ses sourcils fournis.

— Comment va ta santé ?

— Ah, ça va. Pas de problème.

Park Shim ne s'attendait pas à une telle question : il en fut embarrassé. Kim Yeol avança la tête et le fixa. Sans rien dire. Quelques secondes s'écoulèrent. Pensant que son menton était peut-être sale, le jeune stagiaire l'essuya de la main. Il examina successivement sa paume bien propre et son interlocuteur. Il sentait dans le regard braqué sur lui une certaine chaleur, vraiment gênante.

Les commissures de la bouche de Kim Yeol, très lentement, amorcèrent un petit sourire.

Puis un long ricanement, venu du fond de sa gorge, dévoila ses dents supérieures, bien blanches.

— Gnac, gnac, gnac…

Park Shim hocha sèchement la tête. Il était imprévisible. Il le trouvait désagréable, effrayant. Du regard, Kim Yeol le mettait à nu. Puis il éclata de rire sans raison.

— Park Shim, tu étais vraiment l'élite du lycée. Quel sens de la justice tu as !

— Pourquoi ris-tu ? dit Park Shim, plissant le front.

— Tu étais le délégué de terminale 1, si je me souviens bien. (Kim Yeol pointa l'index vers la poitrine de son compagnon.) En terminale 1, il n'y avait ni tentative d'intimidation ni violence. Parce que toi, le délégué de classe, tu ne le tolérais pas. Vous n'aviez même pas le droit de harceler « Lopette-1 ». Quelle chance elle avait, « Lopette-1 » ! Mais ce n'était pas la même chose dans les autres classes. Les délégués fermaient les yeux sur le harcèlement. En fait, c'était normal. On était en terminale, on n'avait pas le temps de s'occuper des autres, hein ? On n'en avait rien à foutre des affaires des autres. C'était usant.

Dérouté, Park Shim ne comprenait pas où son ancien camarade voulait en venir. Effectivement, il avait essayé d'empêcher le harcèlement dans sa classe. Il n'avait jamais fermé les yeux sur les cas de ce genre. Il lui arrivait d'être le médiateur et, quand cela dépassait ses capacités, il consultait les professeurs. Il était allé voir un camarade qui refusait d'aller au lycée à cause d'une dispute familiale, et il avait passé des heures à le convaincre de revenir. C'est ainsi qu'il voyait son rôle de délégué. Il savait bien que, dans une autre classe, le harcèlement et la violence avaient atteint leur paroxysme, mais il ne pouvait rien y faire : c'était leur problème. Est-ce que Kim Yeol ironisait là-dessus ? Sur le fait qu'il avait négligé ce qui se passait en terminale 3 ?

Le suicide de « Lopette-3 ». Ce drame avait-il marqué profondément Kim Yeol ? Leurs retrouvailles inattendues avaient-elles ravivé sa blessure ?

— Park Shim, le délégué de terminale 1, faisait preuve de compassion et aidait les faibles. C'est ce que je voulais dire. Lui, du haut de l'échelle, il nous contemplait. Ça ne devait pas être évident.

— … du haut de l'échelle ?

— Alors, cette fois, ce sont les dépressifs, ton sujet ?

Son sourire avait disparu. Son ton était devenu glacial.

Park Shim reprit de l'assurance. Il savait bien qu'il était privilégié : il avait fréquenté une université réputée, une carrière sûre s'ouvrait devant lui et il avait un soutien solide dans sa future profession. C'était une situation très rare à l'époque de la « génération des abandons », quand un million de jeunes étaient au chômage. Et qui pouvait provoquer un complexe d'infériorité chez ceux de son âge peinant à trouver un emploi. Alors il se montrait toujours modeste. « Même si Kim Yeol m'en veut, je n'y suis pour rien. » Cette pensée l'apaisa.

— Tu as suivi notre entretien ? Un homme dépressif a commis un meurtre. Dans le cadre de mon stage, je cherche des éléments pour qu'il bénéficie de circonstances atténuantes.

— Oui, j'ai entendu. Il s'agit de Jeon Hak-soo, non ? Ça doit être un effet secondaire. Il voulait peut-être se suicider. Mais comme il en était incapable, il a commis un meurtre.

— Il aurait voulu… se tuer ?

— C'est beaucoup plus difficile de se suicider que de tuer, répondit Kim d'une voix maussade. Peu de gens réussissent leur première tentative de suicide. L'instinct animal, l'instinct de survie est plus fort. On peut contrôler l'instinct des autres, mais il est difficile de le vaincre. Tout le monde n'est pas capable de se suicider. Juste ceux qui le peuvent.

— Et ce n'est pas tout le monde… murmura Park Shim.

— Les antidépresseurs aident une personne prête à se suicider à surmonter son instinct de survie. Leurs effets secondaires ont conduit au suicide un membre de notre groupe. Il avait pris pendant très longtemps un antidépresseur puissant, de la première génération, impossible à trouver en Corée mais le seul à lui convenir. Il allait régulièrement aux États-Unis pour se le procurer.

— La première génération d'antidépresseurs ?

— Euh, oui, quelque chose comme ça. Les IMAO.

IMAO : inhibiteurs de la monoamine-oxydase. Le premier antidépresseur commercialisé dans les années 1950. Park Shim hocha la tête, comme si c'était nouveau pour lui.

— Ils génèrent des effets secondaires importants. Si l'on a une alimentation à base de produits fermentés comme le kimchi ou le fromage, là, il va y avoir des problèmes graves. Raison pour laquelle ils sont interdits en Corée. Mais les antidépresseurs habituels n'avaient aucun effet sur cet homme. Au cours de ses études aux États-Unis, on lui avait prescrit un IMAO. Quand je l'ai rencontré, il ne touchait pas à la cuisine coréenne. On trouve des aliments fermentés dans tous les plats. Il ne se nourrissait que de salades et de steaks, à tous les repas. Après avoir rejoint le groupe, il avait abandonné les médicaments et s'alimentait comme il voulait. Il en était vraiment ravi : « Ah, quel plaisir, ces saveurs ! » Je suppose que ne pas manger ce qu'il aimait aggravait sa dépression.

— Hum… c'était donc ça.

Park Shim venait d'apprendre un fait nouveau. Il savait maintenant pourquoi il était interdit d'importer les IMAO en Corée.

— Mais… comme il l'avait pris pendant très longtemps, son cerveau avait subi des dommages irréversibles. C'est ce qu'avait dit M. Ban Tak-shin. Il avait fait de nombreuses tentatives de suicide. Disons qu'il a finalement réussi. Peut-être que celui qui est censé se suicider finira de toute façon par réussir.

Park Shim avait le cœur lourd. Imperturbable, Kim Yeol continuait.

— En fait, j'ai rejoint le groupe à cause de lui. On s'était connus sur un site… Tu sais… des sites internet pour trouver des partenaires de suicide.

— Euh…

— Ce n'est pas si bizarre. La plupart des gens qui vont sur ces sites n'ont ni l'intention ni le courage de se tuer. Ils parlent de suicide pour exorciser leur peur de la mort et pour se réconforter. Moi aussi, je m'étais inscrit pour cette raison, enfin pour la seconde. J'étais curieux de voir de quoi ils parlaient. C'est comme ça que je l'ai rencontré. Et un jour, il a découvert le groupe de M. Ban et il m'a proposé de l'accompagner.

— Quel choc tu as dû avoir…

Parce qu'on prend conscience de sa mortalité au moment de la mort d'autrui. Le suicide d'un proche, par exemple. Park Shim n'avait pas encore eu cette expérience, et ne la souhaitait pas.

Il se souvint soudain des visiteurs venus à l'AAD.

— Des policiers sont venus enquêter sur le suicide d'un membre. Les deux policiers qui sont entrés après moi.

Kim Yeol secoua la tête.

— Non. Lui s'est suicidé en décembre dernier. Et les policiers sont venus parler d'un événement plus récent. Une étudiante qui faisait partie de notre groupe a été retrouvée morte dans la montagne. On dit qu'elle a été tuée…

Park Shim en ouvrit la bouche de surprise. Un

suicide, puis un meurtre. Comment de tels événements pouvaient-ils se produire coup sur coup dans un même groupe ?

— Sol Lisa était la plus jeune d'entre nous. Il y a quelques jours, quand M. Ban m'a appris qu'elle était morte, j'ai tout de suite pensé au suicide.

— … Pourquoi ?

— Elle était bizarre. La dernière fois que je l'ai vue, elle a déboulé sans prévenir dans le bureau. M. Ban était absent. J'étais seul. (Kim Yeol fronça les sourcils, comme s'il fouillait dans ses souvenirs.) C'était bizarre : elle n'était pas du genre à débarquer comme ça, seule et sans prévenir. Elle avait l'air épuisé. Elle bafouillait. Elle était venue parce que… En fait, nous étions partis tous ensemble camper en mars. Il n'y avait pas eu de réunion depuis. Elle m'a demandé s'il y aurait encore des réunions. Et puis elle a fondu en larmes en parlant de Park Yi-eum, le membre le plus proche d'elle ; elle disait que son amie ne l'aimait plus… Enfin, serait-elle exclue du groupe si elle reprenait des antidépresseurs ? M. Ban Tak-shin ne l'aimerait-il plus ? m'a-t-elle demandé.

— Hum…

— Bref, je l'avais trouvée très instable. Cette fille qui parlait peu, apathique, découverte morte dans la montagne…

Kim Yeol jeta un coup d'œil par-dessus l'épaule de Park Shim.

— Les policiers s'en vont. Ils ont fini. Il faut que je remonte.

Park Shim se retourna ; par la porte vitrée donnant sur la rue il vit un homme d'âge moyen et un beau jeune homme, ceux qui sortaient du bureau de l'AAD, disparaître peu à peu de son champ de vision.

— Bon, l'histoire du type suicidé et de la fille tuée, tu ne les racontes à personne. Ce n'est pas très édifiant. M. Ban Tak-shin m'avait demandé de garder ça pour moi, mais voilà, je t'ai tout dit.

Kim Yeol se leva. Étourdi, Park Shim hochait la tête.

— Bon, ça n'a rien à voir avec ce qui t'occupe, n'est-ce pas ?

— Non, t'inquiète.

Park Shim se leva à son tour en saisissant sa sacoche. Quand il ouvrit la porte du café, la chaleur humide leur sauta au visage. Face à face, ils échangèrent leurs numéros de téléphone qu'ils enregistrèrent tout de suite sur leurs portables. Kim Yeol agita la main en signe d'au revoir. Aveuglé par le soleil, Park Shim joignit ses deux mains en visière au-dessus de ses yeux. Le visage de Kim Yeol disparaissait dans la lumière blanchâtre, on ne distinguait que son menton en forme de gland et ses oreilles pointues.

Park Shim salua de la main son ancien camarade, devenu invisible.

13

Le jour de la sortie

— Il faisait froid le 12 mars, murmura Lee Pyeong-so, les jambes allongées sur son bureau, les mains sur son ventre proéminent.

La nuit était tombée. Le commandant avait terminé le deuxième interrogatoire de Park Yi-eum qui venait de partir après avoir raconté comment elle avait rencontré Sol Lisa et rejoint EC.

— Comment ? demanda Hong In-hyuk.

Il s'était lavé le visage et revenait en s'essuyant l'intérieur d'une oreille avec une serviette.

— Il faisait froid pour un début de printemps. La température était tombée en dessous de zéro. (Lee Pyeong-so semblait se remémorer la scène de la découverte du corps.) Sol Lisa est morte avec sa veste de randonnée d'hiver. C'est quand même étrange en mai.

— Vous m'avez déjà dit ça. Il fait froid la nuit dans les montagnes, même après une chaude journée.

— Est-ce que quelqu'un a rencontré Sol Lisa ou lui a téléphoné après le 13 mars ? (Sans attendre la réponse du lieutenant, il ajouta :) Pas Park Yi-eum.

Hong, la serviette mouillée à la main, roula les yeux.

— … Le 4 mai, elle a bien échangé des textos avec sa belle-mère, non ? Pour dire qu'elle ne pourrait pas descendre pour la fête des parents.

— Non, je veux parler de conversation téléphonique. Est-ce que quelqu'un a entendu la voix de Sol Lisa ? Je ne parle pas de textos. (Lee Pyeong-so ajouta encore :) Pas Park Yi-eum.

— Ce n'est pas vrai ! (Le lieutenant se frictionnait les joues avec une lotion.) Vous sous-entendez que Sol Lisa serait morte pendant la sortie d'EC ?

Lee Pyeong-so haussa silencieusement une épaule. Hong semblait visiblement excité.

— Park Yi-eum aurait agi comme si Sol Lisa était vivante jusqu'en mai ? En faisant croire que la jeune fille avait échangé des SMS avec sa belle-mère ? Alors que c'était elle qui les envoyait ?

— Je suis allé chez Sol Lisa il y a quelques jours pour vérifier un élément.

— Lequel ?

Le lieutenant plaça une chaise face au bureau de Lee et s'assit.

— Le journal.

— Le journal ?

— Le journal de métro qu'on a trouvé dans la cage est daté du 9 mai. Le 8 mai, Sol Lisa a envoyé un texto à Park Yi-eum pour lui dire qu'elle partait en voyage le lendemain. Le téléphone portable de Sol Lisa a été coupé le 10 mai. Partant de là, nous avons conclu que la date de la mort était vraisemblablement le 9 ou le 10 mai, n'est-ce pas ?

Lee Pyeong-so montra au lieutenant les notes qu'il avait prises.

2 mai : dernière date de fabrication d'un des produits alimentaires dans le frigo de Sol Lisa

4 mai : dernier échange de textos entre Sol Lisa et Lee Jung-mi, sa belle-mère

8 mai : dernier texto de Sol Lisa à Park Yi-eum lui annonçant son départ, seule, le lendemain

9 mai : date de publication du journal de métro dans la cage

10 mai : téléphone portable de Sol Lisa coupé (sur la nationale 1 près de Cheonan)

— Sol Lisa avait un tas de journaux dans l'armoire où elle rangeait les affaires pour son oiseau. Ils étaient tous datés de décembre de l'an dernier et de janvier de cette année. Quel besoin d'aller chercher le journal du 9 mai pour le mettre dans la cage, alors qu'elle en avait déjà plein chez elle ?

— Ah…

Hong hocha la tête, un peu irrité.

— Pourquoi avoir gardé ça pour vous ?

— Je te le dis maintenant.

Le lieutenant fouilla dans la pile de documents entassés sur le bureau de son chef. Il hocha la tête quand il retrouva le dossier contenant l'historique des appels et la conversation de Sol Lisa au cours de l'année écoulée.

— Ah, effectivement ! Tous les appels téléphoniques de Sol Lisa ont eu lieu avant le 12 mars de cette année… euh, mais non !

— Qu'est-ce qu'il y a ?

— Le 22 avril, quelqu'un a parlé avec Sol Lisa par téléphone. Je pense qu'il fait partie de votre liste.

Lee Pyeong-so lui arracha le document des mains.

En effet, le journal faisait état d'une conversation téléphonique de sept minutes et quarante-deux secondes à 15h12 le 22 avril. Le commandant fit la grimace puis se mit à rire : c'était le soi-disant procureur général.

— C'était une erreur. L'interlocuteur m'a avoué que le nom de Sol Lisa ne lui disait rien du tout, qu'il était en congé et que c'était probablement son fils de trois ou quatre ans qui avait joué avec son téléphone portable.

— Eh bien alors, ça devient sérieux.

Le menton dans la main, le jeune et beau lieutenant se plongea dans ses pensées.

La question qui lui vint à la bouche après avoir mûrement réfléchi, Lee Pyeong-so se la posait aussi :

— … Et pourquoi ? (Inconsciemment, Hong In-hyuk avait élevé la voix.) C'est-à-dire que Park Yi-eum aurait tué Sol Lisa ? Mais pourquoi ?

— Eh bien, je ne sais pas non plus.

— Disons que Park Yi-eum a tué ou participé au meurtre de Sol Lisa. Pourquoi a-t-elle fait croire pendant presque deux mois que Sol Lisa était en vie ? Elle a gardé son portable, répondu aux textos, a passé des appels tous les deux jours comme si elles communiquaient régulièrement ; elle envoyait des SMS avec son propre portable et y répondait avec celui de Sol Lisa. Ensuite elle l'a jeté à Cheonan, elle a mis le dernier journal dans la cage, a rempli le frigo…

— En plus elle a inventé cette histoire : un jour, Sol Lisa aurait voulu partir, la cage dans une main et l'argent volé à son père dans l'autre, après avoir changé le code de la porte d'entrée. Je trouvais ça louche. Je ne pense pas que Sol Lisa ait réellement retiré de l'argent du compte de son père.

— Justement, pourquoi ? Pourquoi s'être donné autant de mal ? Il aurait été plus facile de mieux cacher le corps.

— Aucune idée.

Lee Pyeong-so ferma les yeux et soupira.

— Pour l'instant, ce n'est qu'une hypothèse. Mais si on ne trouve personne qui ait vu Sol Lisa vivante après le 12 mars… (Il ajouta, le regard dans le vague :) Il y aura eu un complice. Ça n'aurait pas été facile pour une femme seule de la tuer et de l'enterrer dans la montagne.

Im Na-min avait proposé comme lieu de rencontre un café près de la société de gestion immobilière où elle travaillait. Elle ne pouvait pas se permettre de prendre un congé pour venir au poste de police, en revanche elle pouvait s'absenter le temps d'un rendez-vous près de son bureau. Park Yi-eum avait donné ses coordonnées aux policiers, en même temps que celles des autres membres : Ban Tak-shin, Sol Lisa, Kim Yeol. Lee Pyeong-so avait contacté immédiatement les adhérents d'EC qu'il n'avait pas encore vus mais, curieusement, le portable de Kim Yeol était resté éteint alors qu'Im Na-min avait répondu dès la première sonnerie. Comme convenu, les policiers allèrent retrouver la jeune femme au café.

Vêtue d'un chemisier en lin ivoire, ses cheveux bruns flottant au ras des épaules, Im Na-min attendait les policiers. Avec son maquillage léger, ses grosses lunettes à monture noire à la mode, on lui donnait entre vingt-cinq et trente ans. De nature sensible, les larmes lui montaient aux yeux devant la fin tragique de Sol Lisa.

— Comment est-ce possible ? Elle avait l'air si joyeux lors de notre sortie.

Im Na-min souleva ses lunettes pour essuyer ses larmes avec une serviette. Lee Pyeong-so l'interrogea sur leur « sortie ».

— Ça faisait longtemps qu'on voulait faire ça. Depuis les débuts du groupe, je pense. Parce qu'on s'entendait si bien et qu'on se sentait toujours requinqué après les réunions. On se disait souvent qu'il faudrait partir en voyage ensemble. Mais à la fin de l'an dernier, il s'est passé quelque chose… On n'en parlait pas mais ça nous a sapé le moral… Et puis, on a remis le projet sur la table cette année.

— Que s'est-il donc passé ?

Le visage d'Im Na-min s'assombrit à cette question du lieutenant.

Elle étreignit la serviette avec laquelle elle avait essuyé ses larmes.

— Un membre du groupe s'est suicidé… On est devenus nerveux. On pensait justement que ça allait mieux pour nous tous. Je me suis sentie plonger avec lui. C'est comme ça la dépression. Quand on plonge à nouveau alors qu'on se croyait guéri, ça fait terriblement peur. Je ne sais pas ce que les autres ont fait mais, moi, je me suis bouché les oreilles et j'ai crié. Non. Je n'y retourne pas ! Je ne retourne jamais au passé…

— Un membre du groupe s'est suicidé ?

Lee Pyeong-so fit la grimace. C'était la première fois qu'il entendait ça.

Ni Park Yi-eum ni Ban Tak-shin n'en avaient parlé.

Troublée par sa réaction, Im Na-min se mit à bégayer :

— Oui… en décembre dernier… un homme, Cho No-hoon… s'est pendu chez lui. Ça nous a vraiment fait un choc.

Finalement, tout concordait. Cinq membres avaient bien participé à la sortie du mois de mars, en dehors de celui qui était décédé en décembre.

Park Yi-eum avait omis cette information. Volontairement ?

— Alors vous étiez donc six, avec Cho No-hoon ? Y avait-il encore d'autres personnes ? demanda Lee Pyeong-so.

— Il y en avait qui venaient une ou deux fois, répondit Im Na-min, mais les membres réguliers étaient bien six. (Elle poursuivit :) C'est Cho No-hoon qui m'a trouvé ce travail… Après mon divorce, j'étais tombée en dépression : je n'arrivais même pas à me tirer du lit. C'était horrible. Je n'étais bonne à rien. Je n'avais jamais eu de travail correct avant… Je n'ai même pas eu le bac. M. Cho était un excellent gestionnaire de fonds et il connaissait le directeur de cette société. Qui lui devait beaucoup, paraît-il.

Le regard de la jeune femme se fit nostalgique en évoquant la bienveillance du défunt.

— Je ne sais pas ce que vous en pensez, mais on était comme ça entre nous. Si on pouvait faire quelque chose pour s'aider à s'en sortir, on le faisait, quelle que soit la difficulté. Et il me fallait un boulot… Encore maintenant, chaque fois que je pense à M. Cho, je me dis qu'il ne faut pas négliger mon travail et je vais au boulot, même si je ne me sens pas dans mon assiette. Grâce à ça, on me dit que je m'en sors bien pour une débutante.

Im Na-min sourit à travers ses larmes.

Lee Pyeong-so échangea un regard avec le lieutenant. Celui-ci hocha la tête pour signifier qu'il pensait à la même chose. Park Yi-eum avait, mine de rien, caché l'existence de Cho No-hoon. Quant à Ban Tak-shin, il n'avait jamais voulu donner le nombre exact des membres sous prétexte de protéger des informations personnelles, alors qu'il savait que Park Yi-eum avait déjà tout raconté aux policiers.

Ces deux-là n'avaient jamais prononcé le nom de Cho No-hoon, et maintenant ce nom paraissait au grand jour.

Pourquoi ?

Parce qu'un suicide au sein d'un groupe dont le but est de vaincre la dépression sans antidépresseurs, grâce à la solidarité, peut en éclabousser les membres ? Ou parce qu'ils ne voulaient tout simplement pas parler de la mort ?

— Racontez-nous cette fameuse sortie, s'il vous plaît. En détail : ce que vous avez fait depuis votre départ, ce qui s'est passé. Tout ce dont vous vous souvenez.

Lee Pyeong-so laissait pour le moment l'histoire de Cho No-hoon de côté.

— Eh bien, une fois la décision prise, je n'ai pas eu grand-chose à préparer. J'avais juste à apporter mes vêtements et mes affaires de toilette. M. Ban Tak-shin et Kim Yeol s'occupaient de la nourriture et de tout ce dont nous avions besoin pour camper. Ah oui, Kim Yeol est un membre du groupe. Il travaille dans le bureau de M. Ban Tak-shin.

— Je vois…

Lee pensait qu'après avoir interrogé Im Na-min, il faudrait qu'il voie au plus vite Kim Yeol. Si son portable était toujours éteint, il trouverait bien un autre moyen de le contacter.

— Bon… et il faisait comment ce jour-là, le jour de la sortie ? demanda le lieutenant, sachant que ce point intéressait particulièrement le commandant.

— Quel temps il faisait ?

Im Na-min réfléchit.

— Le temps… Il faisait froid. Oui… C'est vrai. Depuis début mars, la température était positive, mais quand on est partis, elle est tout d'un coup retombée en dessous de zéro. Je me souviens d'avoir porté ma doudoune en duvet de canard.

Ils avaient prévu deux voitures : Ban Tak-shin conduisait sa propre K5 et Kim Yeol avait emprunté la Sonata de son père. À l'aller, Ban Tak-shin et Park Yi-eum montèrent dans la K5 et Kim Yeol, Sol Lisa et Im Na-min se retrouvèrent dans la Sonata. Le partage avait été longuement réfléchi : Kim Yeol, Sol Lisa et Im Na-min habitant dans l'est de Séoul, ils avaient trouvé facilement un point de rencontre. Et puis, Kim Yeol se serait senti gêné s'il avait été seul dans sa voiture avec une femme. Les deux voitures se rejoignirent sur une aire de repos à la sortie de Séoul et prirent la route en même temps. Ils roulèrent sans arrêt jusqu'à Gongju. Là, ils s'arrêtèrent devant une supérette à l'entrée du terrain de camping. Ils achetèrent du charbon de bois et des boissons, que Sol Lisa paya. Elle était désolée, disait-elle, de n'avoir pas aidé à la préparation. Elle tendit une carte de crédit.

— … Je m'en souviens très bien, car j'ai été un peu surprise de voir une étudiante avec une carte de crédit.

Ça devait être le Coco Mart où Sol Lisa avait utilisé la carte de crédit de son père pour la dernière fois.

— On a suivi la route de montagne et le terrain de camping est apparu. Nous avons déposé nos valises dans les caravanes puis nous sommes partis marcher ensemble.

En évoquant ses souvenirs, Im Na-min dessinait le plan du camping Sae-rim dans le carnet de Lee Pyeong-so. Elle posa son dessin au milieu de la table et poursuivit ses explications en répondant aux questions des deux policiers.

Situé sur le mont Gyeryong, le terrain de camping Sae-rim avait ouvert ses portes l'année précédente. Il était divisé en deux zones : caravanes à droite, tentes à gauche. Entre les deux, le bureau d'accueil, les douches, les toilettes et les points d'eau. Malgré l'arrivée du printemps, le froid persistait. On était encore hors saison pour ce genre d'endroit. Il y avait cinq caravanes au total, dont deux à l'extrémité nord, louées par EC. Excepté ces deux caravanes, une seule à l'extrémité sud était réservée et les deux autres étaient vacantes. Dans l'ensemble, le terrain était calme, car il n'y avait que cinq ou six groupes de campeurs du côté des tentes. Cela permettait aux membres d'EC de se retrouver entre eux sans rencontrer âme qui vive.

Les trois femmes occupèrent l'une des caravanes et les deux hommes, celle d'à côté. C'étaient de petites caravanes conçues pour quatre personnes. À l'entrée de chacune d'elles, une petite terrasse en bois et un parasol. Étant donné le peu d'espace les séparant, les barbecues étaient interdits sur les terrasses. L'espace barbecue se situait à côté des toilettes collectives et des points d'eau.

Après avoir déposé leurs affaires, les cinq membres prirent le sentier nord. Il était environ 16 heures. Au bout de sept à huit minutes de marche, ils firent une halte dans un pavillon, puis redescendirent par le côté ouest après avoir tourné dans le sentier. Cette promenade dura peut-être trente minutes.

Ban Tak-shin et Kim Yeol s'installèrent dans la zone du barbecue et préparèrent le charbon de bois. Cachés par le grand arbre, personne ne pouvait les voir. Les femmes lavaient les légumes, préparaient les ingrédients et disposaient les ustensiles apportés de Séoul.

— Nous étions comme tout le monde. C'était une sortie banale.

À la question de savoir s'il s'était passé quelque chose de particulier à ce moment-là, Im Na-min répondit, vexée :

— On parlait, bien sûr, mais rien de sérieux. « Qui va laver la salade ? Il nous faut quelques assiettes… » On préparait le dîner. Ce n'est pas parce que nous sommes dépressifs que nous restons les bras croisés quand on va camper.

Elle secoua la tête, comme pour chasser une pensée gênante.

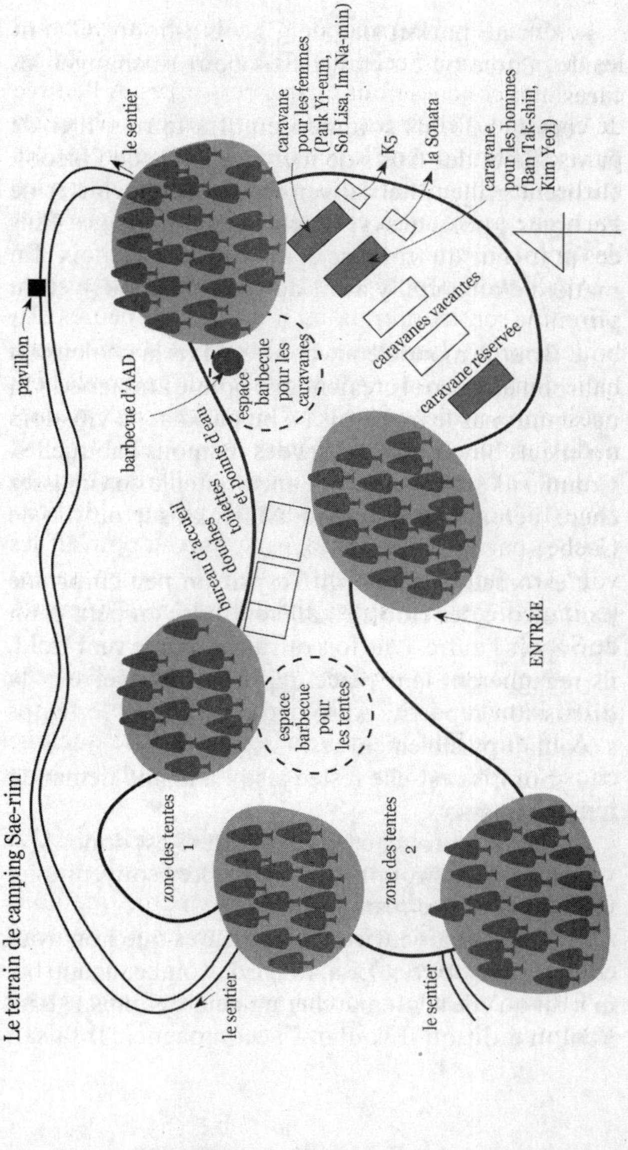
Le terrain de camping Sae-rim
le sentier
pavillon
barbecue d'AAD
caravane pour les femmes (Park Yi-eum, Sol Lisa, Im Na-min)
K5
la Sonata
caravane pour les hommes (Ban Tak-shin, Kim Yeol)
caravanes vacantes
caravane réservée
espace barbecue pour les caravanes
bureau d'accueil
douches
toilettes et points d'eau
ENTRÉE
espace barbecue pour les tentes
zone des tentes 1
zone des tentes 2
le sentier
le sentier

— On ne parlait pas de Cho No-hoon. C'était voulu. Parce qu'on était partis pour se changer les idées.

Vers 17 h 30, ils commencèrent à faire griller de la viande et des fruits de mer et à boire de l'alcool. Ils firent griller alternativement de la poitrine et de l'échine de porc, des crevettes et des coquillages. Puis ce fut le tour du fromage et du kimchi, au choix. En matière d'alcool, il y avait du soju, de la bière et du vin.

— Tout le monde était bourré. Mais la chaleur du charbon et l'alcool créaient une bonne ambiance. On ne sentait pas le froid. Lisa a bu pas mal de vin alors qu'elle ne buvait jamais lors des réunions habituelles. Comme ils avaient apporté une bouteille de vin assez chère, j'en ai goûté un peu. Mais j'ai surtout bu de la bière.

L'estomac bien rempli, l'esprit un peu embrumé par l'alcool, les cinq s'en allèrent faire un petit tour, l'un après l'autre. Une fois rafraîchis par le vent froid, ils regagnèrent leur place, reprirent leur verre et la discussion repartit. Autour du barbecue, le temps s'écoulait paisiblement.

— Sol Lisa est-elle restée jusqu'à la fin ? demanda Lee Pyeong-so.

— Elle s'est couchée la première. C'est donc…

Im Na-min sirotait sa boisson. Les souvenirs lui revenaient doucement.

— Cela faisait environ deux heures que l'on avait commencé à boire… Lisa, rouge d'avoir beaucoup bu, m'a dit qu'elle allait marcher un peu… et puis… Kim Yeol m'a dit qu'il voulait l'accompagner. Il faisait nuit. Ils ont remonté ensemble le sentier nord et Kim Yeol est revenu seul vingt ou trente minutes plus tard. Il nous a dit que Lisa avait voulu rester dans le pavillon. Du coup, nous avons remis de la viande à griller et nous avons continué de boire. Quand on a voulu chercher Lisa, elle redescendait…

À la fin de l'histoire, l'expression d'Im Na-min changea brusquement, provoquant la question du lieutenant :

— Il y a eu un problème ?

— Plus qu'un problème… dit-elle avec un rictus amer. Elle a rigolé, bu et plaisanté jusqu'à son petit tour… à quoi a-t-elle pensé dans le pavillon ? impossible de le savoir… elle était morne… triste même ? J'avais l'impression de revoir la Sol Lisa d'avant.

— Hum…

— Il ne fallait pas la laisser seule. Elle s'est probablement souvenue de Cho No-hoon ou d'autre chose… Elle avait l'air absent en redescendant. Quand Kim Yeol l'a aperçue, il l'a appelée et lui a demandé d'aller chercher des calamars séchés et des tranches de poisson séché dans la caravane.

D'abord, elle ne réagit pas. Kim Yeol cria à plusieurs reprises dans sa direction. Elle se tourna enfin vers le groupe du barbecue. Kim Yeol lui redemanda d'aller chercher les calamars et le poisson qui étaient dans son sac à dos, sur la table de cuisine de la caravane. Sans se presser, Lisa s'est dirigée vers cette dernière et en est revenue avec les poissons séchés. Tous les regards étaient braqués sur elle, inquiets de la voir si lente, si changée.

Les cinq étaient à nouveau réunis. Ils firent griller

les calamars séchés et burent de la bière ou du vin. Sol Lisa, mutique, était plongée dans ses pensées, la tête basse. Les autres discutaient et poursuivaient le dîner. À 22 h 30, Lisa alla se coucher. Personne ne la retint et on lui souhaita bonne nuit. Environ une heure plus tard, Park Yi-eum dit qu'elle était fatiguée et qu'elle allait se reposer dans la caravane. Presque au même moment, Im Na-min partit marcher seule pour dessoûler. Ne restèrent que les deux hommes. Im Na-min se dirigea vers l'ouest ; elle emprunta le sentier situé au nord de la zone des tentes, puis redescendit par le sentier de la zone des caravanes, après avoir fait un long tour. Cela lui prit environ vingt minutes.

— À mon retour, il ne restait plus que Kim Yeol, qui buvait. Park Yi-eum s'était finalement endormie dans la caravane et M. Ban était allé marcher lui aussi pour dessoûler.

— Bon… En résumé, Sol Lisa, Park Yi-eum et vous êtes parties l'une après l'autre, et quand vous êtes revenue, il ne restait plus que Kim Yeol. C'est bien ça ? demanda Hong en prenant des notes dans son carnet.

— Oui. Je suis restée avec lui à peu près une heure. M. Ban n'est jamais revenu. Il était probablement parti se coucher. C'était un peu gênant, car je ne connaissais pas très bien Kim Yeol… Je voulais m'en aller, mais il s'est mis à parler de Cho No-hoon…

Elle semblait embarrassée.

Cho No-hoon.

Le membre d'EC qui avait projeté l'ombre de la mort sur la vie de ceux qui étaient en voie de guérison. La raison de cette sortie. Mais son nom ne devait pas être prononcé.

— Kim Yeol était le plus proche de Cho No-hoon, dit Im Na-min dont la voix se brisa en un sanglot.

Kim Yeol et Cho No-hoon, Park Yi-eum et Sol Lisa : deux paires d'amis très proches. Cho No-hoon avait amené Kim Yeol dans le groupe, et Park Yi-eum, Sol Lisa. Les quatre étaient célibataires ; chacun prenait soin de son ami… Comment dire… l'autre était leur raison de vivre.

— La raison de vivre ?…

Le commandant ressassait cette réponse.

La raison de vivre.

Soudain, la pensée de sa femme et de son fils aux Philippines envahit l'esprit de Lee Pyeong-so. Sont-ils une raison de vivre pour moi ? Pour le penser, il aurait fallu qu'ils occupent une place plus importante dans sa vie. Peut-être que, quand ils reviendraient, ils pourraient redevenir une famille. Pour l'instant, ce n'était pas le cas. La nuit, l'obscurité envahissant l'appartement vide qui l'attendait, tombait devant ses yeux comme un rideau de fer.

— Les personnes souffrant de dépression peuvent s'en sortir à condition d'avoir quelqu'un auprès d'eux qui leur parle, qui comprend leur mal-être. Eux, ils étaient comme ça. Moi, je n'avais personne. Mais c'était quand même bien de parler de mes problèmes, de me confier lors des réunions. Cho No-hoon m'avait procuré du travail et je dépendais plus ou moins de chaque membre. Euh… Je peux dire que je n'étais pas très amie avec Kim Yeol… parce qu'il était célibataire et plus jeune que moi… et puis, comment dire… il était d'un abord un peu difficile. Et quand il s'est mis à parler de Cho No-hoon tout d'un coup… je ne pouvais pas le laisser. Vous comprenez ?

Ce jour-là, en retournant le charbon de bois avec des pincettes, Kim Yeol dit d'une voix morne : « J'ai beaucoup de mal à vivre depuis la mort de frère No-hoon. Il ne serait pas mort si j'avais été plus gentil avec lui… » Im Na-min le réconforta ; elle lui dit de ne pas se blâmer. « C'était peut-être son destin. Qui aurait pu l'empêcher ? » Elle se mit à se soucier de Kim Yeol. Pour lui, Cho No-hoon était un véritable soutien. Appuyés l'un à l'autre, ils tenaient debout. Quand l'un tombe, l'autre tombe. Le suicide est contagieux. Im Na-min ressentit l'urgence, elle le consola, le rassura. « Cho No-hoon a dû être apaisé dans les derniers moments de sa vie : nous étions près de lui, en fait surtout toi. Alors il ne faut pas plonger avec lui. Il faut vivre nos vies. » Elle pensait que Kim Yeol avait dû aborder le sujet avec Sol Lisa pendant leur dernière promenade. Sans doute était-ce la raison pour laquelle la jeune fille, impressionnable, avait sombré d'un coup. Et Kim Yeol en souffrait aussi. « Mais le fait que Kim Yeol se confie et cherche du réconfort auprès de quelqu'un est bon signe, se dit-elle. Il faut parler quand on est envahi de pensées morbides. Il faut évacuer les pensées dangereuses par la parole. Cela empêche la mort de se faufiler partout en silence et de prendre le dessus. » Im Na-min se demandait si c'était une bonne idée d'avoir décidé tacitement de ne pas mentionner le défunt. Im Na-min eut donc une longue conversation avec Kim Yeol : ils échangèrent des anecdotes joyeuses ou tristes, parlèrent de ce qu'ils devaient au disparu et évoquèrent sa personnalité unique. La brise nocturne ranimant les flammes vacillantes du feu en train de s'éteindre ajoutait une note mélancolique.

— … Il m'a dit se sentir mieux après notre conversation et il s'apprêtait à partir. Il était à peu près 1 heure. J'avais tellement sommeil… je suis partie tout de suite. En entrant dans la caravane, j'ai vu Lisa et Yi-eum déjà couchées et endormies. Comme j'étais la plus âgée, je dormais dans le lit double. Les deux femmes occupaient deux lits superposés à l'entrée de la caravane : Lisa en bas et Yi-eum en haut. On en était convenues par avance. Ivre d'alcool et de fatigue, je me suis endormie après m'être brossé les dents.

Im Na-min parlait clairement. Elle était attentive, pleine d'empathie et respectait les sentiments et les situations d'autrui. Lee Pyeong-so, qui considérait les dépressifs comme des personnes désespérées, voire impuissantes, se rendit compte que c'était un préjugé.

Les policiers étaient impatients d'entendre ce qui s'était passé le lendemain.

— Comme j'avais beaucoup bu et que je m'étais couchée la dernière… eh bien, j'ai été la dernière à ouvrir les yeux, dit-elle timidement. C'est Park Yi-eum qui m'a réveillée. Elle m'a dit qu'elle avait déjà essayé plusieurs fois, mais que je ne bougeais pas d'un pouce. Et ils étaient tous prêts à partir… Une part de riz et de soupe de germes de soja m'attendait sur la table. Tout le monde avait fini le petit déjeuner, me dit-elle, et on chargeait les valises dans les voitures. Je me suis dépêchée de manger et de faire ma toilette. M. Ban était pressé car il avait rendez-vous à Séoul en fin de matinée.

— Où était Sol Lisa ? demanda Hong.

— Elle n'était plus là quand je me suis levée. Les autres m'ont dit qu'elle avait une telle gueule de bois qu'elle n'avait rien pu avaler et qu'elle était partie prendre l'air. Park Yi-eum m'a dit qu'elle allait raccompagner Lisa chez elle : elle lui préparerait une bouillie pour son estomac. Du coup, contrairement à la veille, Lisa est montée dans la voiture de M. Ban. Et moi je suis montée dans celle de Kim Yeol. Ce n'était plus aussi gênant car on s'était beaucoup parlé la veille.

— Avez-vous vu Lisa avant de partir ? poursuivit le lieutenant.

— Ah oui. Quand je suis sortie de la caravane avec mon sac, M. Ban faisait démarrer la voiture. Kim Yeol et moi l'avons salué. Lisa était sur le siège arrière, la tête dans les épaules, comme si elle ne se sentait pas bien du tout. Elle était vraiment très pâle. Sans parler de son humeur, c'était probablement dû à l'excès d'alcool. Park Yi-eum était assise à côté d'elle et prenait soin d'elle. Kim Yeol et moi leur avons souhaité bon voyage et ils sont partis immédiatement.

Im Na-min but une gorgée de jus de fruits avant de poursuivre :

— Une fois la voiture partie, j'ai demandé à Kim Yeol si ça n'aurait pas été mieux que Lisa voyage avec nous en prenant son temps. Il lui avait proposé de prendre un médicament, mais elle avait refusé. Elle avait dit que tout allait bien. Alors, j'ai pensé que c'était finalement mieux pour elle de voyager avec sa meilleure amie.

— Et puis, vous êtes partis juste après ?

— Ah non. Nous avons d'abord pris un café au distributeur du bureau d'accueil. Je m'étais tellement dépêchée que j'avais la tête qui tournait. Et j'ai proposé à Kim Yeol de faire une pause avant de partir.

— Avez-vous rencontré l'autre voiture sur la route ?

— Non, la voiture de M. Ban était partie avant nous et comme nous n'allions pas au même endroit, il était difficile de se donner rendez-vous sur le trajet. Nos routes vers Séoul étaient différentes. Kim Yeol m'a déposée devant chez moi. Après ça… plus de rencontre, plus de contact… On avait fait cette sortie pour se changer les idées, mais ça n'avait pas marché. Je pense que le groupe n'a pas survécu au suicide de Cho No-hoon. Et ce qui est arrivé à Lisa, je ne l'ai appris qu'aujourd'hui, par votre appel.

Après avoir tant parlé, Im Na-min poussa un profond soupir.

Un autre membre du groupe était mort. Et cette fois, il s'agissait d'un meurtre. Le visage de la jeune femme reflétait l'inquiétude et la peur. Son récit était à peu près identique à celui de Ban Tak-shin rencontré au bureau de l'AAD la veille : son rendez-vous prévu en fin de journée avait été avancé à la fin de la matinée, le deuxième jour de la sortie, et ce contretemps l'avait obligé à rentrer en hâte à Séoul. Une fois en ville, Ban Tak-shin avait déposé Sol Lisa et Park Yi-eum devant chez Lisa. Il était ensuite allé à son bureau, après avoir vérifié que les deux femmes étaient bien entrées dans l'immeuble, avait-il dit.

Donc, pour revenir à Séoul, Im Na-min était dans la Sonata avec Kim Yeol, tandis que Sol Lisa et Park Yi-eum étaient dans la K5 conduite par Ban Tak-shin.

Et Lisa avait même répondu à la question de Kim Yeol concernant le médicament. Elle était bien vivante en quittant le camping. Serait-elle morte avant d'arriver à Séoul ? Ban Tak-shin et Park Yi-eum l'auraient-ils tuée et enterrée au mont Paldal à Suwon ? Et ensuite, auraient-ils fait croire qu'elle était en vie jusqu'en mai ? Et pourquoi ?

Lee Pyeong-so se rendit compte que son imagination l'emmenait trop loin. Il était épuisé.

— L'un se suicide… l'autre est victime d'un meurtre… murmura-t-il.

Im Na-min enleva ses lunettes et le regarda.

— … est-ce une coïncidence ? ajouta-t-il sans réfléchir. EC avait-il un effet bénéfique sur tous ses membres ?

Im Na-min hocha la tête.

— Oui, au moins sur moi. Je le pense aussi pour les autres, dit-elle avec conviction. Ce qui est arrivé à ces deux membres… c'est juste leur destin. J'en suis convaincue. C'est vraiment dommage pour… Lisa. Pourquoi est-ce arrivé à une jeune fille qui avait toute la vie devant elle ? Trouvez celui qui a tué Lisa, s'il vous plaît.

— Vous aussi, vous avez arrêté les antidépresseurs quand vous avez rejoint EC ?

— Ah…

Im Na-min finit son jus de fruits, devenu insipide parce que le glaçon avait fondu.

— Oui, c'est ce que j'ai fait.

— EC est donc un groupe qui met en pratique la théorie de Ban Tak-shin sur la nocivité des antidépresseurs… Peut-on le voir comme ça ? demanda Hong In-hyuk en levant la tête.

Im Na-min fronça les sourcils.

— Euh, c'est un peu bizarre, dit comme ça… Oui, bien sûr… notre objectif était de surmonter la dépression en faisant preuve d'empathie et en s'aidant mutuellement. Mais… tout de même, je suis d'accord avec M. Ban. Nous avions tous pris des antidépresseurs, sans que cela améliore notre état… D'un côté, la théorie de M. Ban était juste. Nous avons tous arrêté les médicaments. Mais…

— Mais ?

— Quand c'est trop dur… j'en reprends. Quand je suis dévorée d'angoisse et que j'ai des idées obsessionnelles… j'ai besoin de médicaments. C'est juste trop dur. J'en ai pris en cachette. Et en fait j'en prends toujours. Parce que j'ai du mal à me lever le matin. Surtout en ce moment.

— En cachette ? Il faudrait prendre des médicaments, oui, mais en cachette ?

Le lieutenant cligna lentement des yeux.

— Je vois que vous avez du mal à comprendre, dit Im Na-min avec un léger sourire. C'était comme ça dans le groupe. Tout le monde était d'accord pour éviter les antidépresseurs… Et puis, M. Ban était tellement strict… si on avait dit : je vais reprendre des médicaments, même pour peu de temps, on risquait d'être considéré comme un traître. Mais il m'arrivait parfois d'avoir vraiment besoin d'antidépresseurs. Pourquoi en cachette ?… C'est seulement qu'on ne le disait pas. En tout cas, c'est ce que je faisais. Je ne sais pas pour les autres.

Im Na-min en parlait comme si c'était normal.

Lee Pyeong-so pensait que d'autres membres du

groupe auraient pu, comme elle, prendre des anti-dépresseurs en cachette. Ban Tak-shin consacrait toutes ses ressources à son association. Il avait créé ce groupe de patients dépressifs, qui sans lui ne se seraient pas rencontrés, et il les aidait à s'en sortir. Il était pratiquement impossible de se dresser contre lui. Excepté Cho No-hoon qui s'était suicidé, les autres réussissaient-ils à surmonter leur dépression ? Si oui, était-ce parce qu'ils suivaient la méthode du maître ?

14

Im Na-min, l'employée d'une société de gestion immobilière

Les parents d'Im Na-min divorcèrent quand elle avait six ans, et elle fut élevée par sa grand-mère, agricultrice à Cheonan. Son père, sous-officier dans l'armée de terre, travaillait dans une base militaire loin de cette ville. Il vivait là avec sa maîtresse et s'occupait le moins possible de sa fille ; il allait la voir tous les deux ou trois mois, pensant qu'ainsi il « élevait bien » sa fille.

La grand-mère ne la traitait pas particulièrement mal ; elle ne l'aimait pas. Si elle ne la félicitait jamais pour sa bonne conduite, elle ne la grondait jamais quand elle faisait des bêtises. Grand-mère était atteinte de troubles cognitifs et de troubles du langage. Elle avait travaillé toute sa vie comme une esclave et elle était incapable d'éduquer un enfant ni de manifester la moindre émotion. Elle avait aidé ses parents aux travaux agricoles jusqu'à ses trente-cinq ans, âge auquel ses parents la marièrent à un veuf, père de trois enfants. Seule solution, pensaient-ils, pour lui éviter de mourir vierge. Elle éleva quatre enfants, dont son propre fils – le père d'Im Na-min –, et s'occupa de ses beaux-parents séniles. Son mari mourut de maladie, puis ses beaux-parents. Elle se retrouva seule. Elle avait eu la vie d'une seconde épouse, travaillant comme un bœuf sans jouir d'un seul moment de bonheur : ses beaux-enfants et son fils la maltraitaient. Lorsque ce dernier, après avoir divorcé, lui laissa Im Na-min comme s'il déposait une valise, la grand-mère la considéra comme un fardeau supplémentaire. Elle lui fournissait le gîte et le couvert, point final.

Déjà toute petite, Im Na-min ne montrait aucun intérêt pour les études. Elle était inscrite dans un lycée professionnel à une heure de bus de chez elle, où elle fréquentait les cancres, sans se soucier du travail scolaire. Au sein du groupe, elle éprouvait pour la première fois un sentiment d'intimité et d'appartenance. Mais, douce et sage de nature, elle était incapable, seule, de commettre la moindre incartade ni de harceler ses camarades, raison pour laquelle les filles de la bande la traitaient comme une moins-que-rien. Cela lui était égal. Elle suivait les autres, imitait leur mauvaise conduite et se mêlait à des voyous. En première, elle fut renvoyée du lycée pour son implication dans une altercation violente. Elle avait aidé ses amies à faire le coup de poing contre une autre bande. En y repensant un peu plus tard, elle ne se rappelait même plus ce qui avait déclenché la bagarre. Son père, ayant entendu parler de cette expulsion, vint la voir quelques mois après. Il lui administra une correction telle qu'Im Na-min s'enfuit le lendemain. Sans réfléchir, elle monta à Séoul. Errant à la recherche d'un petit boulot, elle atterrit finalement dans un foyer pour jeunes fugueurs.

La vie n'y était pas si désagréable. Elle se sentait

mieux avec les enseignants bienveillants du foyer qu'avec ceux du lycée, sa grand-mère ou son père. Elle n'était jamais retournée à la campagne chez sa grand-mère, ni allée chez son père, maintenant remarié. Et elle n'avait jamais su où habitait sa mère. Im Na-min resta longtemps dans ce foyer où elle réussit un examen de fin d'études. Puis elle travailla comme factotum. Trouver un emploi était difficile, mais il y avait toujours de petites entreprises qui cherchaient des jeunes femmes pour répondre au téléphone, préparer le café, faire un peu de comptabilité et accomplir toutes les corvées. Dans des bureaux où deux ou trois hommes travaillaient habituellement à l'extérieur, Im Na-min était employée en CDD et touchait le SMIC.

Mais elle ne restait jamais longtemps. Depuis le lycée, elle avait toujours eu du mal à se lever ; elle ne se sentait pas bien de toute la matinée. À l'époque les enseignants la blâmaient souvent : « Tu n'es pas patiente… Tu es paresseuse. » Le matin surtout, l'énergie lui manquait pour se lever et s'activer. Elle arrivait souvent en retard à son travail, parfois même elle ne venait pas du tout, et puis, au bout d'un certain temps, elle abandonnait. C'était son habitude. Le jour où elle quitta la septième ou huitième entreprise – qui fabriquait des panneaux, des bannières et des dépliants publicitaires –, un des employés de cette septième ou huitième entreprise lui proposa de sortir avec lui. L'homme, petit et gros, avec un visage rond comme un petit pain à la vapeur, était d'une telle timidité devant les femmes et devant son supérieur qu'il en bégayait. Il avait onze ans de plus qu'elle. Bien qu'il lui ait rarement parlé pendant les trois mois où ils s'étaient côtoyés, il l'invita deux ou trois fois au restaurant et au cinéma, puis il lui demanda sa main.

« Dès la première fois que je vous ai vue, moi… j'ai voulu vous épouser. »

Dans la rue, tout rougissant, il serra la main d'Im Na-min. Il ne s'agissait pas de harcèlement sexuel ni d'une passade d'homme marié voulant juste passer une nuit avec elle. C'était une demande en mariage sérieuse, la première. Im Na-min trouva le prétendant acceptable. Venant d'un milieu familial peu favorisé et dépourvue d'énergie comme elle l'était, « ce serait mieux d'épouser un homme qui m'aime plutôt que d'enchaîner des petits boulots », pensa-t-elle. D'ailleurs, il lui avait promis que, si elle l'épousait, elle aurait pour seule occupation les soins du ménage. Bon travailleur, il possédait déjà un appartement. Ce point avait particulièrement plu à Im Na-min. À vingt-sept ans, elle épousa cet homme qui en avait trente-huit. Un mois plus tard, il la battait.

Ses beaux-parents habitaient dans le bâtiment voisin. Un matin, alors que son mari était retourné au bureau après leur lune de miel, sa belle-mère lui téléphona :

— As-tu préparé un bon petit déjeuner pour ton mari ?

— Pardon ? Oui… Mère.

— Bon. Alors qu'est-ce que tu lui as donné ?

Im Na-min dut raconter par le menu ce qu'elle avait préparé. La belle-mère eut un clappement de langue.

— Ça ne suffit pas vraiment pour un homme qui travaille. Je savais bien que tu n'avais pas été bien élevée.

Sa belle-mère, si généreuse lors de leur première rencontre, qui avait même remercié Im Na-min d'avoir accepté le mariage, avait changé du tout au tout. Matin et soir, elle l'appelait. Im Na-min n'était jamais en forme le matin et son mariage n'y changea rien. Elle faisait de moins en moins attention au petit déjeuner de son mari. Un jour que celui-ci était parti l'estomac vide, sa belle-mère débarqua chez elle et se mit à lui crier dessus comme une folle. Im Na-min, clouée au lit, n'avait pas pu se lever, même pour faire sa toilette. Elle n'avait pas imaginé que sa belle-mère connaîtrait le code de la porte ni qu'elle serait entrée sans la prévenir si elle le connaissait. Elle n'avait peut-être pas reçu une bonne éducation, mais elle savait qu'un tel comportement était impoli. Sa belle-mère lui jeta un regard méprisant et entassa dans le réfrigérateur les petits plats qu'elle avait elle-même préparés.

— Je ne veux pas que mon fils soit privé de petit déjeuner.

Le visage de son mari, généralement placide, changea subitement de couleur quand elle se plaignit auprès de lui. Une grêle de coups s'abattit sur la bouche d'Im Na-min.

— De quel droit dis-tu du mal de maman ?

De ce jour, il se transforma en tyran. Le lendemain, il se mit à genoux devant elle pour lui demander pardon, mais au bout de cinq ou six fois, il ne lui demandait plus pardon. Ayant constaté qu'elle était incapable de lui résister, qu'elle n'avait personne auprès de qui se réfugier quand il l'avait battue, il devenait de plus en plus violent et imprévisible. Il la battait comme plâtre les jours où il s'était fait engueuler par son supérieur ou par des clients. La belle-mère remarqua bien la violence de son fils, mais elle fit semblant de rien et continua d'apporter ses petits plats.

— Il m'a frappée.

— Alors, ne le provoque pas. Donne-lui ça pour son dîner.

Im Na-min eut beau lui montrer ses bleus, elle ne voulut rien voir. Par contre, elle n'arrêta pas de nourrir son fils de presque quarante ans, déjà bouffi comme un petit pain à la vapeur, pour en faire un tyran encore plus gros et plus fort.

Un jour, la jeune femme ne put tout simplement pas s'extraire du lit. Sa belle-mère eut beau l'insulter, son mari la rosser, rien n'y fit. Impossible de bouger même le petit doigt. Elle ne mangeait plus, ne se lavait plus. Son mari appela une ambulance privée pour l'emmener dans un hôpital psychiatrique. Les nombreuses blessures qu'elle avait sur le corps furent considérées comme de l'automutilation. On lui diagnostiqua une dépression sévère et elle fut conduite dans une cellule d'isolement.

Au cours de cette hospitalisation, Im Na-min apprit que le sentiment d'impuissance et les humeurs sombres qu'elle connaissait depuis l'enfance étaient dus à la dépression. Difficulté à se lever le matin, impossibilité de conserver un travail plus de trois mois, de se soustraire aux nombreux harcèlements et violences qu'elle subissait, de nouer des relations stables avec des personnes bienveillantes, décision de se marier prise trop rapidement pour un engagement de cette importance. Tout cela était dû à la dépression et non à un passé d'enfant mal-aimée. Elle avait pensé jusque-là que le manque d'amour était seul responsable de son malheur et que son avenir était tout tracé, sans aucun espoir.

Grâce à son traitement, Im Na-min trouva le courage de changer de vie.

Son mari refusa le divorce, comme s'il avait le droit de décider pour elle. À sa sortie de l'hôpital, elle trouva refuge dans un centre réservé aux femmes victimes de violences conjugales. En préparant son procès avec l'aide de conseillères spécialisées, elle apprit que son époux avait déjà été marié, quatre ans auparavant, pendant quatre mois. Il s'était donc remarié avec elle. Le motif de son premier divorce était évident. Une fois ce secret révélé, Im Na-min manifesta son intention de porter plainte. Alors il lui donna son accord, faisant passer cela pour une faveur.

La jeune femme avait trente ans. À nouveau, elle dut subvenir à ses besoins. Mais la dépression ne la lâchait pas facilement. Un nouvel épisode dépressif suivit le divorce. Incapable de travailler, elle restait enfermée dans l'appartement qu'elle avait obtenu de son ex-mari. Elle y vivotait de ses économies et ne quittait presque pas ce nid. Si elle sortait et se remettait à travailler, elle se ferait duper par un homme ressemblant à son ex-époux. « De toute façon, je ne trouverai jamais un homme bien parce que je ne suis pas une femme bien », se disait-elle. La honte de soi la submergeait : elle n'avait aucun charme, elle était laide. Si elle n'avait jamais été aimée, c'est qu'elle n'était pas aimable. Pire encore : n'étant ni cruelle ni méchante, elle était une proie facile pour les hommes de la trempe de son ex.

C'est par hasard qu'Im Na-min connut EC. Enfermée chez elle, elle poursuivait toujours son traitement psychiatrique. Ces soins, indispensables, lui permettaient de vivre malgré sa faible énergie. Un jour, désireuse de changer d'hôpital, elle se mit à surfer sur internet et tomba sur un blog intitulé : « No depression ». « Nous créons un groupe de patients dépressifs. » La phrase attira son attention.

Désireuse de rencontrer des patients souffrant de la même maladie qu'elle, Im Na-min contacta le blogueur. Si les autres tentaient de profiter de sa faiblesse, des dépressifs comme elle se comporteraient différemment. Et puis, comment les autres vivaient-ils leur dépression ?

Lors de la première réunion à laquelle elle eut le courage de participer, elle éclata en sanglots. C'était la première fois depuis son divorce et sa vie recluse qu'elle pleurait à chaudes larmes. Son corps lui avait toujours refusé ce soulagement. Et là, elle ressentit un intense sentiment de libération. Dès lors, elle participa à toutes les réunions. Ban Tak-shin, le responsable du groupe, fournissait la salle. Bien que n'étant pas dépressif, il programmait toutes les réunions et y assistait pour s'assurer qu'elles avaient lieu régulièrement. La force de conviction de cet homme qui avait perdu son fils influença naturellement les membres. L'un après l'autre, ils arrêtèrent les médicaments.

À la place, une entraide communautaire s'instaura pour permettre à chacun de retrouver et d'accroître son énergie dévorée par la maladie. Park Yi-eum, la plus dynamique de tous et celle qui se rétablissait le plus vite, allait régulièrement chez Sol Lisa : elle l'aidait aux menues tâches ménagères et lui assurait un soutien affectif. Ban Tak-shin proposa à Kim Yeol, qui, incapable de trouver un emploi, se sentait dévalorisé, de travailler au bureau de l'AAD. Cho No-hoon, lui, avait besoin des conseils d'un ami qui le détournerait de ses pensées suicidaires. Jour et nuit, chaque fois qu'il le fallait, Kim Yeol allait le voir et restait près de lui le temps qu'il réussisse à contrôler ses émotions. Im Na-min avait besoin d'un emploi pour se sentir utile et gagner son indépendance économique. Cho No-hoon mobilisa son réseau professionnel et lui trouva un poste dans une société de gestion immobilière. Reprenant confiance en elle, avec une énergie retrouvée, elle entra pleinement dans le monde du travail. Elle découvrit avec surprise qu'elle avait un bon contact avec les gens. Elle était même embarrassée quand son supérieur lui faisait compliment de l'attention et de l'intelligence qu'elle manifestait vis-à-vis des locataires. Elle prit conscience de sa valeur et de ses points forts.

Quand elle y repensait, Im Na-min avait toujours vaincu ses difficultés avec l'aide et le soutien d'un groupe. Le foyer pour jeunes fugueurs, le refuge pour les femmes victimes de violences conjugales, les conseillères pour femmes en difficulté… Cette fois, ce fut EC qui soutint Im Na-min, en crise après son divorce. La jeune femme était heureuse de l'emploi que lui avait procuré Cho No-hoon et elle travaillait avec diligence.

Malheureusement, la dépression était toujours là. Bien que plus légère, elle se manifesta à plusieurs reprises. Lorsqu'un patient diagnostiqué comme dépressif a rechuté plusieurs fois, il reconnaît les symptômes annonciateurs de son mal. Un jour où elle se sentait la tête lourde au point d'être incapable de tourner les pages d'un dossier, Im Na-min ferma les yeux et murmura : « Tu es de retour. » Elle savait d'expérience que les médicaments étaient plus efficaces si elle les prenait dès l'apparition des premiers symptômes. Elle était désolée pour les membres d'EC, en particulier pour Ban Tak-shin, mais elle alla à l'hôpital et prit des antidépresseurs. Elle réussissait à améliorer son état en combinant aide médicale et aide amicale. Une de ses collègues de bureau souffrait d'hypertension : tous les jours, elle prenait des antihypertenseurs. Le directeur de la société, lui, soignait son hyperthyroïdie avec des antithyroïdiens. La plus jeune de ses collègues, atteinte de dermatite séborrhéique, s'appliquait dès qu'elle le pouvait de la pommade corticoïde. Im Na-min prenait des antidépresseurs. Il n'y avait pas grande différence entre tout ça, pensait-elle.

15

Hwang Bo-dlin, la psychiatre

— Du coup, tu veux que je me renseigne sur le procès entre Ban Tak-shin et le toubib, Im Gwi-sup ?

Soulevant d'un doigt la monture de ses lunettes, Park Gap-yeong se laissa aller contre son luxueux fauteuil de bureau avec appui-tête, qui s'inclina en arrière.

— Je pense que vous en avez les moyens, dit Park Shim.

Debout près du bureau, il rendait compte de son enquête sur Jeon Hak-soo. Lorsqu'il lui fit part de la proposition que Ban Tak-shin avait faite de témoigner au procès, l'avocat chevronné fronça les sourcils pour manifester son scepticisme.

— Tu crois que c'est important ? Que c'est vraiment nécessaire pour l'affaire ?

— Euh… ça m'intéresse… dit le stagiaire en se grattant la tête. Parce que ça pourrait être le cas le plus récent mettant en évidence les effets secondaires des antidépresseurs.

Park Gap-yeong dissimula un sourire et fixa son neveu.

— Je suppose que ta curiosité personnelle est la plus forte, non ?

— Oui, je ne le nie pas, dit le jeune homme en souriant. M. Ban Tak-shin a encouragé l'inculpé à abandonner les antidépresseurs : c'est évident. Il a donc un rapport avec l'affaire. Et si on se renseignait sur les idées de ce monsieur et sur les dossiers juridiques dans lesquels il pourrait être impliqué… Si ce n'est pas trop difficile.

— Non, ce n'est pas difficile.

Park Gap-yeong, saisissant un crayon, feuilleta des documents qu'il venait d'examiner.

— Un de mes amis travaille au service juridique du CHU d'Yi-kyeong.

— Alors, vous allez vous renseigner ?

— Je vais lui passer un coup de fil… quand j'aurai le temps, quoi.

Park Shim le remercia vivement et le salua.

— Tu t'en vas ? demanda l'oncle avec indifférence, sans quitter des yeux les documents posés sur son bureau.

— Oui, j'ai rendez-vous. Il faut vraiment que je parte, répondit le jeune homme en sortant du bureau. C'est un rendez-vous lié à notre affaire, ajouta-t-il, la tête dans l'entrebâillement de la porte.

— Tu fais du bon travail, dit Park Gap-yeong, fixant toujours les documents. Tout marche comme tu veux ?

— Je fais de mon mieux.

— C'est l'essentiel.

— Oui !

Sur cette affirmation péremptoire, Park Shim ferma la porte et jeta un coup d'œil rapide autour de lui. Le lieu de son rendez-vous avec Hwang Bo-dlin était proche du cabinet. Mais il n'était pas sûr d'y arriver à l'heure, car il avait passé plus de temps que prévu avec son oncle. Il rajusta son sac et partit à grands pas.

Il se mit alors à courir, sans pouvoir rattraper ses cinq minutes de retard. Désolé et confus, il entra dans le restaurant. Hwang Bo-dlin, debout près du bar à salades, remplissait son assiette d'une portion généreuse de salade de saumon. Elle aperçut Park Shim la première et lui désigna la table qu'elle avait réservée.

— Hé, Sourcils charbonneux ! tu es en retard. Au bout de sept-huit ans, tu proposes qu'on se voie et tu es en retard ? La faim me rend cruelle : je deviens une véritable ogresse.

Park Shim posa son sac à dos sur la chaise avant de se diriger vers le bar. Là, il se munit d'une assiette.

— *Sorry !* Par contre, c'est moi qui t'invite. Mange autant que tu veux, Dlin !

Hwang Bo-dlin versa de la sauce tartare sur sa salade en hochant la tête. Elle n'avait pas tellement changé depuis le lycée, sinon qu'elle se maquillait beaucoup et qu'elle ne portait plus de lunettes. Un corps trapu, un visage rond et fort. Une grande bouche, largement ouverte, contrastant avec de petits yeux. Elle n'était vraiment pas belle. Les garçons ne voyaient en elle que la bonne élève dotée d'un caractère affirmé, alors qu'elle était très populaire parmi les filles. Chaleureuse et courageuse de nature, elle savait trouver les mots qui réconfortaient son entourage. Elle irradiait d'une énergie positive. Elle aurait été plus à sa place dans le service marketing d'une entreprise étrangère.

— Ah ! Quand les gens vont-ils se souvenir pour de bon que mon nom est Hwang et pas Hwangbo ? Il va falloir que je porte une étiquette ?

— Qu'est-ce qui te prend ? Dlin, ça sonne mieux, non ? Par contre Bo-dlin, ça fait médicament ou marque de lessive.

Park Shim, encore essoufflé, la taquinait en se servant des spaghettis froids.

— Eh, Park Shim. J'ignorais que tu savais plaisanter…

La jeune femme rit à pleines dents. L'atmosphère de gêne qui entourait les retrouvailles de ces deux camarades se dissipa aussitôt.

Ils se faisaient face, chacun avec son assiette de salade et, entre eux, une assiette de bifteck.

— Une théorie du complot sur les antidépresseurs… quelle plaie ! déplora Hwang Bo-dlin dès que Park Shim lui eut parlé des idées de Ban Tak-shin.

Elle planta sa fourchette dans le bifteck saignant. Le sang coula sous la viande.

— Bien sûr, il y a une certaine logique dans ce qu'il dit. Les critères du *DSM* me posent beaucoup de problèmes en tant que psychiatre. Quand, en deux semaines, un patient présente plus de cinq symptômes sur les neuf décrits dans cet ouvrage, on qualifie son état de trouble dépressif. Mais pourquoi deux semaines ? Pourquoi plus de cinq symptômes ? Et si un patient présente quatre symptômes pendant trois semaines ou plus, souffre-t-il de dépression ou non ? Si on a cinq symptômes pendant treize jours et demi, qu'est-ce que c'est ? Et si le diagnostic est aussi facile à établir, à quoi servons-nous ?

Hwang Bo-dlin parlait tout en mâchant un épais morceau de viande.

— C'est pourquoi aucun médecin ne diagnostique la dépression en se basant uniquement sur les critères du *DSM*. Avant d'établir un diagnostic, nous nous rencontrons, nous étudions. Les grands laboratoires pharmaceutiques développent un marketing agressif, ils dissimulent intentionnellement certains résultats d'expériences et certains effets indésirables. C'est vrai. Mais il y a l'autre versant. Les antidépresseurs ont sauvé des millions de personnes en leur permettant de reprendre goût à la vie.

Hwang Bo-dlin suivait des études postdoctorales dans un CHU. Elle avait acquis une grande expérience en milieu hospitalier, au plus près des patients.

— Bien sûr, je serais très contente s'il existait des remèdes sans effets secondaires. Je risquerais d'y perdre mon emploi, mais c'est sans importance. Hélas, la recherche scientifique n'a pas découvert plus d'un millionième des facultés du cerveau et de son fonctionnement. On aimerait posséder une voiture volante, mais on n'y est pas encore. Comment fait-on alors ? Bien obligé de vivre avec la voiture qu'on a. Dans notre société civilisée, on utilise tous des outils développés grâce à la science, mais, va savoir pourquoi, les psychotropes ont mauvaise réputation.

— C'est particulier à la Corée ? demanda Park Shim, fasciné par la bouche de son ancienne camarade qui s'agitait à toute vitesse.

— Très. Même pas la peine d'en parler, piailla-t-elle.

Bien sûr, cela existe aussi en Occident, mais sans commune mesure avec ce qui se passe chez nous. J'ai l'impression que les Coréens attachent à l'esprit humain une dimension mythique. Admettre qu'ils souffrent de troubles mentaux est une atteinte à leur fierté. De plus, ils craignent que leur âme ne soit abîmée si on la « corrige » avec des médicaments. On parle de psychiatrie, mais la maladie mentale a des manifestations physiques. Donc il faut contrôler les phénomènes physiques qui affectent l'esprit. Les médicaments agissent ainsi. Tu es d'accord, oui ou non ? J'ai tort, oui ou non ?

— Je ne te savais pas aussi impliquée.

Mâchant un morceau de steak, Park Shim se mit à rire. Les mots sortaient en rafales de la bouche de sa compagne. Mais il trouvait son discours intéressant.

— La dépression est la maladie mentale qui possède le taux de guérison le plus élevé. En cas de rechute, médicaments et consultations spécialisées permettent de la contrôler efficacement. Les plus grands ennemis de la dépression dans notre pays ne sont pas les antidépresseurs, mais les préjugés concernant cette pathologie. Comme dans le cas qui t'occupe, il ne s'agit pas seulement de l'arrêt des médicaments : la haine de soi, la honte, les préjugés intériorisés conduisant à cacher sa maladie, ensuite l'abandon des antidépresseurs pour suivre les préceptes d'un théoricien du complot, voilà de quoi il est question.

— On dit que les médicaments rendent malades, marmonna Park Shim, se rappelant les yeux vifs et la conviction de Ban Tak-shin.

— Quoi ?

— La dépression est devenue une maladie parce qu'on a découvert les antidépresseurs : le nombre de patients diagnostiqués dépressifs a fait un bond. Une fois le trouble panique qualifié de maladie, les antidépresseurs ont été prescrits pour le combattre, et le nombre de malades atteints de trouble panique a augmenté… C'est la logique de Ban Tak-shin.

Hwang Bo-dlin piqua une feuille de salade avec sa fourchette puis la reposa.

— Oh, mon pauvre Shim ! Il t'a lavé le cerveau, cet homme.

— Mais non, ce n'est pas un lavage de cerveau…

Elle lui coupa la parole.

— La dépression existait déjà à l'époque d'Hippocrate. Et on en trouve des traces plus anciennes, à l'époque où la terre était peuplée de tribus primitives. Tu connais Darwin ? Après avoir parcouru le monde pendant cinq ans, il a développé un trouble panique accompagné de dépression et d'agoraphobie. Il n'est plus jamais sorti d'Angleterre. C'est là qu'il a écrit *De l'origine des espèces.* De tout temps, les Inuits ont été conscients que certains n'arrivaient pas à chasser le phoque par manque d'énergie ou incapacité à agir. La maladie de la colère que les Coréens appellent *hwahyeong*, eh bien, elle fait partie des maladies officiellement recensées internationalement, mais ce n'est rien d'autre que la dépression ou le trouble panique. Elle a été reconnue comme une maladie spécifiquement coréenne, due aux contraintes imposées par la société confucéenne, surtout aux femmes. Je veux dire que ces symptômes qui existent depuis toujours, dans toutes les cultures, on ne les appelle pas communément « dépression ».

Park Shim enroula des spaghettis autour de sa fourchette et les avala. Pour arrêter le flot de paroles de son interlocutrice, la seule solution était d'occuper sa propre bouche. Bien vu : Hwang Bo-dlin l'imita et se concentra sur son assiette.

Le jeune homme attendit le moment propice pour poser sa question :

— Par ailleurs, Madame le docteur, pensez-vous que l'environnement concurrentiel de notre société puisse provoquer des dépressions ?

La psychiatre lui jeta un coup d'œil en désossant les ailes de son poulet rôti.

— Certains le disent. Le taux de dépression augmente parce que la société pousse de plus en plus les individus à la compétition, à la rapidité. Plutôt que d'améliorer l'environnement, cause de la dépression, notre société a tendance à tranquilliser les gens avec des médicaments : c'est ce qui est écrit dans les livres.

— Eh bien, ils n'ont pas tort.

Cette fois, Hwang Bo-dlin hocha doucement la tête.

— Plus précisément, je pense que notre pays souffre de dépression collective depuis les années 2000. Il suffit de regarder le taux de suicide.

— Et pourquoi ça ?

Il était vraiment curieux de connaître l'avis de la jeune femme.

— Park Shim, répondit-elle avec un sourire, je ne m'attendais pas à parler de phénomènes socioculturels avec toi. J'ai passé un bac scientifique. J'ignore tout de ces sujets et c'est un peu stressant d'en parler avec un étudiant en droit. Bon, je vais juste te dire ce que j'en pense. Nous vivons dans une culture axée sur la réussite sociale ; les normes requises pour l'atteindre sont très élevées, mais il devient de plus en plus difficile d'y satisfaire. Tout le monde veut vivre de la même façon : sortir diplômé d'une des universités de Séoul, trouver un emploi dans une grande entreprise ou devenir fonctionnaire, se marier, avoir un enfant, envoyer cet enfant dans une école maternelle bilingue coréen-anglais, acheter un appartement, rouler en SUV, camper en famille le week-end… Toutes les familles que la télévision nous montre mènent cette vie. On nous a mis dans la tête depuis notre plus jeune âge que c'était ça une vie normale et heureuse. Mais il a toujours été dur d'avoir ce mode de vie et ça le devient de plus en plus. Au début des années 1990, avec un diplôme universitaire, on pouvait mener une vie de petit-bourgeois. C'est impossible aujourd'hui. La société est plus démocratique qu'autrefois et tous les individus bénéficient d'opportunités égales. La distance entre ce qu'on désire et ce qu'on obtient est si importante qu'on en perd l'estime de soi. J'ai l'impression que l'ensemble de la nation souffre de dégoût de soi, de sentiments d'impuissance et d'échec, de dévalorisation.

— Le vertige que cause la liberté. C'est un peu ça, non ?

— Oui, si tu veux. Autrefois, on naissait avec une identité sociale bien définie. Seule la mort y mettait fin. Un noble restait un noble et un esclave, un esclave. L'inégalité étant la norme, ce n'était pas la faute de l'esclave s'il ne pouvait pas mener une vie meilleure.

Aujourd'hui, tout repose sur l'individu. Et l'anxiété est devenue son pain quotidien.

« Les personnes qui ont un niveau de vie supérieur à la moyenne sont rares. La récession économique et l'instabilité de l'emploi freinent la promotion sociale, tandis que le développement de l'instruction conduit à penser : "Étant donné mon niveau d'études, j'ai droit à un poste élevé." Sinon on est un raté. Les Coréens qui ont connu des conditions de vie meilleures grâce au boom économique des années 1960 et 1970 sont attachés à l'idée d'appartenir à la classe moyenne. C'est le traumatisme de l'extrême pauvreté d'après guerre qui a conduit la société à avoir un seul et unique critère de jugement : la réussite sociale. Aucune valeur n'existe en dehors, impossible de porter un jugement positif sur un autre mode de vie, sur d'autres qualités individuelles. Tout le monde court sur la même piste, qui se rétrécit de plus en plus. Et ceux qui ne réussissent pas sont frustrés.

Et elle poursuivit.

— Est-ce que tu sais ça ? Le taux de suicide actuel est une fois et demie plus élevé qu'en 1998, au moment de la crise du FMI. Et à l'époque il avait déjà connu une hausse significative. Il faut dire que dans ces années-là tout le monde était logé à la même enseigne : se retrouver dans la misère était pénible, mais c'était le lot commun. On pensait qu'il fallait rester soudé pour surmonter cette crise nationale. Tu te souviens de la campagne de collecte d'or ? Maintenant cette énergie a disparu, et ne restent que l'incertitude économique et la précarité de l'emploi. On est obsédé par la stabilité, même si elle est hors de portée. On ne voit pas d'autre mode de vie. Et on en devient malheureux.

Hwang Bo-dlin ricana doucement.

— Je pense à une publicité censée réconforter un jeune chômeur, à l'époque de la crise du FMI. Qu'est-ce qu'elle montre ? Eh bien, on tape sur l'épaule d'un candidat malheureux à un entretien d'embauche et on lui dit quoi ? « Encore un petit effort, et tu réussiras bien un jour. Bats-toi ! » C'est hallucinant. Alors qu'on sera embauché quand il y aura plus d'emplois et pas quand on fera plus d'efforts. Sous-entendu : ceux qui ne trouvent pas d'emploi sont chômeurs parce qu'ils n'ont pas fait assez d'efforts. Les CDD sont en CDD parce qu'ils n'ont pas fait les efforts nécessaires ? Ce genre de publicité qui attribue l'échec à l'individu est encore diffusé.

— Oui, tu as raison. Bien que tout le monde se donne du mal, seuls les meilleurs trouveront un emploi. Et les autres ? Leurs efforts n'auront servi à rien, admit Park Shim.

Tous deux commandèrent de la bière pression avec faux col et trinquèrent. Bo-dlin vida d'un coup les deux tiers de son bock, repoussa son assiette vide au bord de la table et se leva. Elle se dirigea vers le bar à salades.

En voyant la jeune femme de dos en train de se resservir, Park Shim eut devant les yeux un autre de ses camarades. Le visage ricanant de Kim Yeol qui lui disait : « Du haut de l'échelle, tu nous contemplais et tu ne nous remarquais qu'en cas de besoin. » Le visage impassible de Kim Yeol qui évoquait sans broncher le suicide et le meurtre de personnes proches. Il était inquiétant.

« Je touche presque le fond : je flirte avec l'échec, la dépression, la mort. Tu veux aider les dépressifs ? Voyons comment tu vas réagir quand tu humeras un parfum de tragédie, espèce de godiche privilégiée qui ne connait rien à la vie. »

Ce jour-là au café, Kim Yeol semblait avoir sorti tout ce qu'il avait sur le cœur. Il jouissait manifestement de l'embarras que provoquait son déluge de paroles amères. Son visage d'abord impassible refléta peu à peu une haine sournoise teintée de mépris à l'égard de son ancien camarade. Ce visage était resté gravé dans l'esprit de Park Shim et y avait déposé une étrange question : qui est-il vraiment ?

Hwang Bo-dlin, le visage rougi par l'alcool, son assiette à nouveau pleine, revint s'asseoir. Se souvenait-elle par hasard de Kim Yeol ? se demanda Park Shim. A-t-elle été au courant du scandale qui l'a entouré ? S'en souvient-elle encore ? Les filles percevaient-elles l'ambiance des classes de garçons qui harcelaient les « Lopettes » ?

— Hé, Park Shim, tu dois te dire que je suis une goinfre !

Hwang Bo-dlin lui jeta un regard en biais en saisissant sa fourchette.

— Euh… oh, non… Ha, ha, ha, ha.

Embarrassé, Park Shim bégaya avant d'éclater de rire.

— Ce n'est pas grave. Ce n'est rien à côté de ce que j'ai dû me battre contre les misogynes de la faculté de médecine. Même aujourd'hui. Il faut manger bien pour être forte. Mon énergie vient de la graisse qui m'enrobe.

— Dlin, qu'est-ce que tu vas imaginer, toute seule dans ton coin ? Tu n'as pas confiance en toi ?

— C'est exactement ça. Laide et grosse comme je suis, une femme est un objet de moquerie tout trouvé. Ce n'est pas mon doctorat ni mon diplôme de psychiatre qui empêcheront qu'on ne me juge sur mon apparence.

— Tu exagères ! Je te jure que je n'ai jamais pensé comme ça. Et puis, aujourd'hui, qui oserait se montrer misogyne ? Mange autant que tu veux.

— Mais dans quel monde tu vis ? Il y a des misogynes partout, même aujourd'hui, dit-elle en attaquant son assiette. On est dans le cas de figure que j'évoquais tout à l'heure. Les personnes incapables de s'en sortir tentent de retrouver un équilibre psychologique en s'attaquant à plus démunis qu'eux. Et ils ne blâment pas la société d'avoir créé cette situation. Selon eux, la politique de protection des faibles, la prise en compte de leurs besoins, c'est ce qui les frustre, eux, de diverses opportunités. Avant, tout était facile, juste parce qu'ils étaient des hommes. Mais ça, c'est fini. Les femmes sont entrées dans la compétition. Eux, eh bien, ils n'arrivent plus à s'adapter. Est-ce que tu sais ça ? Il y a une dizaine d'années, le taux de réussite des femmes aux concours de la haute fonction publique et de médecine atteignait presque 40 %. En ce qui concerne les concours de fonctionnaires des catégories 7 et 9, le taux de réussite des femmes dépassait celui des hommes. À partir de là, j'ai prédit que la misogynie deviendrait un grave problème social.

La jeune femme accélérait son débit.

— C'est plus facile de s'en prendre à des personnes faibles que d'attaquer des structures de pouvoir invisibles. En plus, on en conçoit un sentiment de supériorité bien gratifiant. C'est plus facile et plus faisable de défendre l'idée qu'il faut retrouver la place occupée dans le passé.

— Attends, Dlin. Ça n'a jamais été mon attitude à ton égard.

— Écoute, Park Shim, là, je ne te tiens pas un discours féministe. Je parle de ça parce que tu m'as demandé quelles étaient les causes de la dépression et de l'augmentation des suicides. Dégoût de soi et santé mentale sont étroitement liés. L'aversion pour les faibles repose sur le dégoût de soi. Il ne s'agit pas seulement de misogynie. Je prévois que, dans quelque temps, la première génération d'enfants de couples mixtes – coréens-immigrées – sera en butte à la haine.

— Les enfants de couples mixtes ?

— Ces enfants issus de couples mixtes, formés notamment avec des Chinoises, des Russes et des femmes d'Asie du Sud-Est, atteignent maintenant l'âge adulte. Beaucoup vivent à la campagne, dans des villages de pêcheurs ou à la périphérie des villes : nous ne les voyons quasiment pas, nous, les citadins. Mais bientôt, certains d'entre eux gagneront les villes et commenceront à y travailler. Qu'en penses-tu ?

— Hum…

— Le rejet des autres Asiatiques et des couleurs de peau différentes est probablement plus important que nous ne le pensons. Imagine qu'un jeune homme à la peau d'une couleur généralement considérée comme non coréenne sorte du lot et prenne ma place ? J'aurai conscience d'être une victime. Même chose en ce qui concerne les minorités sexuelles. Les mouvements pour les droits des minorités sexuelles ont débuté en Corée au milieu des années 1990. À cette époque, les discussions avaient lieu principalement au sein des universités et n'agitaient pas l'ensemble de la société. Et d'ailleurs, on ne reconnaissait même pas l'existence de minorités sexuelles. Actuellement, la droite chrétienne conservatrice et un site comme ILBE[1] incitent systématiquement à la haine des minorités sexuelles. Ils se cherchent des ennemis extérieurs pour accroître leur pouvoir. J'ai honte de l'avouer en tant que médecin, mais certains psychiatres considèrent l'homosexualité comme une maladie mentale. Si tu croises un tel médecin, je tiens à m'excuser d'avance pour lui. Ouf.

La référence de Hwang Bo-dlin à l'homosexualité rappela soudain Kim Yeol à l'avocat stagiaire. Kim Yeol était-il gay ? Est-ce la raison pour laquelle il était si sombre ?

— Tu sais… le *DSM-III* que Ban Tak-shin critique a retiré l'homosexualité de la liste des maladies mentales. En 1980. Le *DSM-III* a fait du bon travail pour les minorités sexuelles. Tu peux le lui dire. Mais je ne pense pas que ça l'intéresserait.

— Dlin, tu te souviens de Kim Yeol ?

Le changement de sujet décontenança la jeune femme.

1. Site populiste d'extrême droite.

— Kim Yeol ?

— Ouais, il était au même lycée que nous, en terminale 3.

— Tu parles du garçon qui ressemblait à un alien ? Oui, je m'en souviens.

— Un alien ? dit Park Shim, secouant la tête.

— On l'avait appelé comme ça parce qu'il avait les oreilles pointues comme des antennes. Oh, ce n'était pas pour se moquer des aliens. On lui a juste donné ce surnom-là. Pourquoi m'en parles-tu ?

Park lui fit le récit de sa visite du bureau de l'AAD, de sa rencontre avec Kim Yeol et de ce qui s'était passé quand ils étaient au lycée. Hwang Bo-dlin l'écoutait d'un air concentré. Elle arrêta même de manger et ne l'interrompit pas une fois. Elle réagit enfin quand son interlocuteur lui demanda si elle avait été au courant du suicide d'un élève appelé « Lopette-3 » et des rumeurs concernant des rapports amoureux entre lui et Kim Yeol.

— Je m'en souviens. Oui, ça y est : il s'appelait Chang-kwon. Si je ne me trompe pas, il s'est jeté du toit du lycée. Baek Chang-kwon. Vous l'appeliez « Lopette-3 » ? C'est dingue, ça.

— Oui. Ils étaient assez cruels, les garçons.

Park Shim avait honte, mais il ne voulait pas qu'on le tienne pour responsable. Bo-dlin l'interrompit.

— Hé. Moi qui étais chez les filles, je me souviens de son prénom, et toi, tu l'appelles « Lopette-3 » ? En plus, n'étais-tu pas le délégué de terminale ? Le délégué de terminale 1. Moi je ne l'étais pas parce que je voulais me focaliser sur mes études et intégrer la faculté de médecine.

— Euh… euh…

Park Shim avait le visage en feu. Il était sans excuses.

— Quoi qu'il en soit, on disait que Kim Yeol sortait avec Baek Chang-kwon. Nous, les filles, nous ne savions pas exactement ce qui se passait chez les garçons. Kim Yeol était sur le toit du lycée lorsque Baek Chang-kwon s'est suicidé.

— Quoi ?

Park Shim en eut le souffle coupé. Hwang Bo-dlin vida le fond de son verre.

— Je suppose qu'ils étaient sur le toit pendant les cours de nuit. En principe, la porte donnant sur le toit était toujours verrouillée. Mais les élèves arrivaient facilement à forcer le cadenas. En fait, tout le monde pouvait accéder au toit. Bref, ce soir-là, ils étaient ensemble et Baek Chang-kwon s'est soudain jeté dans le vide sous les yeux de Kim Yeol.

— Quoi ? C'est vrai ?

— En fait, c'est… Baek Chang-kwon s'est jeté juste avant la fin des cours de nuit, juste avant que les élèves en sortent pour rentrer chez eux. Une fille de ma classe a tout vu parce qu'elle était sortie un peu plus tôt pour prendre le bus. Elle a été tellement choquée qu'elle n'est pas venue au lycée pendant plusieurs jours. Elle a vu Chang-kwon tomber du toit. Elle a vu sa tête écrasée, ensanglantée. D'abord, elle a été incapable de crier. Elle a levé les yeux instinctivement : quelqu'un la regardait d'en haut. C'était Kim Yeol. Elle l'a su plus tard : il faisait sombre et elle ne l'avait pas reconnu.

Effaré, Park Shim avala sa salive.

— Eh bien, on dirait que les filles en savaient plus que les garçons. C'est fou. Le lycée a interdit de parler de cet événement. En plus, on était en terminale. Les parents se sont précipités dans le bureau du proviseur pour lui demander d'étouffer l'affaire au plus vite car cela risquait de perturber l'ambiance studieuse. J'ai un peu honte de l'avouer, mais ma mère faisait partie de ces parents. Et je suppose que les garçons n'osaient rien dire car les policiers venaient les interroger pour démasquer les harceleurs de Baek Chang-kwon et les punir. Ou alors on s'en foutait. Je n'en sais pas plus.

Penchée en avant, les bras croisés, Hwang Bo-dlin poursuivit :

— En plus, Kim Yeol n'était pas bavard : impossible de savoir ce qu'il avait dans le crâne. Il n'avait parlé à personne de ce qui s'était passé sur le toit ce soir-là. Il est revenu quelque temps plus tard au lycée, le visage aussi lisse que d'habitude. Certains disaient que c'était bien Kim Yeol qui avait poussé son ami, qu'il l'avait tué. Bon, si ç'avait été le cas, la police l'aurait découvert. Donc, ce n'était pas ça. Baek Chang-kwon était un peu… différent : il était vulnérable. On en a conclu que son suicide avait pour cause un trouble d'identité sexuelle et le harcèlement scolaire, non ? Mais il aurait dû y avoir des signes annonciateurs.

— S'il voulait se suicider… pourquoi l'a-t-il fait sous les yeux de quelqu'un ? C'est tellement affreux. Comment l'expliquer ?

Dans l'esprit de Park Shim, deux Kim Yeol se superposaient : celui qu'il avait croisé peu de temps auparavant, devenu presque invisible dans le soleil au moment de leur séparation, et celui dont la silhouette noire surplombait le corps de son ami tombé du toit, huit ans plus tôt. Le jeune homme frissonna.

— Hum. Impossible à savoir. Dans les cours de psychiatrie, on insiste beaucoup sur le fait qu'il ne faut jamais diagnostiquer l'état mental d'une personne sans éléments précis ! Le diagnostic n'est pas le résultat d'un quiz psychologique !

Le visage de Hwang Bo-dlin se ferma.

Toujours secoué, Park Shim restait muet. Il avait maintenant un aperçu des pensées sombres qui pouvaient envahir l'esprit d'un homme. Expérience bien involontaire.

Hwang Bo-dlin interrompit finalement le silence pesant.

— … Mais laissons de côté les opinions des experts. On peut parler de tout entre anciens camarades, d'autant plus qu'on ne s'est pas vus depuis un temps fou.

Posant une main sous son menton, elle soupira bruyamment.

— Hum. On disait que Baek Chang-kwon et Kim Yeol entretenaient une relation particulière. Dans ce cas, ils auraient pu se disputer… Il pourrait aussi s'agir d'une vengeance morbide ou de l'expression dramatique d'un apitoiement sur soi. Pour accabler l'autre de culpabilité et lui laisser un souvenir de soi inoubliable.

— Hé… on se croirait au cinéma.

— Hé, Monsieur Sourcils charbonneux ! Tu ne sais pas que la réalité est plus *unbelievable* que la fiction ? Regarde la politique coréenne. La fille d'un prédicateur, dirigeant d'une secte, a pris dans l'ombre un tel ascendant sur notre présidente qu'elle lui dictait ses décisions politiques. De quel film tu parles ? Ce qui n'est pas montré au cinéma, c'est ce qui se passe dans la vraie vie.

— … Oui.

Park Shim leva les mains en signe d'accord.

— Ou bien… il voulait peut-être menacer Kim Yeol de se suicider, sans en avoir vraiment l'intention. Dans certains cas, les tentatives de suicide expriment une conviction profonde ou veulent choquer l'opinion publique. Certaines maladies mentales conduisent à des automutilations et au suicide dans le but de manipuler une personne influençable. C'est un comportement caractéristique du trouble de la personnalité borderline. Rappelle-toi. Il y a quelques années, le président d'Homme de Corée[1] s'est suicidé en public. Je suppose qu'il n'avait pas l'intention de se tuer. Il s'est jeté d'un pont dans le fleuve Han pendant que la caméra tournait. Il avait sûrement pensé qu'il en réchapperait. C'est ce genre de choses.

— Souffrait-il de dépression ? Je veux dire Baek Chang-kwon.

— Je vais boire encore un verre. Et toi ?

Hwang Bo-dlin agita son verre vide. Park Shim acquiesça immédiatement. Bientôt, deux verres de bière se retrouvèrent devant eux.

1. Homme de Corée (coréen : 남성연대, anglais : Man of Korea) est une ONG qui milite pour les droits humains en Corée du Sud. Elle a été fondée par le « masculiniste » Sung Jae-ki le 24 janvier 2008.

— Peut-être que oui. Un grand nombre d'adolescents appartenant aux minorités sexuelles sont dépressifs. Et en plus, Baek Chang-kwon a été sérieusement harcelé.

Hwang Bo-dlin but sa bière, puis essuya sa bouche pleine de mousse avec une serviette.

— Mais il est dangereux de conclure qu'une personne s'est suicidée parce qu'elle souffrait de dépression. Surtout aujourd'hui où les suicides abondent. On ne peut attribuer la cause d'un suicide à la dépression qu'après une « autopsie » psychologique. Suicide et dépression… je veux dire que les deux ont des variables distinctes. S'il est vrai que de nombreuses victimes de suicide souffraient de dépression, la plupart des patients dépressifs ne se suicident pas. Même si ceux-là cultivent une idée vague de la mort, ils ne passent généralement pas à l'acte. Et puis, en mettant de côté la dépression, il peut exister diverses raisons de se suicider. Tu me suis ?

— Des suicides impulsifs, à la suite de mauvaises affaires ou d'un chagrin d'amour… ? intervint Park Shim en sirotant sa bière.

— Oui. Sans souffrir de troubles de l'humeur comme la dépression, une personne peut attenter à ses jours parce qu'elle se sent incapable de survivre à une perte d'emploi, à une faillite, à la mort d'un proche, à une séparation. Ou alors le motif peut être la peur du châtiment ou de l'humiliation qui se profilent. Comme tu le dis, certains se suicident parce qu'ils n'ont pas surmonté un événement douloureux…

Elle poursuivit, après une courte interruption, comme si elle avait voulu mettre ses idées en ordre :

— Il ne faut pas oublier le suicide par fanatisme : celui des kamikazes par exemple, ou le suicide de masse dans les sectes. N'oublie pas les suicides impulsifs provoqués par la drogue ou les comportements à risques. Il arrive aussi, mais rarement, qu'une décision rationnelle pousse à se supprimer quand la vie n'a plus de sens. Et peut-être encore plus rarement…

— Dlin, qu'est-ce que tu parles bien !

Park Shim était admiratif. Chaque fois que Hwang Bo-dlin énonçait un nouveau cas, il avançait la tête, comme une tortue. Mais elle, complètement absorbée par ses propos, ne prêta aucune attention à son compliment.

— … la fascination de la mort peut pousser au suicide. C'est un peu philosophique : la mort est un phénomène que l'on ne peut ressentir qu'en mourant. Personne n'en est jamais revenu ; on ne peut donc qu'imaginer à quoi elle ressemble. Bien sûr, certains peuvent la frôler et survivre, d'autres éprouver la douleur physique qui l'accompagne, mais personne ne la connaît. Donc on peut avoir un point de vue esthétique et la considérer comme belle ou la dépeindre comme mystique. Et la peur de la mort conduit à la vénérer…

— Ils se suicideraient par curiosité ? Pour savoir ce que ça fait de mourir ?

— C'est très très rare, mais oui, ça arrive.

Les paroles de Kim Yeol, proférées d'une voix maussade, résonnaient dans la tête de Park Shim : « C'est beaucoup plus difficile de se suicider que de tuer », avait-il dit après avoir déclaré que Jeon Haksoo avait tué parce qu'il était incapable de se suicider.

Il avait ajouté que mettre fin à ses jours n'était pas à la portée de tous.

— Se suicider demande une détermination, un courage et une énergie considérables, expliqua la psychiatre, comme si elle avait deviné les pensées de son interlocuteur et qu'elle y adhérait.

« Mais la dépression prive les malades de leur faculté de décision, de leur courage, de leur énergie, surtout dans une phase de dépression sévère. Par contre, la phase de récupération présente davantage de dangers. Et encore, le trouble bipolaire qui voit alterner troubles dépressifs et troubles maniaques est encore plus pernicieux. C'est dans ce contexte que se place l'affirmation selon laquelle les antidépresseurs provoquent des pulsions suicidaires : ces médicaments peuvent susciter une manie temporaire qui conduit au suicide. Le courage est revenu, mais on ne se sent pas mieux, voilà le problème. C'est la raison pour laquelle les adolescents, les jeunes adultes, les patients prenant ces médicaments pour la première fois et ceux qui ont connu des épisodes maniaques doivent commencer par de très faibles doses et rester sous surveillance médicale.

Les antidépresseurs peuvent conduire au suicide.

Cette fois-ci, les yeux pétillants ainsi que l'énergie émanant du corps trapu de Ban Tak-shin s'imposèrent à Park Shim.

Antidépresseurs. Dépression adolescente. Suicide.

Ces mots le ramenaient à la photo du fils de Ban Tak-shin, suicidé à douze ans, deux semaines après le début de son traitement médicamenteux. Depuis, le père combattait les antidépresseurs. Park Shim évoqua l'adolescent, et Hwang Bo-dlin lui répondit, d'un air désolé :

— Eh bien, je n'ai pas vu son dossier médical mais même si je l'avais eu entre les mains, il m'aurait été impossible de savoir ce qui s'était passé réellement. Pour ça, j'aurais dû voir l'enfant. Mais la règle de base qui s'impose est la prudence : le cerveau d'un adolescent diffère de celui d'un adulte et donc les modes de prescription et de traitement diffèrent. Tous les psychiatres le savent. Quand c'est possible, on doit privilégier la thérapie cognitivo-comportementale ou les thérapies familiales. Dans le cas de symptômes anciens et sévères, on a recours en parallèle aux médicaments. En ce qui concerne cet adolescent, impossible de dire s'il s'agit d'une prescription excessive, d'une erreur médicale ou si sa pathologie était déjà à un stade avancé quand il a commencé son traitement. Il y a eu dépôt de plainte ? Alors, on saura tout lors du procès.

Park Shim hocha la tête. Son oncle serait bientôt au courant de l'évolution des procès intentés par Ban Tak-shin.

Les deux jeunes gens continuèrent de parler de dépression, d'un point de vue strictement professionnel. Et puis ils évoquèrent leurs années de lycée et leur propre situation. Après plusieurs verres de bière :

— Que penses-tu de ça : les antidépresseurs modifieraient un individu, ils perturberaient sa personnalité ou son caractère unique ?

— Mon Dieu, Shim ! Où as-tu lu ça ?

Hwang Bo-dlin se massa les épaules de ses mains dodues.

— J'ai entendu dire que ces médicaments pouvaient bloquer les émotions, ce serait un de leurs effets secondaires.

— Je pense que l'absence de sentiments est un symptôme de la dépression non soignée. Il est difficile de trancher là-dessus : les symptômes qui apparaissent après une prise d'antidépresseurs sont-ils des symptômes de dépression ou des effets secondaires des médicaments ? Les deux positions ont leurs partisans. Les conspirateurs optent pour les effets secondaires, les psychiatres pour un symptôme de dépression. Bref… (Elle sirotait sa bière.) Quelle que soit l'origine de ces symptômes, il faut les traiter. Je suppose que les tenants de la théorie des effets secondaires considèrent la dépression comme faisant intimement partie de la personnalité. Mais la dépression n'est pas la personne. C'est une excroissance qu'il faut extirper, comme une tumeur ou un caillot de sang, ou résorber comme une bosse. Nous ne pensons pas que retirer une tumeur enlève à un patient son caractère unique, non ? Il va simplement se porter mieux. Toi, tu deviendrais un autre si tu te rasais les sourcils ? Bon… ce n'est pas la meilleure comparaison. En tout cas, si on guérit de la dépression, on sera en meilleure santé. On ne deviendra pas un autre.

Plus de trois heures s'étaient écoulées depuis leur rencontre. Park Shim régla l'addition et ils sortirent. Un long rayon de soleil estival éclairait la rue qui plongeait peu à peu dans l'obscurité. Les anciens camarades étaient rassasiés et passablement ivres.

— Merci, Dlin, de m'avoir accordé un peu de ton

temps précieux, dit le jeune homme en se dirigeant vers la station de taxis.

— C'est vrai, je suis bien occupée. Mais grâce à toi, au moins j'ai bien mangé.

Elle se donnait de grands airs, mais elle rit quand même. Après un moment de silence, elle aborda avec prudence un autre sujet :

— … Par contre, Kim Yeol…

— Hein, quoi ?

Park Shim se tourna vers elle. Le sourire de Hwang Bo-dlin disparut.

— Tu sais, Kim Yeol est sorti pendant un moment avec la petite sœur d'une copine. Il ressemblait à un alien, mais il était plutôt beau. La sœur de ma copine était en seconde et Kim Yeol et nous, nous devions être en première. Je suis sûre que c'est la fille qui a fait les premiers pas. Elle était toujours très active dans ses relations amoureuses.

— Ah bon ?

Visiblement, Hwang Bo-dlin connaissait mieux Kim Yeol que lui, même si ce n'était qu'indirectement. Et puis, quel genre de relation entretenait Kim Yeol maintenant ? Et que s'était-il passé avec Baek Chang-kwon ? Il jeta un coup d'œil à sa compagne en se grattant la joue. Elle avait trois rides sur le front.

— Il paraît que cela n'a pas duré longtemps. C'est toujours comme ça, les histoires d'amour entre lycéens… La fille s'est jetée à son cou, elle lui a dit qu'elle le trouvait beau et mystérieux. À l'époque, ma copine m'a dit qu'elle l'avait trouvé un peu bizarre et qu'il lui faisait peur… Kim Yeol… Mais je ne me souviens plus des détails… Je vais peut-être appeler ma copine…

Trois ou quatre personnes attendaient à la station de taxis la plus proche. Les deux jeunes gens rejoignirent la queue. Bo-dlin prendrait un taxi, et lui, le métro.

— Au fait, tu as une petite amie ? lui demanda Bo-dlin en lui tapant le coude.

Apeuré, Park Shim recula d'un pas.

— Euh… non. Pas pour le moment…

Il rougit, mais ce n'était pas sous l'effet de l'alcool. Il se mit à guetter les taxis et il se demandait s'il devait être plus explicite. « Je vais lui paraître idiot si je lui dis que je n'ai eu une petite amie qu'à la fac. Et très peu de temps. »

Les feux de signalisation passèrent au vert et les taxis s'arrêtèrent l'un derrière l'autre à la station.

— Alors, Sourcils charbonneux ! Si tu as encore besoin de Grande Sœur, appelle-moi ! cria Hwang Bo-dlin en ouvrant la portière du taxi.

À peine partie, elle lui cria encore, la tête à la fenêtre et assez fort pour que tout le monde en profite :

— Appelle-moi même si tu n'as pas besoin de moi !

Ne sachant que faire de la main qu'il avait agitée en signe d'adieu, Park Shim la plongea dans la poche de son pantalon.

La nuit était encore chaude. On approchait du mois d'août et la chaleur n'allait pas tomber de sitôt. Les mains dans les poches, le jeune homme se dirigea vers la station de métro.

16

La veste de Sol Lisa

— Pourquoi nous avoir caché l'histoire de Cho Nohoon ? demanda Lee Pyeong-so d'un air impassible.

Le regard de Park Yi-eum vacilla sous ses paupières lourdes.

Lorsqu'elle avait reçu l'appel de Lee Pyeong-so lui demandant de se rendre une fois de plus au commissariat, la jeune femme avait refusé et insisté pour répondre aux questions par téléphone. Mais le commandant l'avait tout simplement ignorée, comme il aurait ignoré un chien aboyant dans le vide. Il lui avait dit qu'il viendrait lui-même la chercher, chez elle ou à son travail. Alors, vaincue, elle s'était résignée. Le samedi après-midi, Park Yi-eum, débraillée, non maquillée, entra dans le commissariat. Elle avait les cheveux aplatis comme si elle sortait du lit et des cernes noirs sous les yeux.

Un peu plus tard auraient lieu le premier interrogatoire de Kim Yeol et le second de Ban Tak-shin. La mort de Sol Lisa et celle d'EC étaient liées, c'était clair. Lee Pyeong-so cherchait des éléments pour étayer ses hypothèses. Il n'avait aucune autre piste pour l'instant, et le groupe et ses activités dirigés par Ban Tak-shin faisaient vraisemblablement écran à quelque chose.

— … Caché ? Quoi ?

— D'abord, vous nous avez menti en déclarant avoir rencontré Sol Lisa au café Aux amateurs d'oiseaux. Ensuite, vous avez omis sciemment de nous parler de la participation de Cho No-hoon à EC, lui dit Hong In-hyuk d'un ton railleur.

— Oh ! sourit-elle, moqueuse.

Mais elle était moins ironique que la fois précédente. Seule amie de la victime et témoin important dans cette affaire de meurtre, elle semblait à bout.

— Vous m'avez demandé les noms des membres qui avaient participé à la sortie et je vous les ai tous donnés. Qui cache quoi ?

— Nous n'avions pas demandé les noms des participants à la sortie, mais les noms de tous les membres d'EC, non ? Et puis, le but de cette sortie, Im Na-min nous l'a avoué sans aucune hésitation, c'était que les membres se changent les idées après le suicide de Cho No-hoon.

— Elle peut bien dire tout ce qu'elle veut. Qu'est-ce que Cho No-hoon vient faire là-dedans ? Il est mort en décembre dernier. Il s'est suicidé. Pourquoi aurais-je dû en parler ? Et pourquoi vous ne m'avez pas demandé : « Combien y avait-il de membres l'année dernière ? », « Quelqu'un s'est-il suicidé ? ». Hein ?

Lee Pyeong-so resta silencieux un instant. Park Yi-eum ne le quittait pas des yeux.

— Dites-moi s'il vous plaît, et en détail, ce qui s'est

passé pendant cette sortie. Tout ce qui vous vient à l'esprit. N'oubliez rien. Nous ferons le tri.

La jeune femme posa la main sur son front, inspira à plusieurs reprises et se lança. Ce qu'elle dit sur la répartition des membres dans les deux voitures, l'arrivée au camping, la promenade, la préparation du barbecue était conforme à la déclaration d'Im Na-min. La promenade de Sol Lisa pour se dégriser, suivie de Kim Yeol qui revint seul une vingtaine de minutes plus tard, ça correspondait aussi.

— Lisa est revenue un peu plus tard. Quand Kim Yeol l'a aperçue en train de descendre, il lui a demandé d'aller chercher les calamars séchés. Lisa est allée dans la caravane des hommes.

— Comment était-elle à son retour ?

— Comment elle était ? Qu'est-ce que vous voulez dire ? demanda-t-elle.

Son visage pâlit soudain.

— De quelle humeur était-elle ?

— … Elle avait l'air un peu fatigué. Elle avait beaucoup bu et elle avait peut-être pris froid en marchant. Mais pourquoi cette question ?

Lee Pyeong-so fit un geste de la main.

— Non, rien. Continuez.

Park Yi-eum fronça les sourcils et se prit la tête à deux mains comme pour soulager une forte migraine.

— Après être restée un moment avec nous, Lisa s'est levée et nous a dit qu'elle allait dormir. Aucun problème, avons-nous répondu. Ensuite, nous sommes restés tous les quatre à parler de choses et d'autres… J'ai eu soudain un gros coup de barre… J'ai annoncé que j'allais me reposer et j'ai regagné la caravane.

— Combien de temps après le départ de Sol Lisa?

Park Yi-eum pressa sa main ouverte sur son front. Elle s'énervait :

— Je ne sais pas. Comment je pourrais m'en souvenir : ça s'est passé il y a plus de cinq mois! Je ne sais pas! Ce qui est sûr, c'est qu'il n'était pas encore minuit.

Im Na-min a dit que Sol Lisa les avait quittés vers 22 h 30. Park Yi-eum, elle, est partie environ une heure plus tard, et presque au même moment Im Na-min est allée marcher. « Bon, je vais faire confiance à Na-min et je vais croiser les témoignages », pensa le commandant. Ban Tak-shin devait venir au commissariat le soir même, et Kim Yeol, le lundi suivant : il était pour l'instant à Namwon dans sa famille maternelle et devait regagner Séoul le lundi.

Le jeune homme avait appelé le commissariat la veille seulement, alors que Lee Pyeong-so avait essayé de le contacter à plusieurs reprises. Il s'était justifié, en bégayant d'une voix timide : il venait seulement de prendre connaissance des textos du commandant.

— Bo… bonjour. Ici Kim Yeol. Je… je suis d… désolé… je suis à Namwon et j'ai… oublié mon cha… chargeur… chez moi. Mon téléphone était éteint et je n'ai vu le message qu'il y a peu de temps…

À sa voix, on l'imaginait timide et anxieux. Il eut l'air effaré lorsqu'on lui demanda de se rendre au commissariat central de Suwon pour un interrogatoire.

— Au commissariat de police… il faut que je vienne? Moi… tout seul?

— On peut se voir aussi quelque part dans Séoul quand vous y serez. Qu'est-ce qui vous conviendrait ?

Kim Yeol réfléchit quelques minutes.

— Excusez-moi, mais je… je pourrais venir avec mon ami ? Moi tout seul… un peu… j'ai un peu… peur… parce que je suis un peu… instable. C'est pour ça.

En effet, il semblait très craintif. Il fallait tenir compte du fait qu'il était dépressif. De nos jours, un avocat, un responsable légal ou un tuteur accompagne, dans la mesure du possible, les suspects handicapés ou mineurs. Il n'y avait donc aucune raison de lui interdire de venir avec son ami, d'autant qu'il n'était que témoin. Lee Pyeong-so l'y autorisa à condition que ce dernier n'agisse pas en porte-parole ni ne gêne l'enquête. Puis il n'oublia pas de rassurer Kim Yeol :

— Ce n'est qu'un interrogatoire de témoin.

Toujours est-il qu'en recoupant tous les interrogatoires il pourrait reconstituer le déroulement des événements qui s'étaient produits au camping Saerim ce jour-là.

— Alors, j'ai regagné la caravane avant minuit. J'ai fait une toilette rapide et je me suis couchée. J'avais dit aux autres que je faisais juste une petite pause, mais comme j'étais très fatiguée je me suis endormie, dit Park Yi-eum.

— Est-ce que Sol Lisa était déjà là ? demanda le lieutenant.

La jeune femme hésita une fraction de seconde. Le commandant perçut son trouble. « Que peut-il bien y avoir ? »

— Oui. Elle dormait dans le lit superposé du bas, près de la porte. Je suis montée sur la couchette du haut et je me suis endormie. C'est M. Ban qui m'a réveillée le lendemain vers 7 heures. Il devait partir plus tôt que les autres car son rendez-vous avait été avancé à la fin de la matinée. Il s'agissait d'un patient n'ayant pas d'autre disponibilité et qui, de plus, était en danger. M. Ban voulait absolument être au bureau en tout début de matinée. J'ai proposé que nous partions tous ensemble et j'ai préparé le petit déjeuner. Im Na-min dormait profondément. Comme elle s'était couchée tard, je n'ai pas osé la réveiller. J'ai fait chauffer toute seule une soupe aux germes de soja et j'ai fait cuire le riz. De leur côté, les hommes ont rangé les barbecues.

Park Yi-eum accélérait son débit, comme pour en terminer au plus vite. Le lieutenant lui redemanda :

— Et Sol Lisa ?

— Lisa ? Elle s'est réveillée un peu après moi. Elle ne pouvait rien avaler parce qu'elle avait la gueule de bois. Elle voulait aller prendre l'air, puis monter directement en voiture. Elle était très pâle, alors je lui ai dit de faire comme elle voulait. Je lui ai proposé de venir avec moi dans la voiture de M. Ban, car j'avais l'intention de lui préparer une bouillie à notre arrivée à Séoul.

Puis Park Yi-eum expliqua qu'elle avait apporté le riz et la soupe dans la caravane des hommes et qu'elle avait mangé avec eux. De retour dans celle des femmes, elle avait posé la part d'Im Na-min sur la table avant de la réveiller. Im Na-min avait eu du mal à se lever en apprenant qu'il fallait rentrer plus tôt que prévu. Pendant ce temps, les hommes chargeaient les voitures et se préparaient au départ. Park Yi-eum avait fait sa valise et, en sortant de la caravane, elle avait croisé Sol Lisa qui déambulait.

— Je lui ai dit de monter dans la voiture de M. Ban. On allait bientôt s'en aller.

— Eh bien…

Hong In-hyuk tapota le bout de son stylo à bille sur la table. Il avait l'air sceptique :

— Si Sol Lisa se sentait mal au point de ne pouvoir rien avaler… vous auriez très bien pu rentrer tranquillement avec la voiture de Kim Yeol, n'est-ce pas ? Vous auriez pu laisser Ban Tak-shin partir seul en premier.

La jeune femme grimaça, comme prise d'une migraine insupportable.

— Je n'y ai pas pensé. La voiture de M. Ban est plus grosse et plus confortable. En plus, je suis plus proche de M. Ban que de Kim Yeol…

— Qui est proche de qui ? Sol Lisa ?

Park Yi-eum fixa le lieutenant.

— Lisa et moi. Nous sommes amies.

— Sol Lisa était plus proche de Ban Tak-shin ou de Kim Yeol ?

— Lisa… on ne peut pas dire qu'elle était proche de tel ou tel. Moi, j'étais plus à l'aise avec M. Ban. Oui, je voulais partir avec lui. J'étais plus à l'aise avec lui. Ça vous va ?

— Quand vous avez croisé Lisa, elle était seule ? les interrompit Lee Pyeong-so.

Park Yi-eum se tourna vers lui.

— Était-elle en train de discuter avec M. Ban ou avec Kim Yeol ?

— Non. Je n'ai rien vu. Quand je l'ai croisée, M. Ban était déjà installé à la place du conducteur et Kim Yeol chargeait sa voiture.

— Hum, fit le commandant.

Puis il lui demanda de continuer.

Park Yi-eum se mit à parler comme une mitraillette.

— Je suis montée dans la voiture. Im Na-min venait de sortir de la caravane avec sa valise. J'ai dit au revoir à Kim Yeol et à Im Na-min par la fenêtre. Et nous sommes partis les premiers.

Ban Tak-shin roula d'une traite et déposa les deux femmes devant la maison de Sol Lisa avant de regagner son bureau. Park Yi-eum prépara de la bouillie pour son amie et lui tint compagnie jusqu'au soir. Elle rentra chez elle vers 20 heures, dit-elle.

Malheureusement, impossible de vérifier l'itinéraire de la voiture le 13 mars. La date limite de stockage des enregistrements de vidéosurveillance sur route, que géraient les commissariats de police et les municipalités, était dépassée. Autrefois, il pouvait exister des exceptions mais c'était fini : on avait renforcé la protection des données personnelles. Il restait les enregistrements aux péages d'autoroutes, mais plus rien à partir du moment où la voiture était entrée dans Séoul.

— D'accord. Parlons maintenant de ce qui s'est passé entre le 13 mars et le 8 mai.

Le commandant se redressa sur son siège.

— … Encore ?

Park Yi-eum respira profondément, posa une main sur sa poitrine, une autre sur son cou.

Elle n'avait pas l'air dans son assiette. Mais les policiers n'avaient pas l'intention de s'en tenir là.

— Je vous ai dit que j'avais été en contact avec elle presque tous les jours. Et deux ou trois fois par semaine, j'allais chez elle en sortant du travail pour que nous passions la soirée ensemble.

Lee Pyeong-so dressa l'oreille.

— D'accord. Mais êtes-vous sorties ensemble ?

— Pardon ? demanda Park Yi-eum en plissant le front.

— Êtes-vous allées ensemble quelque part ?

— Euh... Peut-être qu'on est allées au supermarché du coin, vous voyez ?

— Non. Ne restez pas dans le vague. Êtes-vous allées dans un magasin, et si oui, quand ?

Ses lèvres sèches, sans trace de rouge, se mirent à trembler :

— ... Pardon ?

— Êtes-vous déjà allées ensemble au cinéma ?

— ... non... non... Lisa n'aimait pas aller au cinéma.

— Avez-vous déjà fait du shopping ensemble ?

— Euh... peut-être que oui...

— Quand ? Où ? Qu'avez-vous acheté ? Une jupe, des gâteaux, des chaussures ? Où êtes-vous allées : dans un grand magasin, une petite boutique ?

Lee Pyeong-so la pressait de questions. Park Yi-eum, encore plus pâle, n'arrivait pas à répondre.

— Êtes-vous déjà allées dans un jardin du quartier ? Dans un salon de coiffure ou dans un de ces endroits que les femmes fréquentent... Comment les appelle-t-on déjà ?

Le commandant lança un regard à son lieutenant en se grattant la tête.

— Là où on se fait poser du vernis à ongles ou quelque chose comme ça… ou masser. Ou êtes-vous allées au restaurant ensemble ? N'importe quoi. Vous pouvez tout me dire.

— Mais… ça fait tellement longtemps… je ne me souviens plus…

— Bon sang ! Vous allez me dire…

Lee Pyeong-so tapa du poing sur la table.

Effrayée par l'éclat de voix soudain, Park Yi-eum se recroquevilla sur sa chaise.

— Quelqu'un vous a-t-il vues toutes les deux entre le 13 mars et le 8 mai ? reprit le lieutenant d'une voix douce. Si vous n'avez pas de témoin, vous serez dans une situation délicate. Vous comprenez ? Comment croire que Sol Lisa était vivante durant toute cette période ? Vous savez ce que cela signifie ?

Rentrant les épaules, Park Yi-eum comprima sa poitrine avec ses mains si fortement que le sang se retira de ses doigts. Elle manquait d'air. Elle ouvrit la bouche comme un poisson hors de l'eau.

— Pourquoi vous me demandez ça ?

— D'après l'autopsie, Sol Lisa ne serait probablement pas morte en mai. Elle serait morte avant.

Mais ce n'était que de l'intimidation, il n'en savait rien.

Lee Pyeong-so avait parlé avec le médecin légiste avant l'arrivée de Park Yi-eum. Les résultats des analyses toxicologiques seraient disponibles deux ou trois jours plus tard. Il était actuellement impossible de déterminer le moment de la mort en raison de l'état du corps. Il avait pu se décomposer en six mois ou plus, comme en deux ou trois semaines seulement.

— Vous pensez qu'on peut faire confiance au témoin ? lui avait dit le lieutenant pour le calmer. Examinez bien la situation jusqu'à maintenant. Et puis, attendons les résultats complets de l'autopsie !

Lee Pyeong-so se leva. Il se dirigea vers son bureau, y prit le dossier concernant cette affaire et se mit à le feuilleter.

— Sol Lisa a-t-elle payé les boissons et le charbon de bois avec une carte de crédit en arrivant au camping ?

Park Yi-eum releva la tête à cette question inattendue.

— Oui. Pourquoi ?

— Vous m'aviez affirmé que vous l'aviez empêchée de payer, sous prétexte qu'une étudiante n'avait pas d'argent, c'est bien ça ?

— Oui. Mais elle avait insisté, car elle n'avait pas pu aider à la préparation de la sortie…

— Elle vous avait dit qu'elle avait assez d'argent pour les boissons, d'autant qu'elle s'était acheté une veste de randonnée, n'est-ce pas ?

— Ah… J'ai dit ça ?

Lee Pyeong-so prit une feuille du dossier et la balança devant elle.

La jeune femme y jeta un œil et sursauta.

C'était une photo de la veste de randonnée, trouvée sur le corps de Sol Lisa.

— Qu'est-ce qui vous prend ? Ce n'est pas un cadavre.

— Ce… Cette…

— Sol Lisa portait cette veste de randonnée ce jour-là ?

— Ah…

Park Yi-eum se mit la main devant la bouche et secoua la tête.

— Il faisait froid ce jour-là. Sol Lisa portait-elle cette nouvelle veste de randonnée ? fit le commandant, tapant violemment du poing sur la table.

— Oui…

— Aah !

Park Yi-eum se recroquevilla encore davantage sur sa chaise en comprimant sa poitrine.

Les deux policiers arrêtèrent l'interrogatoire.

Un bruit sourd. La jeune femme glissa de sa chaise ; elle tomba à genoux. Le souffle court et bruyant, elle roula sur le sol. Son visage exsangue ruisselait de sueur.

Les deux policiers se précipitèrent vers elle sans oser la toucher. Ils se mirent à crier :

— Mademoiselle Park Yi-eum ! Qu'avez-vous ? Mademoiselle Park !

— Raah, raah, raah !

Une femme lieutenant arriva en toute hâte dans la salle d'interrogatoire et se mit à examiner le témoin. Hong In-hyuk appela le 119.

— Raah, raah, raah !

Il arrive souvent que des suspects ou de simples témoins simulent une crise lors d'un interrogatoire. Dans le cas présent, en voyant Park Yi-eum qui cherchait à reprendre son souffle, impossible de penser qu'elle faisait du cinéma. « On est allés trop loin ? » Lee Pyeong-so rougit. Le lieutenant aussi était gêné.

C'était la première fois qu'ils assistaient à une crise de panique pendant un interrogatoire.

Park Yi-eum roulait sur elle-même comme un insecte. On la mit sur un brancard, un masque à oxygène sur le visage.

Récemment, elle avait bien senti que la dépression était revenue. Mais elle avait voulu la traiter par le mépris. « La dépression n'existe pas. Aah, aah, aah ! Je l'ai surmontée. Il suffit d'avoir des pensées positives et de se fixer des objectifs. À pensée nouvelle, humeur nouvelle. Oui, c'est bien ça. Aah, aah, aah ! Il suffit d'évacuer les sentiments négatifs. Je ne vais pas être malade. » Entre-temps, malgré ses dénégations, l'anxiété – compagne de la dépression – arriva et prit possession de son esprit.

Elle avait agi comme un être humain n'est pas censé agir pour se protéger, protéger la force qui l'avait soutenue jusque-là et qui fut soudain pulvérisée par une attaque de panique.

Moi non plus, je ne veux pas venir chez toi.

Le gros chien noir roula des yeux tristes. D'un pas lourd et noir, il revint à son point de départ.

C'est toi ma maîtresse. Le chien noir ne s'en va pas.

Quel malheur.

17

Kim Yeol, le jeune chômeur

Il vaut mieux être vivant que mort. Tout le monde le disait mais Kim Yeol n'était pas d'accord.

Le jour où son camarade se jeta dans le vide sous ses yeux depuis le toit du lycée, son cœur se brisa comme du verre. Il était en terminale. À quoi bon vivre puisque, c'est sûr et certain, on va mourir ? Comparé à la mort – un achèvement –, le désir – pulsion vitale – lui semblait mesquin, insignifiant et sans valeur. Kim Yeol essaya de trouver en lui-même une bonne raison de vivre. S'il n'en trouvait aucune, le mieux serait de mettre fin à ses jours sans tarder. Il n'avait pas peur de la mort, contrairement à la plupart des gens.

Au lycée, on l'avait surnommé « alien ». D'abord à cause de ses oreilles pointues, mais aussi parce qu'il avait un visage sans expression et un comportement distant. Plongé dans ses pensées, sans aucune attention pour les autres, il donnait malgré tout l'impression d'être à la hauteur des circonstances.

Kim Yeol attirait les homosexuels. Sans savoir pourquoi. Peu lui importait le sexe de la personne :

quoi que les autres puissent en dire, il ne refusait pas qui l'approchait. Incapable de faire les premiers pas, il acceptait la personne qui venait à lui et il l'étudiait. Le plaisir ou l'excitation, le rejet ou le sentiment de vide après l'amour étaient pratiquement identiques quel que soit le sexe de son partenaire. Il trouvait l'acte sexuel parfois agréable, parfois embarrassant. En attendant de trouver une réponse à sa question existentielle, il comblait les attentes de ses partenaires.

Les policiers et les enseignants demandèrent à Kim Yeol la nature de ses relations avec Baek Chang-kwon.

— Juste un ami, répondit-il, impassible.

Il avait eu la même expression quand Baek Chang-kwon, « Lopette-3 », lui avait avoué son amour. La déclaration d'un camarade de classe était une grande première pour lui, mais il n'avait pas été surpris. Il ne pouvait partager ce sentiment, mais il se laissa aimer.

— Chang-kwon a toujours voulu mourir. C'est lui qui avait choisi le moment et la manière. Il ne m'en avait rien dit. Il m'a demandé de monter sur le toit avec lui. Il voulait seulement prendre l'air car il avait le cafard. Nous nous sommes assis l'un à côté de l'autre. Juste au moment où la sonnerie de la fin des cours de nuit retentissait, il s'est levé d'un bond, s'est approché du garde-corps et s'est jeté dans le vide.

Non, il n'en avait jamais parlé.

Les adultes eurent du mal à croire Kim Yeol. Cependant ils furent soulagés d'apprendre que Baek Chang-kwon pensait depuis longtemps à se supprimer. L'enquête révéla que, quelques jours avant sa mort, il avait publié un post suggérant son passage à l'acte, sur un site de suicide.

Ce site mettait en relation des personnes à la recherche de partenaires de suicide et offrait un partage d'informations sur les différentes manières d'abréger sa vie. Il était facile à trouver. Kim Yeol le visita. Il était curieux de voir qui le fréquentait et de comparer leur monde au sien. À l'époque, une star s'était suicidée dans sa voiture en mettant le feu à une briquette de charbon : la fumée l'avait asphyxiée. Depuis, nombreux étaient ceux qui voulaient l'imiter. Si l'on choisissait la pendaison, il fallait attacher l'extrémité de la sangle à une poignée de porte, s'asseoir contre cette porte et faire glisser son corps : c'était plus sûr que de se suspendre. Un visiteur avait écrit que se trancher les veines avec un couteau pouvait sembler romantique, mais que ce n'était pas une bonne méthode, que pour provoquer une hémorragie massive il fallait couper très profondément le poignet. Ce n'était pas facile, quelle que soit la volonté de mourir. Mais si l'on choisissait cette méthode, il ne fallait pas couper les veines horizontalement, mais verticalement. Dans la rubrique FAQ, la question la plus consultée concernait le dosage létal des somnifères et le cyanure. Un internaute avait laissé un post proposant du cyanure. Après avoir effectué un virement, il suffisait d'aller récupérer le poison dans une consigne automatique de la station de métro qu'il désignerait. Sous ce message, figuraient plusieurs commentaires : « Je suis preneur. »

« Je voudrais quitter cette vie. Je suis sans regret. » « Je cherche quelqu'un pour me rejoindre sur ce dernier bout de chemin. » « Restons ensemble pour ne pas perdre courage au moment fatal. » « Rencontrons-nous tel jour à telle heure à tel endroit. » « Je n'attends plus que quatre personnes. » « Message personnel, svp. » « C'est mon dernier post, les gars, je vais mourir ce soir. » « Ça y est, je me casse : je vais me pendre. » « Ceci est mon testament. » « Adieu, s'il y a un autre monde, retrouvons-nous là-bas. »

Les candidats au suicide affluaient. Une fois le site fermé, ils en trouvèrent rapidement un autre.

Tous ces gens veulent-ils vraiment mourir ? se demandait Kim Yeol en lisant les posts. Dans les raisons qu'ils invoquaient et dans les méthodes qu'ils prévoyaient résidait un certain comique. Beaucoup de ceux qui écrivaient sur le site n'avaient, semble-t-il, jamais réussi leur suicide, ni même effectué la moindre tentative. « Ils se font plaisir avec tout ce blabla, point. » Le jeune homme remarqua une certaine catégorie d'internautes qui venaient pour afficher leur apitoiement sur eux-mêmes et se plaindre, sans avoir l'intention de se tuer. Simples « spectateurs », ils se prétendaient candidats à la mort pour l'excitation de l'interdit : ils bravaient un tabou en prononçant le mot « suicide ».

Hadès Cho était différent. Hadès Cho avait tenté plusieurs fois de se suicider, sans succès. Il voulait vraiment en finir. « La pulsion suicidaire, c'est comme la toxicomanie, disait Hadès Cho. Une fois cette idée en tête, on en est obsédé : on veut passer à l'acte. La pulsion domine tout : je ne suis que son hôte », disait-il encore. Il était atteint d'une grave dépression. « Je suis dépressif parce que j'ai envie de mourir. Ce n'est pas parce que je suis dépressif que j'ai envie de mourir. »

« J'ai traversé le fleuve. Je ne peux pas revenir en arrière », disait Cho No-hoon, qui utilisait le pseudonyme de Hadès Cho. Après un MBA obtenu dans une prestigieuse université des États-Unis, il était devenu gestionnaire de fonds dans une grande société de Bourse. Il y réalisait de belles performances. Tout le monde considérait sa vie comme un modèle de réussite, mais lui avait un sentiment de vacuité. Pas un seul jour ne passait sans qu'il pense que la vie était une guerre absurde. Cho No-hoon et Kim Yeol correspondirent plusieurs fois par tchats, puis un jour Cho No-hoon proposa une rencontre.

« Oui, je pense qu'on pourrait bien s'entendre. »

Cho No-hoon était grand, très beau dans le costume haut de gamme d'un financier prospère. Il avait une voix douce. Quand, au milieu de la conversation, il saisissait son verre rempli d'un cocktail sans alcool, sa montre Rolex et ses boutons de manchettes coûteux brillaient de mille feux. Il recherchait un auditeur neutre auquel parler de son obsession suicidaire. Manière de repousser le passage à l'acte en l'évoquant devant autrui. Un rôle idéal pour Kim Yeol.

Et puis, Kim Yeol se rendit compte peu à peu qu'il ne voulait pas en finir. Il trouva une bonne raison de rester en vie : de toute façon, on meurt un jour. Inutile de se précipiter. Il découvrit en lui un désir simple mais intense et différent des autres. Il développa une étrange conscience de soi. Il fallait vivre pour satisfaire son désir. « La plupart du temps, ma vie est insipide mais, parfois, un plaisir intense m'envahit, comme une récompense. Et ça vaut le coup de vivre pour ça », conclut-il.

En sortant de l'université, Kim Yeol avait rejoint la cohorte des jeunes chômeurs. Cela n'avait rien de surprenant car il ne s'était pas donné le mal de se préparer au marché du travail. Autrefois, on vivait ses années d'université comme une parenthèse « romantique », puis, à l'issue de la quatrième année, une fois bien coiffé et vêtu d'un costume, eh bien, on trouvait tout de suite une situation. Mais finie la belle époque. Les seuls à échapper au chômage étaient une poignée de jeunes issus d'universités en vue, qui s'étaient fixé des objectifs clairs et qui s'étaient préparés tout au long de l'année à rechercher un poste. Bien sûr, Kim Yeol avait lui aussi répondu à toutes les offres d'emploi des petites et grandes entreprises. Il avait fait comme les autres. Il avait postulé dans tellement d'endroits qu'il ne s'en souvenait plus. Son CV étant éliminé dès la présélection, il n'avait passé aucun entretien d'embauche. Il n'avait même pas obtenu d'être pris en stage, miroir aux alouettes pour jeunes diplômés. Il partageait l'anxiété et l'impuissance des jeunes qui n'arrivaient pas à trouver leur place. Ce qu'il aurait voulu, c'était être un élément invisible de cette société. Mais pas d'issue pour lui. Il restait dans sa chambre à rêvasser. Et un jour, quelques années plus tard, Cho No-hoon l'avait appelé.

Hadès Cho avait changé. Il avait trouvé la voie de la guérison. « Je souffrais de pulsion suicidaire parce que j'étais incapable de faire face à la dépression », avoua-t-il à regret. Personne ne lui avait rien demandé.

« Quand on souffre de cette pathologie, on y est tellement habitué qu'on en vient à regretter de ne pas vouloir en sortir. On prétend qu'elle nous rend incapable d'agir : ça peut être commode. Au fond, je ne voulais pas lutter. J'étais accro non seulement aux antidépresseurs, mais à la dépression elle-même. Ce qui explique toutes les histoires morbides que je te racontais il y a quelque temps», expliqua Cho No-hoon. Il se sentait visiblement coupable à l'égard de Kim Yeol.

Kim Yeol se demanda ce qui avait provoqué son changement. Cho No-hoon ne pouvait pas prendre les antidépresseurs courants. Il allait aux États-Unis tous les six mois pour obtenir des médicaments interdits en Corée. Son premier épisode dépressif avait eu lieu là-bas, lors de ses études. On lui avait prescrit des inhibiteurs de monoamine-oxydase, la première génération d'antidépresseurs, qui demandent un régime alimentaire très strict. Mais, loin d'améliorer son état, les médicaments avaient amplifié son mal-être et sa pulsion suicidaire. Et maintenant, il retrouvait goût à la vie grâce à un groupe de patients dépressifs, appelé «Évasion collective». Un nommé Ban Tak-shin, qui croyait que les antidépresseurs créaient la dépression, dirigeait le groupe. Cho No-hoon incita Kim Yeol à en faire partie.

«Une fois que tu as découvert ce que cela fait de ne pas être déprimé, tu n'as plus envie de replonger.»

Kim Yeol accepta la proposition de son interlocuteur et rejoignit EC. Il constata que tous les membres du groupe semblaient se sentir mieux en parlant de leur sentiment d'impuissance, de leurs maux physiques, des effets secondaires des médicaments, et des actes qu'ils avaient commis, à leur grande honte, sous l'effet de la dépression. Chacun d'eux rencontrait pour la première fois des personnes qui avaient les mêmes symptômes, et ils sympathisaient.

À ces personnes découragées, Ban Tak-shin apportait le réconfort. Il les choquait en leur faisant part du complot fomenté par la médecine institutionnelle et l'industrie pharmaceutique. Et cela les soulageait de penser que leur état ne s'était pas amélioré parce qu'ils s'étaient égarés sur un mauvais chemin. Ban Tak-shin était un excellent débatteur et il possédait une grande force de persuasion. Il menait les discussions et encourageait les membres à y participer. Façon de leur insuffler ses idées et de les consolider. Plus tard, il joua un rôle d'intermédiaire entre les membres pour qu'ils nouent des relations et s'entraident. C'était comme une prescription communautaire.

Ban Tak-shin avait une personnalité intéressante. Son charisme lui servait à manipuler les autres. Il savait très bien ce qu'il faisait et en même temps ne le savait pas. Poursuivant un but unique, il voyait le monde à travers un prisme étroit et n'avait aucune conscience des conséquences de ses actes. Il haïssait les effets secondaires des antidépresseurs tout en ignorant les effets secondaires de ses actes. Mais Kim Yeol avait des raisons personnelles d'aimer Ban Tak-shin. Il observait chacun des membres et en tirait de nouveaux enseignements. Il en apprenait beaucoup sur les émotions et les relations interpersonnelles. Cho No-hoon qui l'avait introduit dans le groupe avait rechuté et s'était suicidé quelques mois plus tard, mais Kim Yeol était resté.

Effectivement, le groupe était sombre, bien que les membres prétendissent être lumineux. C'est Ban

Tak-shin qui, à son insu, donnait cette tonalité ténébreuse. Et Kim Yeol aimait rester dans le noir. Un jour, il rencontra Park Shim. Des retrouvailles accidentelles avec son camarade de lycée qui avait grandi en ne voyant que le bon côté du monde.

Il en était jaloux.

Kim Yeol voulait que Park Shim s'intéresse au groupe.

Il se disait que Park Shim ne ferait pas semblant de n'avoir rien entendu. S'il était bien Park Shim, il lui répondrait. Il voulait que son ancien camarade vienne : il étudierait ses réactions. Kim Yeol avait le don d'observation. Il appartenait à une société, mais il n'appartenait finalement à rien. Il était toujours un étranger.

Kim Yeol voulait manipuler Park Shim.

18

Le procès des antidépresseurs

— Au fait, l'avocat du CHU d'Yi-kyeong a horreur d'entendre le nom de Ban Tak-shin, dit Park Gap-yeong en se frottant le nez.

— Sérieux ?

Park Shim se pencha en avant, coudes sur les genoux. Ce lundi, premier jour d'une nouvelle semaine, il était dans le bureau de son oncle ; il venait de s'asseoir sur le canapé. Son stage touchait à sa fin : il devrait remettre bientôt son projet de conclusions sur le cas Jeon Hak-soo. Les yeux brillants, il était suspendu aux paroles de l'avocat.

— Pourtant, il dit qu'il va mieux qu'Im Gwi-sup. Le professeur est sur le point de consulter un psychiatre, alors qu'il est lui-même psychiatre. Tout ça à cause de Ban Tak-shin, qui, semble-t-il, le poursuit tant qu'il peut devant les tribunaux. Actuellement M. Ban attaque au civil la branche coréenne d'un laboratoire pharmaceutique, Im Gwi-sup et le CHU d'Yi-kyeong, mais on dit qu'une poursuite internationale se prépare contre le siège de ce même laboratoire.

Park Gap-yeong consultait les notes prises lors

de sa rencontre avec le juriste du CHU, un ancien condisciple de faculté.

— Bref, tout a commencé en avril dernier, lorsque M. Ban a accusé le professeur Im Gwi-sup de négligence dans sa pratique. Hum…

L'avocat ôta ses épaisses lunettes pour se frotter les yeux. On le sentait inquiet de ce qu'il allait dire à son neveu.

— Je vis de ce métier, et ce sera bientôt pareil pour toi. Mais, crois-moi, pour vivre heureux, mieux vaut ne pas fréquenter les institutions judiciaires. Vivre sans savoir à quoi ressemble le tribunal est une bénédiction…

— C'est sûr. À moins qu'on ne soit avocat ou auxiliaire de justice, dit Park Shim en souriant.

— Trois procès gagnés, un homme ruiné !

Citant le proverbe, le spécialiste des affaires criminelles remit ses lunettes et poursuivit sa lecture.

Park Shim comprenait ce que son oncle voulait dire ; il connaissait le déroulement. D'abord un dépôt de plainte, puis, un procès suivant l'autre, l'affaire s'enlisait.

— En avril de l'an dernier, Ban Ho-min, douze ans, s'est suicidé deux semaines après le début du traitement prescrit par Im Gwi-sup. Il s'est jeté de la véranda de l'appartement. Son père a affirmé que les antidépresseurs avaient provoqué la pulsion suicidaire et le passage à l'acte… Il a accusé le médecin d'erreur médicale, d'avoir prescrit un dosage trop élevé, et il a porté plainte contre lui. En l'absence de preuve formelle, le procureur a abandonné les poursuites. Le plaignant a fait appel, sans succès, dit Park Shim.

L'oncle acquiesça :

— Oui. Le CHU m'a dit que Ban Tak-shin voulait faire reposer l'entière responsabilité du suicide de son fils sur le psychiatre. Mais Ban Ho-min était dans un état préoccupant à son arrivée en consultation. Il était en sixième année de primaire et refusait d'aller en classe depuis plus de deux mois… Auparavant, un enseignant avait remarqué des cicatrices d'automutilation. Cet enfant était si désespéré qu'on avait du mal à le croire âgé de douze ans seulement. Après l'avoir examiné à plusieurs reprises, lui avoir fait passer des tests psychologiques, le professeur Im Gwi-sup lui prescrivit des antidépresseurs et des stabilisateurs de l'humeur à dose minimale. D'après lui, il était impossible d'éviter les médicaments, bien que le patient fût encore un enfant ; n'importe quel spécialiste serait parvenu aux mêmes conclusions. De plus, la posologie initiale, infime, avait peu d'effets cliniques : c'était une première étape. Les doses seraient ensuite augmentées progressivement.

« Autrement dit, dès son arrivée à l'hôpital, l'enfant était dans un état grave, et on ne pouvait pas prévoir quand il passerait à l'acte. Il n'y a pas de relation de cause à effet entre la prise de psychotropes et son suicide. Seulement, sa dépression et ses tendances suicidaires – qu'il avait déjà en lui – se manifestèrent dès le début du traitement.

Park Shim fronça les sourcils en se mordant la lèvre inférieure. « Que s'est-il passé pour qu'un enfant de douze ans se suicide ? Dans quelle situation un enfant de douze ans a-t-il pu se trouver pour en arriver là ? »

Park Gap-yeong reprit :

— Tout en accusant Im Gwi-sup, Ban Tak-shin créait son blog, « No depression ». Il y publiait la photo du professeur, le désignant comme le meurtrier de son fils. Il appelait les autres victimes de ce médecin à le rejoindre. Début mai, Im Gwi-sup, furieux, a porté plainte pour diffamation. Il ne pouvait pas laisser passer cette accusation, illustrée de son portrait. Sa réputation et la confiance qu'il devait inspirer en tant que psychiatre étaient en jeu. Alors Ban Tak-shin est venu à l'hôpital. Il a fait du raffut et a pris à la gorge le médecin lors de sa consultation… c'était une belle pagaille.

— Ah bon ? C'est vrai ?

— Puis le professeur et l'hôpital ont porté plainte conjointement contre M. Ban pour harcèlement physique et moral entraînant une perturbation des activités de l'hôpital ; ils ont déposé également une demande d'interdiction d'approcher de l'hôpital. Le tribunal a, semble-t-il, statué sur tout en leur faveur. Ban Tak-shin a été condamné à une amende pour cyberdiffamation, agression et perturbation d'activités : il a dû supprimer le nom du médecin et son portrait sur son site. Il devait rester à une distance d'au moins cent mètres du CHU d'Yi-kyeong.

Le Ban Tak-shin que le jeune avocat avait rencontré dans les locaux de l'AAD montrait un caractère affirmé et tranchant, mais il était resté courtois durant tout l'entretien. Il semblait inconcevable qu'il ait pris le médecin à la gorge et fait un tel esclandre. Sa condamnation lui aurait-elle fait prendre conscience qu'il devait abandonner ce comportement impulsif ?

Sur la table basse, le portable de Park Shim se mit

à vibrer. Juste avant de l'éteindre, le jeune homme put voir le nom de l'expéditeur du SMS.

Kim Yeol.

Il voulait rallumer son téléphone : il brûlait d'envie de lire le texto. Pourquoi Kim Yeol cherchait-il à le joindre ? « Vu son caractère, je ne pense pas que ce soit pour mes beaux yeux : on n'est pas assez proches pour ça. D'ailleurs, il s'est montré plutôt froid à mon égard la dernière fois. »

— Et en septembre de l'an dernier, Ban Tak-shin a intenté une action en dommages-intérêts contre la branche coréenne d'un laboratoire pharmaceutique, Im Gwi-sup et le CHU d'Yi-kyeong.

Après avoir écouté attentivement son oncle, Park Shim ôta la main de son portable. Il pourrait prendre connaissance du message plus tard. « Pour l'instant, le sujet qui nous occupe est plus important. »

— Oui, c'est bien ça. Quand je l'ai rencontré, il m'a dit qu'un procès était en cours. Il a ajouté qu'il proposait son aide dans le procès de Jeon Hak-soo : il pourrait se présenter comme témoin expert. Il pensait probablement que cela ferait avancer son propre cas.

— Son affaire est toujours en cours, mais il enrichit sa plainte en apportant de nouveaux éléments au dossier, déjà très bien documenté et argumenté, pour faire durer la procédure. De fait l'hôpital prévoit que ce sera assez long. Apparemment, Ban Tak-shin a d'abord voulu réunir le plus de victimes possible pour entreprendre une action collective, mais comme cela s'avérait trop difficile, il a commencé seul. Trouver des patients dépressifs suffisamment motivés pour porter plainte contre un laboratoire pharmaceutique aurait été ardu. Et même s'il les avait trouvés, leurs situations auraient été moins dramatiques que la sienne. L'avocat de l'hôpital a déclaré que le procès pourrait durer une dizaine d'années, comme pour l'industrie du tabac.

— Mais quelle était la profession de Ban Tak-shin avant ? Vous l'avez demandé ?

C'était pure curiosité de la part de Park Shim.

— Ouais… Il travaillait dans quelque chose comme le marketing et les relations institutionnelles d'un grand groupe alimentaire. Il a très bien gagné sa vie ; il sait gérer des fonds et il sait y faire avec les gens. Peut-être que son expérience professionnelle lui a rendu familières les théories du complot sur les antidépresseurs. Le marketing sait très bien stimuler le désir du consommateur pour des produits dont il n'a nul besoin. Ban Tak-shin est très au fait de ce fonctionnement : c'était son travail. Quoi qu'il en soit, il a quitté son entreprise l'an dernier et il semble se consacrer au procès. Il a aussi ouvert le bureau de l'AAD où tu es allé. Autre information de l'avocat de l'hôpital : il a divorcé.

— Ah bon ?

— On a dit que c'était sa femme qui avait amené l'enfant à l'hôpital. Il est logique que le couple se soit déchiré… Ban Tak-shin pensait que leur fils avait une adolescence un peu perturbée mais qu'au début il n'avait aucun problème de santé mentale. C'est du moins ce qu'il prétend.

Park Shim fronça les sourcils. Depuis les années 1990, les États-Unis voyaient se tenir de nombreux procès contre les laboratoires pharmaceutiques à l'origine des antidépresseurs. En 1989, les victimes de la fusillade de l'imprimerie Standard Gravure poursuivirent en justice Eli Lilly and Company. Le laboratoire avait découvert et commercialisait le Prozac que prenait Joseph Wesbecker, l'auteur de la tuerie. Après de violentes bagarres judiciaires, le laboratoire gagna finalement le procès. Eric Harris était sous Luvox lorsqu'il se livra à un massacre dans le lycée de Columbine. Des poursuites furent engagées contre le fabricant du Luvox. D'autres actions en justice furent intentées par des patients affirmant que les antidépresseurs provoquaient des pulsions suicidaires ou des comportements violents et étaient à l'origine de malformations chez les fœtus. Elles se soldaient parfois par la victoire des plaignants, ou par des transactions financières qui mettaient fin à l'action judiciaire. Certains antidépresseurs, Prozac, Paxil et Zoloft, faisaient l'objet de procès récurrents pour leurs effets secondaires.

Une fois chargé par son oncle d'instruire le dossier de la défense de Jeon Hak-soo, Park Shim avait commencé ses recherches sur d'éventuels cas similaires en Corée. Apparemment, aucune action en justice n'y avait été intentée – ni a fortiori jugée. Si Ban Tak-shin gagnait son procès, ce serait une grande première nationale. Cela pourrait susciter d'autres plaintes et sensibiliser le public aux effets des antidépresseurs. Ban Tak-shin le souhaitait-il ?

— Ban Tak-shin… Chaque fois qu'il passe devant le tribunal, il dit qu'il peut produire des témoins pour appuyer son action contre les antidépresseurs : des patients dépressifs ayant retrouvé la santé après avoir arrêté les psychotropes. Ça intéresse le juge, évidemment.

Après avoir fini de parler, Park Gap-yeong but à même la bouteille d'eau posée devant lui.

— Aah…

— Quoi ?

— … C'était bien ça.

Park Shim baissa les yeux ; il réfléchissait. Il sentit peser sur lui le regard interrogateur de son oncle.

— Je fais une simple supposition.

— Laquelle ?

— Qu'il veut présenter un groupe de patients comme témoins dans ses actions en dommages-intérêts. Je vous ai déjà dit qu'il dirigeait un groupe appelé EC, auquel il voulait faire participer Jeon Hak-soo…

— Oui, je m'en souviens.

— À mon avis, il voulait démontrer que l'on pouvait guérir de la dépression sans prendre de médicaments. Ce pourrait être une bonne cause de litige et les membres du groupe pourraient être cités à titre de témoins. Le premier groupe était dissous, il allait en organiser un autre.

Park Shim fit une nouvelle pause.

« Comment va-t-il se débrouiller au tribunal s'il arrête de parler pour se perdre dans ses pensées », s'inquiéta son oncle. Il attendit que le jeune homme reprenne.

— … le premier groupe ne semble pas avoir été un grand succès. Il a donc décidé de le démanteler et de le réorganiser. Officiellement, il prétend que les membres n'ont plus besoin d'aide…

— Et ce n'était pas une réussite ? Comment peux-tu le savoir ?

Park Gap-yeong se caressait le menton, preuve chez lui d'intérêt.

— Je suis allé dans les locaux de l'AAD et j'y ai croisé un ancien camarade de lycée. Tout à fait par hasard. C'est là qu'il travaille. Donc, après avoir interrogé M. Ban Tak-shin, j'ai discuté avec mon ancien condisciple au café. Et il m'a dit que…

Le jeune homme hésita. Il se rappelait les paroles de Kim Yeol au moment de leur séparation : « Bon, l'histoire du type suicidé et de la fille tuée, tu ne les racontes à personne. Ce n'est pas très édifiant. M. Ban Tak-shin m'avait demandé de garder ça pour moi, mais voilà, je t'ai tout dit. »

Il gratta sa nuque aux cheveux ras. Il ne savait plus s'il pouvait en dire davantage. D'un autre côté, son oncle saurait conserver le secret. « De surcroît, l'histoire du type suicidé n'a aucun rapport avec l'affaire actuelle », pensa-t-il.

— Ah bon ? Tu as croisé un ancien camarade de lycée ? Dans ce bureau ?

— Oui… Il fait aussi partie du groupe. Il paraît que deux tristes événements se sont produits coup sur coup très récemment.

— De tristes événements ?

Park Shim avala sa salive.

— Un type s'est suicidé l'an dernier et une étudiante a été retrouvée morte dans la montagne cette année. Il semblerait que ce soit un meurtre. Lorsque je quittais le bureau de l'AAD, deux policiers venaient voir M. Ban Tak-shin. Le terme de tristes événements est un peu faible… En fait, c'est affreux.

— Vraiment ?

— Oui… En tout cas, n'en dites rien à l'avocat du CHU, lui demanda le jeune homme, soucieux.

Park Gap-yeong le fixa un moment puis éclata de rire.

— Eh, tu n'as aucune raison de t'inquiéter. C'est d'accord.

— Mon ami m'a demandé de garder le secret. Je vous en ai parlé parce que vous êtes mon oncle, se justifia-t-il en rougissant.

— D'accord. C'est l'affaire du CHU. Je n'ai rien à voir là-dedans. J'ai déjà suffisamment de travail.

L'avocat consulta sa montre comme s'il se rappelait une obligation.

— J'ai une réunion bientôt. Alors ? Es-tu satisfait de mes recherches ?

— Oh oui. Bien sûr. Merci !

Park Shim se leva en prenant son téléphone portable.

— Bon, tu trouves que j'ai bien travaillé ?

— Ah oui, 100 % de satisfaction !

— Et maintenant, à toi de mener ta tâche à bien.

— À vos ordres, Monsieur l'avocat ! dit le jeune homme en faisant un salut militaire.

Il quitta le bureau.

Dans le couloir, il ralluma son portable. Un seul message.

« Salut ! Ici Kim Yeol. Puis-je t'appeler ? »

Il mourait de curiosité. Il appuya sur le bouton d'appel.

— Euh… Tu as vu mon texto.

La voix molle de Kim Yeol résonna aux oreilles du jeune homme.

Park Shim s'arrêta et s'appuya contre le mur.

— Oui, Yeol. Cela fait un moment déjà, mais j'étais en réunion. Tu as un souci ?

— Hum…

Kim Yeol se montrait réticent à parler. C'était inhabituel.

— Qu'est-ce qui se passe ? Dis-moi.

Mais Kim Yeol se faisait toujours prier.

— Shim… Pourrais-tu m'accompagner au commissariat ?

— Au commissariat ? répéta Shim d'une voix forte.

Un stagiaire de son âge qui empruntait le couloir lui tapa sur l'épaule et lui demanda :

— Qu'est-ce qui t'arrive ?

Park Shim lui fit un sourire gêné et le laissa partir.

— Mais pourquoi au commissariat ?

Le jeune homme ouvrit la porte qui débouchait sur l'escalier et s'y engagea.

— Quand tu étais au bureau, tu as vu des policiers arriver, non ? Ils venaient à la suite de la mort d'une jeune fille, une de nos membres… Ils m'ont appelé pour m'interroger…

La voix de Kim Yeol était si faible que Park Shim colla le portable à son oreille.

C'était étrange. Lors de leur rencontre, Kim Yeol avait eu un comportement totalement différent. D'un air supérieur, il lui avait jeté les mots « mort » ou « meurtre » comme s'ils étaient banals, pour observer la réaction de son interlocuteur. Park Shim en avait déduit qu'il ne l'aimait pas, et même qu'il se moquait de lui. Ils avaient échangé leurs coordonnées, c'est vrai, mais l'avocat stagiaire pensait qu'il n'entendrait plus jamais parler de son ancien condisciple. Et maintenant Kim Yeol lui demandait de l'aide d'une voix timide.

— Ils m'ont dit que c'était à titre de témoin…

Park Shim comprit tout de suite la situation.

— Euh. Étant donné que la victime était un membre du groupe, ils veulent te questionner sur elle. Et tu veux que je t'accompagne ?

— Euh… J'ai un peu peur des endroits… comme les commissariats.

— Bon, d'accord…

Certes, un commissariat n'est pas un lieu que l'on aime fréquenter, mais il était étrange que Kim Yeol en ait peur : il n'avait pas changé d'expression, paraît-il, après avoir été interrogé par la police sur le suicide du lycéen. Pour l'avocat stagiaire, son ancien camarade était insensible au monde et n'avait pratiquement pas d'affect.

Aurait-il peur de la police maintenant ? Une foule de pensées affluèrent à l'esprit de Park Shim.

— Hier, une de nos membres est allée au commissariat et a été victime d'une crise de panique. C'était la personne la plus proche de la fille retrouvée morte. Elle est à l'hôpital à l'heure qu'il est. On dirait qu'ils nous convoquent l'un après l'autre et nous traitent comme des criminels. Du coup… j'ai demandé si je pouvais venir avec un ami parce que je ne pouvais pas venir seul.

— Ils t'ont dit d'accord ?

— Oui. Mais à condition que tu n'interviennes pas au cours de l'entretien. Au fait, tu vas toujours à la fac de droit ?

Park Shim ravala la phrase qu'il avait sur le bout de la langue :

— Oui, mais je ne suis pas encore avocat.

Il demanda seulement à quelle heure était le rendez-vous.

— À 19 heures ce soir.

— Ce soir ?

— Pourquoi ? tu n'es pas libre ?

Craignant un refus, Kim Yeol avait prononcé ces mots d'une manière presque inaudible. Il était désespéré. « Il n'a probablement aucun proche. Ce qui explique qu'il s'accroche à moi, un ancien camarade rencontré il y a quelques jours, huit ans après la fin du lycée », pensa Park Shim. Il dit doucement :

— Si, je suis libre. Seulement je trouve cela un peu soudain.

— Euh, oui. C'est vrai… Je suis désolé. Je n'avais que ton nom en tête.

Park Shim garda un silence de quelques secondes. Il percevait bien l'impatience de son interlocuteur.

— C'est dans quel commissariat ? demanda-t-il.

19

La mort de Cho No-hoon, le gestionnaire de fonds

— Pas de doute possible : c'était un suicide, dit Yoon Sung-bin, du commissariat de police de Séoul-Sud.

D'après ce qu'on savait de lui, cet officier avait une bonne trentaine d'années. Sa voix essoufflée trahissait la précipitation : il rentrait juste d'une mission à l'extérieur et à peine arrivé dans son bureau il rappelait Lee Pyeong-so. Celui-ci lui avait laissé un message ; il souhaitait l'interroger à propos de la mort de Cho No-hoon. Le commandant de Suwon était connu dans la police pour être réglo lorsqu'il demandait la coopération d'autres commissariats.

— Pouvez-vous me raconter brièvement ce qui s'est passé ? dit Lee Pyeong-so d'une voix calme et déterminée.

Assis à son bureau, face à celui du commandant, Hong In-hyuk s'étira en bâillant. Le commissaire le fusilla du regard, téléphone en main. Le lieutenant, gêné, rectifia rapidement son attitude.

L'ambiance de l'équipe n'était pas au beau fixe.

Park Yi-eum, victime d'une crise d'étouffement lors

de son interrogatoire, avait été transportée à l'hôpital où elle se trouvait encore. On lui avait diagnostiqué une crise de panique aiguë qui exigeait un repos absolu de plusieurs jours. Ban Tak-shin avait menacé de ne pas coopérer. D'après lui, les policiers traitaient les membres du groupe comme des suspects alors qu'il n'y avait aucune charge contre eux. La voix grave et forte de Ban Tak-shin résonnait hors du téléphone. Non seulement il n'était pas venu ce jour-là, mais il avait déposé une plainte contre les deux policiers pour la pression exercée sur les témoins, notamment sur Park Yi-eum. Ce lundi matin, un lieutenant de l'inspection générale des services était venu ; Lee Pyeong-so et le commissaire avaient été convoqués chez le directeur.

Depuis, l'enquête patinait. Ils ne possédaient que des indices ambigus et incohérents et aucune preuve de l'implication d'EC dans le meurtre. Impossible d'obtenir le moindre mandat pour poursuivre l'enquête. Ban Tak-shin avait mis sa menace à exécution : il ne répondait plus au téléphone. Et Park Yi-eum n'était pas en mesure de les aider.

Le commandant pensait que Ban Tak-shin prenait prétexte de l'attaque de panique de Park Yi-eum pour se défiler. Mais il ne pouvait pas l'en empêcher. Et pourtant, les soupçons convergeaient vers lui : la victime, Sol Lisa, n'avait pas de relations sociales en dehors d'EC. Le meurtrier était certainement une personne de sa connaissance. Partant de là, toutes les personnes appartenant au groupe étaient potentiellement coupables. La date de la mort ne reposait que sur le témoignage de Park Yi-eum : elle seule avait été en contact avec la victime jusque-là. Mais le corps était vêtu d'une veste de randonnée d'hiver, qui ne correspondait pas à la saison présumée de la mort. En revanche, c'était la veste que, semblait-il, elle portait le jour de la sortie. Et pourquoi Ban Tak-shin et Park Yi-eum essayaient-ils toujours de cacher l'existence de leur groupe et sa composition exacte ? Tout cela était louche. Mais rien de concret ne venait étayer ces hypothèses. Elles pouvaient être démolies très facilement : Sol Lisa avait peut-être des amis ou des connaissances que les policiers n'avaient pas encore identifiés ; elle avait peut-être été tuée par hasard, par un inconnu ; des éléments, encore ignorés, prouvaient peut-être que Sol Lisa était en vie après la sortie. Si le commandant ne trouvait rien de nouveau, il n'obtiendrait même pas l'autorisation d'approfondir son enquête préliminaire, sans parler de demander au procureur une commission rogatoire.

Pour sortir de l'impasse, Lee Pyeong-so cherchait des preuves de la non-implication d'EC dans le meurtre de Sol Lisa. Il pourrait alors exclure le groupe de l'enquête. Mais pour cela, il aurait fallu que Ban Tak-shin et Park Yi-eum coopèrent. Le seul espoir reposait maintenant sur le jeune homme, Kim Yeol, qui devait venir les voir le soir même. Il avait répondu au texto du commandant en confirmant sa venue, accompagné d'un ami.

Lee Pyeong-so avait alors contacté le commissariat de Séoul-Sud pour obtenir des informations sur un autre membre d'EC, Cho No-hoon, qui s'était suicidé l'année précédente, avant l'arrivée de Kim Yeol dans le groupe.

— Il n'y a rien à ajouter.

Yoon Sung-bin fournit volontiers des explications.

— On l'a découvert trois jours après sa mort, chez lui. Il était employé dans une société de Bourse, mais il n'était pas venu travailler depuis plusieurs jours, sans donner de nouvelles. Un de ses collègues des ressources humaines a trouvé cela anormal. Il est allé chez lui, l'a trouvé mort et a appelé le 119. Les parents de cet homme vivant sur l'île de Jeju et ses frères habitant tous à l'étranger, ce collègue a eu la bonne réaction. Nous avons fait part du décès à ses parents, puis, avec leur accord, nous sommes entrés dans l'appartement. L'homme était assis, mort, pendu à la poignée de porte de sa chambre.

— Y avait-il une lettre d'adieu ?

Les circonstances de la mort avaient conduit le commandant à poser cette question.

— Oui, à côté de la victime. Un cas simple : il voulait mourir parce qu'il ne trouvait plus de sens à sa vie et qu'il était désespéré. C'était bien son écriture et la mort par pendaison correspondait bien à un suicide.

— Quelle est, selon vous, la raison du suicide ?

— Il avait pris un jour de congé le jour de sa mort. La veille, à la demande d'un client, il avait fait un mauvais placement et il avait perdu de l'argent. Il n'en avait pas dit grand-chose mais, d'après un collègue, il avait l'air très abattu. Selon sa famille, la victime souffrait de dépression depuis longtemps ; il avait fait quatre tentatives de suicide.

C'était un suicide typique. Il semblait n'y avoir aucun doute. La conclusion était évidente, même si la cause du suicide semblait mineure. Les témoignages des collègues et des membres de la famille paraissaient suffisants pour clore l'enquête. Lee Pyeong-so lui demanda malgré tout :

— Avez-vous entendu parler d'un groupe nommé EC ?

— EC ? Qu'est-ce que c'est ?

À la façon dont il posait la question, Yoon Sung-bin n'avait pas l'air d'accorder d'importance à cet élément.

— C'est le sigle d'Évasion collective… Un groupe de patients dépressifs auquel Cho No-hoon appartenait. La victime du meurtre sur lequel nous enquêtons actuellement en faisait partie également. C'est la raison pour laquelle je vous avais demandé de me rappeler.

— Ah bon ? EC ? Ça ne me dit rien du tout. Comme je n'avais aucune raison de prolonger l'enquête, j'ai clos le dossier après avoir interrogé les collègues, la famille et un jeune homme qui fréquentait la maison de la victime.

— Un jeune homme ?

— Oui. Comment s'appelait-il déjà… Il avait un prénom assez original… ah, ça m'échappe. C'était bien l'affaire de décembre dernier ? C'était un certain Kim… et après…

Lee Pyeong-so entendait des clics de souris du côté de Séoul-Sud. Le policier devait faire des recherches sur le site de la justice pénale.

Un nom lui vint immédiatement à l'esprit.

— Ce ne serait pas Kim Yeol ?

— Oui, c'est bien ça. Kim Yeol ! répondit l'officier d'une voix réjouie, comme s'il avait retrouvé le nom lui-même.

— Kim Yeol est l'un de nos témoins… Pourquoi l'avez-vous interrogé ?

— Parce qu'il était la dernière personne à avoir vu la victime vivante. Il nous a dit avoir rencontré Cho No-hoon cinq ou six ans auparavant… euh… sur un site de suicide. Ils sont devenus très amis grâce aux tchats. Le jour du suicide, la victime avait demandé à Kim Yeol de venir le voir. Il avait pris un jour de congé car il ne se sentait pas bien.

— Ils se sont connus sur le site de suicide ? Ha ha…

Cela faisait rire Lee Pyeong-so. Qu'on puisse se rencontrer sur un site de suicide et devenir amis ! Quel monde ! Toute une vie de policier ne suffirait pas à en faire le tour.

— D'ailleurs, le jeune homme avait l'air plutôt sombre. Il est allé chez la victime vers 14 heures ce jour-là. La victime faisait appel à lui chaque fois qu'il avait des soucis, petits ou grands, et il se confiait à lui. Ce jour-là, Cho No-hoon lui avait dit être très frustré d'avoir perdu de l'argent à cause de mauvais placements. Et puis il avait évoqué d'autres problèmes. Le jeune homme l'avait réconforté et l'avait quitté vers 15 h 30. La victime lui semblait plus mal qu'à l'ordinaire, mais il n'aurait jamais pu imaginer qu'il se suiciderait.

Lee Pyeong-so, qui avait rencontré de nombreux cas de suicide, l'avait souvent entendu : « On n'aurait jamais imaginé qu'il se suiciderait. »

La famille et les amis de la personne suicidée se blâmaient tous en prononçant ces mots. On dit qu'il y a des signes annonciateurs de suicide, mais celui qui a vraiment décidé de se supprimer passe à l'acte sans en avertir son entourage. Désormais soulagé d'avoir pris la décision qui mettra un point final à ses souffrances, il ne prend pas en compte la culpabilité ou le désarroi de ses proches. S'il le pouvait, il ne passerait pas à l'acte.

Lee Pyeong-so hésita à raccrocher.

— Hum…

— Vous voulez savoir autre chose ?

Ainsi encouragé par Yoon Sung-bin, le commandant se lança :

— J'ai bien compris qu'il s'agit d'un suicide et qu'il n'y a rien à creuser dans l'affaire elle-même…

— Oui, commandant.

— Auriez-vous remarqué quelque chose d'anormal en tant que responsable de cette affaire ? Même si ça ne figure pas dans le compte rendu officiel… Un élément qui ferait la différence avec les autres cas… demanda Lee Pyeong-so prudemment.

— Pardon ?

— Des informations que seul le responsable de l'enquête aurait pu saisir, ou, disons, ses sentiments personnels sur le sujet… peu importe. Quelque chose comme ça.

— Euh. Je ne comprends pas bien, répondit le policier d'une voix gênée.

— Bien sûr, ça restera entre nous, chuchota presque le commandant.

Yoon Sung-bin hésita quelques secondes. Difficile de savoir s'il essayait de se rappeler un souvenir ou s'il voulait terminer la conversation.

Enfin, il prit la parole.

— … Je ne sais pas si je peux en parler.

À l'autre bout du fil, Lee Pyeong-so attendait tranquillement. Très bien, il faut le dire.

— C'est seulement ce que je pense, mais entre Kim Yeol et la victime… il semble qu'il y ait eu une relation… assez particulière.

— Une relation assez particulière ?

— Oui… Je ne peux pas vous le dire plus clairement… La victime tenait un journal intime ou quelque chose de ce genre. Je l'ai lu pour je ne sais quelle raison… J'ai l'impression qu'ils étaient amoureux. Et d'ailleurs, c'est ce qu'on ressentait en voyant Kim Yeol. Mais ce n'est peut-être pas le cas. C'était juste mon impression.

Deux hommes amoureux. Alors ils faisaient partie de ceux qu'on appelait « gays » ou membres de la minorité sexuelle, alors à la mode ? Mal à l'aise, Lee Pyeong-so raccrocha. Il appartenait à la vieille génération. Né dans les années 1960, il avait plus de cinquante ans. Il était conscient que, de nos jours, il n'était pas question de pointer du doigt des personnes appartenant aux minorités sexuelles mais, au fond, ils lui étaient totalement étrangers. Hochant la tête en signe d'incompréhension, il dit à son équipe :

— Allez, on va pouvoir dîner tôt.

Enchantés, les policiers le regardèrent et quittèrent leur place un à un.

20

Le dernier témoin

— Donc, vous êtes arrivés au camping et vous vous êtes promenés tous les cinq ensemble. Et après ?

Lee Pyeong-so essayait de rester calme face aux deux jeunes gens assis côte à côte, chacun sur sa chaise. Kim Yeol, incapable de regarder le commandant en face, la tête dans les épaules, répondait laconiquement. Oreilles pointues comme celles d'un âne, visage blafard et fin. N'était-ce pas ce qu'on appelle des oreilles saillantes ? S'il y avait un spectateur, il penserait que la police allait le manger, se disait-il.

— On a fait un barbecue. Dans l'espace des barbecues.

Un mot. Un silence.

Kim Yeol portait un tee-shirt et un jean bleu clair ; Park Shim le regardait de biais en se mordillant les lèvres, l'air gêné. Il était vêtu d'une chemise blanche et d'un pantalon chic. Contrairement à son ami, lent et peu sûr de lui, il donnait l'impression d'être brillant et à l'aise en public. Il avait des sourcils noirs tellement fournis qu'on aurait dit des postiches. Le commandant pensait l'avoir vu quelque part peu de temps auparavant. Où donc ? Lee Pyeong-so obtint l'accord de Park Shim de ne pas intervenir. Manifestement, il était déjà au courant et respectait la consigne.

— Vous ne pouvez pas nous en dire un peu plus ?

Hong In-hyuk, qui prenait en note l'interrogatoire, manifesta son impatience. Kim Yeol releva la tête pour observer le lieutenant.

— Faut-il que je vous tire les vers du nez ? Racontez-moi tout, toute l'histoire, sans vous interrompre.

— Je ne sais pas quoi dire…

Lee Pyeong-so soupira et lui montra une photo. C'était la veste de randonnée d'hiver de Sol Lisa, retrouvée sur son cadavre.

— Sol Lisa portait-elle cette veste ce jour-là ?

Kim Yeol rapprocha la photo de son visage et cligna des yeux à plusieurs reprises.

— Oui.

— D'après vous, elle était comment ce jour-là ?

— Ce jour-là ?…

Kim Yeol roula les yeux comme si on le mettait face à un défi impossible à relever.

— Elle avait l'air comment ?

— Ah…

Park Shim lui prit l'épaule et la tapota amicalement. Il regarda les policiers pour obtenir leur assentiment et se pencha vers son ami pour lui chuchoter :

— Yeol, tu peux te détendre. Ne sois pas nerveux. C'est juste un interrogatoire de témoin : les policiers ne t'accusent de rien. Dis-leur juste ce que tu sais. Comme si tu racontais une histoire.

Ces paroles firent leur effet. Kim Yeol prit une grande inspiration et, le visage détendu, il déclara :

— Elle avait l'air mieux que d'habitude. Disons… Elle avait l'air beaucoup mieux. Je pensais qu'elle ne buvait pas du tout d'alcool, mais elle buvait du vin. Avant d'arriver au camping, elle avait payé les boissons et le charbon de bois, alors qu'on aurait très bien pu se cotiser pour les régler.

Ses phrases plus longues rassurèrent les policiers.

— Sol Lisa a quitté le dîner pour aller se promener, non ?

— Oui, tout à fait.

— Quelle heure était-il à peu près ?

Kim Yeol fit une grimace. Comme les souvenirs lui revenaient, il était moins stressé.

— … je ne suis pas tout à fait sûr : peut-être une heure ou deux après avoir bu… Elle était toute rouge, Lisa. Elle a dit qu'elle voulait marcher pour se dégriser…

— On m'a dit que vous l'aviez accompagnée, est-ce exact ?

— Oui, c'est ça.

Kim Yeol se frotta le visage et se pinça la joue.

— Parce qu'il faisait noir. Nous sommes montés vers le sentier de promenade. On a juste marché un peu et puis on a fait demi-tour. On s'est assis dans un pavillon. Je ne pense pas avoir parlé de quelque chose de particulier… Pas vraiment. Après ça…

Tac, tac, tac… Le lieutenant frappait sur son clavier. Lee Pyeong-so retint sa question, attendant que Kim Yeol poursuive de lui-même.

— Ah ! Je pense que je suis redescendu le premier. Lisa m'a demandé de la laisser seule : elle avait besoin d'un moment de solitude pour réfléchir…

— Pour réfléchir ?

— Je ne sais pas à quoi. Elle a simplement dit ça.

Ses réponses successives correspondaient aux témoignages d'Im Na-min et de Park Yi-eum. Kim Yeol, redescendu seul, continua de faire griller la viande sur le barbecue. « Il ne faudrait pas aller la chercher ? » demanda l'un d'eux, car Sol Lisa n'était toujours pas revenue… C'est alors qu'on la vit descendre. Kim Yeol lui cria d'aller chercher les calamars séchés dans la caravane, puisqu'il était occupé à couper la viande cuite et ne pouvait y aller lui-même. « Ils sont dans mon sac à dos noir. » Lisa alla dans la caravane des hommes et rapporta les calamars séchés.

— Depuis son retour de promenade, elle ne parlait plus. Elle était sombre. Puis elle est allée se coucher la première, dit-il.

Cela correspondait encore aux autres témoignages.

— Je pense qu'ensuite, c'est Park Yi-eum qui est allée se coucher. Oui, c'est ça. Ensuite… C'est ça. Et puis… À un moment je me suis retrouvé tout seul devant le feu parce que les autres étaient allés marcher… Ah oui, Im Na-min est revenue et on a parlé longtemps ensemble. Et puis chacun est parti dormir de son côté. Il devait être 1 ou 2 heures du matin.

Lee Pyeong-so repensa au témoignage d'Im Namin. Elle avait bien dit que quand ils s'étaient retrouvés les derniers devant le barbecue, Kim Yeol avait évoqué le suicide de Cho No-hoon. Im Na-min avait l'air triste en disant qu'à ce moment-là Kim Yeol se sentait coupable et désemparé. La jeune femme avait déjà très sommeil et n'était pas très liée avec Kim

Yeol. Mais elle avait senti sa fragilité psychologique et avait discuté avec lui pendant une heure environ.

Lee Pyeong-so jeta un coup d'œil sur le beau visage de Kim Yeol. Si Cho No-hoon et lui étaient amoureux, pour reprendre les suppositions de Yoon Sung-bin, Kim Yeol avait dû être très éprouvé. De plus, il était la dernière personne que Cho No-hoon avait vue avant son suicide.

Le commandant se garda d'interroger Kim Yeol sur sa conversation avec Im Na-min.

— Et Ban Tak-shin ?

— Pardon ?

— Il n'est pas revenu après sa promenade ?

— Oh si… Mais il nous a quittés à cause d'un appel. Un appel urgent. Je pensais qu'il allait revenir, mais non. Il nous a juste dit que son rendez-vous du lendemain au bureau avait été avancé à la fin de la matinée… Il est allé se coucher sans revenir près de nous, car sa conversation téléphonique s'était prolongée. En général, les demandes de conseil par téléphone durent entre une et deux heures, voire plus. Le lendemain matin, nous nous sommes dépêchés pour que M. Ban ne soit pas en retard à son rendez-vous.

Park Yi-eum a préparé du riz et de la soupe aux germes de soja. Elle les a apportés dans la caravane des hommes et ils ont mangé ensemble. Elle leur a dit alors que Sol Lisa faisait les cent pas dehors pour venir à bout de sa gueule de bois. Im Na-min dormait encore : Park Yi-eum avait essayé de la réveiller, mais y avait renoncé. C'est ce que raconta, de façon hachée, Kim Yeol. Après avoir déjeuné, poursuivit le jeune homme, il n'avait discuté avec personne : il était occupé à charger les valises, le barbecue et tout son nécessaire dans la voiture.

— J'ai vu M. Ban monter dans sa voiture, s'apprêter à démarrer, et je suis allé lui dire au revoir. Sol Lisa et Park Yi-eum étaient assises à l'arrière. Sol Lisa était blême et elle avait l'air de souffrir… Je lui ai proposé les médicaments contre le mal des transports ou contre la gueule de bois que j'avais avec moi… Lisa a dû me répondre que… elle en avait déjà pris… ou qu'elle n'en avait pas besoin… en tout cas elle a dit que ça allait. Je mettais la voiture en marche quand Im Na-min est sortie de la caravane. Nous avons tous deux salué les partants. Puis nous sommes remontés à notre tour vers Séoul dans ma voiture. Ah, oui, pardon. Ce n'est pas ma voiture, c'est celle de mon père…

— Est-ce que Sol Lisa avait l'air très mal ? Lui avez-vous proposé autre chose que les deux médicaments dont vous avez parlé ? Racontez-nous autant que possible les moindres détails. C'est important.

Lee Pyeong-so devint fébrile à la pensée qu'il s'agissait des derniers moments de la vie de Sol Lisa. Mais, apparemment, Kim Yeol n'avait plus rien à dire. Il se réfugia dans un silence méfiant.

— Y a-t-il quelque chose que vous avez trouvé étrange ? Par exemple l'ambiance dans la voiture, le comportement de Sol Lisa ou autre chose ?… intervint le lieutenant.

Kim Yeol secoua la tête en signe de dénégation.

— Avez-vous communiqué avec la jeune fille ou

pris de ses nouvelles après la sortie ? demanda à son tour le commandant en feuilletant ses dossiers.

— ... pour ça, il vous suffit de demander à Park Yi-eum, dit Kim Yeol, détournant instinctivement les yeux de Lee Pyeong-so qui le fixait. Parce que Park Yi-eum était très proche d'elle... A priori, elles se voyaient presque tous les jours.

Park Shim, qui faisait office de figurant aux côtés de son ami, remarqua la tension subite apparue sur le visage des policiers. Il remarqua aussi leur connivence muette.

— Oh, mais vous ne pouvez pas l'interroger maintenant : elle est à l'hôpital.

Park Shim saisit le ton de blâme sur lequel la phrase était prononcée. Il devait s'agir de la Park Yi-eum qui avait succombé à une attaque de panique lors de l'interrogatoire. Assis là, muet, Park Shim pouvait deviner les sous-entendus du dialogue entre les policiers et Kim Yeol. Il voyait les points auxquels ils accordaient de l'importance.

— Nous lui avons déjà demandé. Maintenant, c'est à vous que nous posons la question, souligna le commandant.

— Moi... Je n'étais pas particulièrement proche de Sol Lisa. Comme les réunions se sont arrêtées, je n'ai pas eu l'occasion de la revoir ni de prendre de ses nouvelles.

Il cessa de parler et haussa les épaules.

— Ah oui, elle est venue une fois au bureau de l'AAD quand j'y étais seul. Je pense que c'est la dernière fois que je l'ai vue.

Le lieutenant arrêta de frapper sur son clavier. Lee Pyeong-so leva un sourcil.

— Elle est venue au bureau ? Quand ?

— Je ne me rappelle pas la date… Elle était venue voir M. Ban. Elle était gênée parce que j'étais seul. On a un peu discuté et elle est repartie.

— Et c'était quand ?

— Pardon ?

— C'était avant ou après la sortie ? insista le commandant, le regard dur.

Puis il se mit à le tutoyer. Park Shim, percevant cette pression, se tint sur ses gardes.

— … après la sortie.

— Tu es sûr ? demanda le lieutenant.

— Oui. Comme c'était inattendu, j'ai été surpris.

— De quoi avez-vous parlé ?

Lee Pyeong-so haussa le ton nerveusement.

— Je ne sais pas… mais elle avait l'air déprimé. En fait, elle était toujours comme ça. Elle disait que Park Yi-eum ne l'aimait plus et que si Park Yi-eum prenait soin d'elle, c'était seulement par devoir… Et puis elle a ajouté que M. Ban ne serait pas d'accord pour qu'elle reprenne des antidépresseurs… et puis, quand serait la prochaine réunion… voilà, c'est à peu près tout… Elle est restée peut-être une vingtaine de minutes… ou une demi-heure ? Et puis elle est repartie. Elle n'a même pas touché au café que je lui avais servi.

— Où était allé Ban Tak-shin ce jour-là ? Pour quelle raison était-il absent, d'après toi ?

Kim Yeol grommela et se prit la tête dans les mains. Il semblait troublé. Park Shim, très embarrassé, ne savait pas comment réagir ; il ne savait même pas s'il était autorisé à faire quoi que ce soit. Il posa la main sur l'épaule de son ami, espérant le réconforter.

Lee Pyeong-so augmenta la pression : sa voix se fit plus impérieuse, son visage plus dur. Il réclama une réponse. Il ne pouvait pas se freiner même s'il était conscient que son témoin risquait de succomber à une crise de panique. Si Kim Yeol se souvenait de la raison de l'absence de M. Ban, il pourrait deviner pourquoi Sol Lisa était allée au bureau ce jour-là. Il pourrait au moins en déduire jusqu'à quand la victime était en vie. C'était un élément important du puzzle.

D'abord, l'hypothèse selon laquelle Sol Lisa était morte en rentrant à Séoul après la sortie ne tenait plus.

— … Je ne m'en souviens pas, dit Kim Yeol, au bord des larmes.

Les visages des deux policiers exprimaient la même détermination.

— C'était peut-être en avril. Ce n'était pas tout de suite après la sortie…

Les deux officiers interrogèrent tour à tour le jeune homme. Mais celui-ci n'arrivait toujours pas à se souvenir de la date exacte.

— Cette visite de Sol Lisa, tu en as parlé à Ban Tak-shin ? demanda le commandant.

Sa question détendit l'atmosphère.

— Peut-être, oui.

Kim Yeol essuya son visage dégoulinant avec le bas de son tee-shirt.

« Il faut demander à Ban Tak-shin. » Lee Pyeong-so décida d'aller au bureau de l'AAD pour le rencontrer.

« Il faut absolument que je l'interroge, même s'il doit porter plainte pour violation de domicile. »

— … Elle avait l'air tellement mal. Alors, quand j'ai appris qu'elle était morte, j'ai pensé qu'elle s'était suicidée, dit spontanément Kim Yeol. Sol Lisa n'était pas du tout sociable. C'était la pire d'entre nous. Elle vivait sans voir personne. Park Yi-eum était sa seule amie et Sol Lisa comptait sur elle à 100 %… Si elle pensait que Park Yi-eum ne l'aimait plus… c'était très dangereux. Pourtant, comme Park Yi-eum allait la voir assez souvent, j'ai cru qu'elle prendrait bien soin d'elle…

Il était 21 heures passées quand les jeunes gens quittèrent le commissariat après que Kim Yeol eut signé sa déposition. La nuit tropicale était toujours aussi étouffante. Un vent chaud soufflait à la porte du commissariat.

Park Shim s'arrêta au bout de quelques marches. Il fouilla toutes ses poches, l'air contrarié. Kim Yeol qui le devançait se retourna.

— Zut ! Je pense avoir laissé mon portable.

— Ah bon ?

Sitôt dehors, Kim Yeol avait retrouvé sa placidité. Il s'exprimait à nouveau d'une voix neutre. Il n'était plus le même qu'à l'intérieur du commissariat. Il avait changé du tout au tout. « C'est surprenant, mais c'est bien qu'il retrouve une certaine stabilité », pensa Park Shim. Son rôle à lui semblait maintenant terminé.

— D'accord. Merci pour aujourd'hui, dit Yeol en scrutant le visage de son compagnon.

— Tu parles. Je ne pense pas que cela t'ait aidé.

— Je…

Kim Yeol prit son téléphone pour consulter l'heure.

— Si on était sortis plus tôt, j'en aurais profité pour aller voir Mlle Park Yi-eum à l'hôpital. Ce n'est pas loin d'ici. Il est trop tard maintenant. Je ne pensais pas que l'interrogatoire durerait si longtemps.

— Park Yi-eum ? Ah oui, celle qui a succombé à une attaque de panique ?

— Oui. On m'a dit qu'elle était à l'hôpital Sunglim, à côté d'ici. Elle va mieux, mais elle doit y rester encore quelque temps car un zona s'est déclaré. Il vaut mieux lui rendre visite demain. Elle sera alors dans une chambre individuelle. Vers 16 heures ? C'est mieux de se parler au calme. Ok, on se sépare ici.

Il se retourna et descendit les marches.

— Rentre bien ! lui cria Park Shim.

— Commandant, le deuxième rapport d'autopsie de Sol Lisa vient d'arriver, dit le lieutenant, les yeux rivés sur son ordinateur.

Lee Pyeong-so était plongé dans ses pensées, le menton dans la main. Il rassemblait les pièces du puzzle.

— Ah bon ?

Les médecins de l'Institut médico-légal faisaient, semble-t-il, des heures supplémentaires eux aussi. Lorsque les corps à autopsier, les échantillons à analyser s'accumulaient, ils repoussaient la rédaction des comptes rendus à la nuit. Comme les légistes en Corée n'étaient pas en nombre suffisant, ils devaient respecter strictement l'ordre d'arrivée. Sans aucune dérogation, même pour les cas importants. Les analyses toxicologiques avaient donc pris un certain temps. Mais les résultats étaient enfin arrivés.

— Voyons ce qu'ils disent.

Lee Pyeong-so ouvrit le dossier d'analyses toxicologiques sur son ordinateur. Hong In-hyuk approcha son jeune et beau visage de celui du commandant.

— Une toxicomane ?

Le cri du lieutenant fit lever la tête aux policiers qui partageaient le même bureau.

— Alprazolam, c'est l'anxiolytique… Zolpidem tartrate, le somnifère.

Le commandant continua de lire les résultats.

— Phénelzine ? Hein ? Phénelzine ? Qu'est-ce que c'est ?

Cette molécule, il ne la connaissait pas. Il ne l'avait jamais rencontrée de toute sa longue vie de policier, alors qu'il connaissait par cœur toutes celles qui entraient dans la composition des drogues psychotoxiques et de certains poisons mortels.

— Pardon…

Les deux policiers levèrent leurs têtes collées à l'écran. Les regards de tous les autres convergèrent vers le même point.

Le jeune homme qui assistait le témoin venait d'arriver, le visage congestionné par la chaleur. Il était entré sans que personne le remarque : tout le monde était focalisé sur les résultats des analyses toxicologiques.

— Qu'y a-t-il ? demanda Lee Pyeong-so avec énervement.

— Désolé. J'ai oublié mon portable ici.

Il saisit rapidement le téléphone posé sur le bureau du commandant, dissimulé par l'imprimante, et le glissa dans sa poche. Il partait quand Lee Pyeong-so l'appela.

— Hé, attends !

— Quoi ?

Park Shim tourna la tête.

— Oui, attends… On s'était déjà vus, non ?

Le visage de Lee Pyeong-so, à la peau grenue comme un coing, était sillonné de rides. Il lui semblait bien avoir déjà vu, il ne savait où, ce jeune homme. Il ne pouvait pas le laisser partir sans le lui demander.

— Euh, oui. Je vous ai entraperçu dans le bureau de l'AAD, il y a quelques jours. Je sortais du bureau et vous y entriez.

— Le bureau de l'AAD ?

En revoyant mentalement les locaux, les souvenirs lui revinrent. Lorsque les deux policiers étaient entrés dans le bureau de l'AAD, un jeune homme aux sourcils fournis se levait, son rendez-vous terminé. Son visage respirait l'intelligence et la passion. Qu'en avait dit Ban Tak-shin ? Ah oui, qu'il s'agissait d'un étudiant en droit venu s'informer. Lee Pyeong-so se souvint aussi qu'il avait ressenti une certaine nostalgie de la vitalité qui émanait de ce jeune homme.

— C'est ça !

Le commandant acquiesça. Son visage se détendit.

— Mais… je vous ai entendus, sans le vouloir. (Park Shim se gratta la nuque.) À ma connaissance, la Phénelzine est un antidépresseur. Elle appartient à la classe des IMAO, mais n'est pas commercialisée en Corée.

Lee Pyeong-so lisait le rapport du légiste tout en écoutant Park Shim.

(…) La Phénelzine est un inhibiteur de monoamine-oxydase (IMAO). Elle traite la dépression en stimulant l'activité des neurotransmetteurs de la monoamine, tels que la sérotonine. C'est un inhibiteur sélectif de la recapture de sérotonine (ISRS) ou antidépresseur tricyclique. Elle est peu efficace et peu sûre. Lorsqu'elle est associée à de la charcuterie, à certains aliments fermentés ou non, à de l'alcool (foie de poulet, fromage, harengs saurs, miso, bananes, vin rouge, etc.), qui contiennent de la tyramine en quantité, elle peut provoquer la mort en cas d'hypertension. Pour cette raison, elle n'est généralement jamais prescrite comme traitement premier contre la dépression et le seul IMAO actuellement commercialisé en Corée est le Moclobémide.

(…) Le stade de décomposition du corps est si avancé et les dommages qu'il a subis si graves, qu'il est impossible de déterminer la cause exacte du décès. Malgré tout, il est très probable que la mort ait été provoquée par une surdose de psychotropes tels que le Zolpidem tartrate, l'Alprazolam, associés à un antidépresseur comme la Phénelzine. Si en plus la victime a consommé de la nourriture fermentée ou de l'alcool, l'empoisonnement devient très probable.

Lee Pyeong-so écarquilla les yeux :

— Comment tu sais ça, toi ?

— Je suis étudiant en droit. Je fais actuellement un stage dans un cabinet d'avocats qui défend un patient dépressif mis en cause dans une affaire pénale. J'ai fait des recherches sur les antidépresseurs. C'est aussi la raison pour laquelle je suis allé au bureau de l'AAD ce jour-là, pour rencontrer M. Ban Tak-shin. J'ai besoin de tout savoir sur les antidépresseurs.

Park Shim ajouta que c'était la seule raison de ses connaissances en la matière.

— Alors c'est Kim Yeol qui t'a présenté Ban Tak-shin, non ?

— Non. C'est moi qui ai contacté Ban Tak-shin directement. Kim Yeol est un camarade de lycée. On s'est revus ce jour-là, pure coïncidence.

Hong In-hyuk secoua la tête.

— Quand nous sommes arrivés, Kim Yeol n'était pas là.

— C'est exact. Il était allé aux toilettes peu avant votre arrivée. Nous nous sommes croisés dans le couloir et nous nous sommes reconnus… parce que, dans le bureau, on n'en était pas sûrs. On est donc allés au café pour discuter. C'est pour ça que vous ne l'avez pas vu.

Lee Pyeong-so, calmé, invita Park Shim à s'asseoir. Ce dernier hésita un instant, puis s'assit sur la chaise de fer qu'on lui indiquait, celle sur laquelle Kim Yeol était assis auparavant.

— Alors, vous vous êtes rencontrés il y a quelques jours, vous étiez très amis et tu l'as accompagné ici ?

— C'est difficile de dire… qu'on est très amis, répondit Park Shim prudemment. À mon avis, comme je lui ai dit que je fréquentais la fac de droit, il a pensé que je pourrais lui être utile. Il m'a dit qu'il avait très peur de venir tout seul au commissariat.

— Hum…

Le commandant croisa les bras et fit pivoter son

fauteuil pour examiner le visage de Park Shim. Un silence lourd s'installa.

Park Shim ouvrit la bouche :

— Euh… Monsieur. Puis-je vous demander…

Lee Pyeong-so, le voyant hésiter, l'encouragea d'un signe de tête.

— Pensez-vous que Sol Lisa a été tuée lors de la sortie en mars ?

— Hein ?

« Quelle question arrogante ! Un étudiant qui n'a rien à voir avec l'enquête, qui n'est que l'ami d'un témoin demande au policier de lui parler de l'affaire en cours. Je ne sais pas s'il deviendra un avocat célèbre ou quoi que ce soit d'autre dans l'avenir mais, pour l'instant, il n'est qu'un blanc-bec d'étudiant en droit ! »

« De quoi tu parles ? Arrête ça tout de suite et va-t'en ! »

Le lieutenant, devinant l'état d'esprit de son supérieur, voulut congédier le jeune homme. Lee Pyeong-so leva la main pour l'en empêcher.

Habituellement, le commandant était loin d'être bienveillant. Mais il avait envie d'écouter ce jeune.

— Comment as-tu eu cette idée ?

Park Shim, choqué par l'attitude du lieutenant, avala sa salive avant de répondre.

— Parce que vous lui avez montré la veste que la victime portait lors de la sortie… et, à ce qu'on dit, celle qu'elle portait au moment de sa mort… En plus, vous lui avez posé beaucoup de questions sur sa dernière rencontre avec la victime au camping…

Lee Pyeong-so stoppa le fauteuil pivotant et contempla le jeune homme qui lui faisait face. Il ne répondit pas à la question de Park Shim. Ce dernier prit cette absence de réponse pour un encouragement et continua.

— Quoi qu'il en soit, si c'est le cas, vous vous trompez parce que Yeol m'a dit qu'il avait rencontré la victime en avril. Ce jour-là, donc… quand j'ai croisé Yeol dans le bureau de l'AAD et qu'on est allés au café ensemble… Là, au café, Yeol m'a parlé de Sol Lisa. C'était à cause d'elle que les policiers venaient au bureau. Et puis Sol Lisa aussi était venue.

Donc, le témoignage de Kim Yeol était crédible. Puisqu'il avait dit la même chose librement à son ancien camarade de lycée, qu'il n'avait pas vu depuis des années. Et puis il ne pouvait pas savoir qu'il ferait l'objet d'une enquête de police plus tard.

— Ah bon ? dit Lee Pyeong-so, feignant l'indifférence, alors qu'il comprenait parfaitement ce que le jeune homme sous-entendait.

Park Shim semblait avoir tout dit. Mais, sans faire un geste pour se lever de sa chaise, il roulait les yeux. On aurait dit qu'il cherchait à retenir des mots prêts à sortir.

— Tu as autre chose à ajouter ? demanda le commandant en s'éventant.

— Et donc… (Park Shim aspira l'air bruyamment à travers ses dents.) Kim Yeol m'a dit qu'un des membres du groupe, le plus proche de lui, s'était suicidé l'année dernière.

— Cho No-hoon ?

— Je ne connais pas son nom, mais Yeol m'en a parlé en passant… Il a dit que cet homme prenait des antidépresseurs à base d'IMAO. Il paraît que certains patients ne peuvent pas prendre d'ISRS ou d'antidépresseurs tricycliques : ils ne prennent que des IMAO, bien que ce soit un médicament un peu dépassé.

— Cho No-hoon a donc pris des IMAO ?

Lee Pyeong-so cessa de s'éventer.

— Bien sûr, il a arrêté de les prendre quand il a rejoint le groupe EC. Avant, il allait aux États-Unis tous les six mois pour se fournir. Je ne sais pas si c'était de la Phénelzine ou autre chose. Bref… C'est ce que j'ai entendu dire.

Le visage de Park Shim reflétait sa perplexité. L'affaire lui semblait difficile, même pour un futur avocat. Le commandant l'interrogea sur l'université qu'il fréquentait et sur le cabinet dans lequel il faisait son stage. Puis il ouvrit le premier tiroir de son bureau et en sortit une carte de visite qu'il tendit au jeune homme.

— Si tu as autre chose à me raconter, appelle-moi. Et laisse-moi ton numéro de téléphone.

Le lieutenant était surpris de la sympathie que son supérieur manifestait.

21
7’42”

Fait exceptionnel, Lee Pyeong-so rentra tôt dans son minuscule appartement. Il était tout de même 23 heures. Il enleva ses vêtements imbibés de la sueur de la journée et se dirigea, nu, vers la salle de bains. Après avoir pris une douche froide, il remplit le lavabo de mousse et se rasa. La lame vint à bout de sa barbe fournie. Il s’essuya le corps avec une serviette qui dégageait une odeur déplaisante, puis regagna sa chambre.

En caleçon et chemise, il s’assit sur le lit qu’il avait monté lui-même et ouvrit une canette de bière. De l’autre main, il saisit son téléphone portable. Il devait être 22 heures aux Philippines. Il essaya de passer un appel vidéo à sa femme, qui n’aboutit pas. D’habitude, elle dormait tard : il était donc peu probable qu’elle soit déjà couchée. Elle devait avoir des activités qu’il ignorait. Il s’apprêtait à appeler son fils, mais il y renonça.

La dernière fois qu’il lui avait parlé, quatre jours auparavant, son fils lui avait dit qu’il venait de se faire un ami américain : Dylan. À sa voix tout excitée, on devinait sa fierté. Ce nouvel ami n'était pas noir, mais il jouait très bien au basket. « Maman est très contente, parce que c'est une bonne manière d'apprendre l'américain, ajouta l'enfant. Et toi papa, tu vas bien ? » Après avoir répondu affirmativement, le père n'avait plus rien à dire. Son fils n'aurait rien de plus à lui dire, quatre jours plus tard. Lee Pyeong-so balança son portable à côté de lui et but à même la canette.

« Quand Sol Lisa est-elle morte ? »

« Qui l'a tuée ? »

« La sortie d'EC a eu lieu au camping Sae-rim du 12 mars au matin au 13 mars. Sol Lisa est rentrée chez elle saine et sauve. Elle s'est ensuite rendue au bureau de l'AAD sans que l'on puisse préciser la date. Là elle a rencontré Kim Yeol. Il est peu probable que Kim Yeol se soit trompé en situant sa visite après la sortie, ou qu'il ait menti. Il a dit la même chose à son ancien camarade, croisé par hasard, huit ans après le lycée. Et on ne voit pas pourquoi Park Shim aurait inventé cette histoire. »

« Si Sol Lisa est morte le 9 mai ou le 10, comme on l'a supposé au début, pourquoi portait-elle sa veste de randonnée d'hiver, alors que cette année la chaleur estivale a été plus précoce que d'habitude ? Voulait-elle attirer notre attention en posant le journal daté du 9 mai au fond de la cage avant de disparaître ? Alors qu'elle avait d'autres journaux plus anciens mis de côté ? Elle avait dit qu'elle allait partir en voyage, sans fixer de destination. Cela ne colle pas avec sa personnalité, non ? Qui a tué cette étudiante dépressive qui vivait comme une plante verte dans son appartement, qui ne sortait quasiment jamais ? »

Le policier vida coup sur coup trois canettes de bière et, l'esprit embrumé, se plongea dans ses réflexions.

« La Phénelzine. »

« Comment le meurtrier a-t-il obtenu de la Phénelzine, un antidépresseur non commercialisé en Corée, et comment l'a-t-il donnée à Sol Lisa ? L'Alprazolam ou le Zolpidem tartrate sont des psychotropes relativement courants que n'importe quel médecin peut prescrire. Ils soulagent les troubles du sommeil ou les troubles gastro-intestinaux. Mais qu'en est-il de la Phénelzine ? Cho No-hoon serait le seul membre à avoir été soigné avec un antidépresseur à base d'IMAO. À vérifier demain. Si c'est bien le cas, il n'est pas absurde de penser que le criminel s'est procuré la Phénelzine via Cho No-hoon. Bon, à vérifier aussi demain. Cela signifie que le groupe EC est encore impliqué. Un de ses membres aurait reçu la Phénelzine de Cho No-hoon ou la lui aurait volée. Cho No-hoon avait arrêté d'en prendre en intégrant le groupe. Quelqu'un lui aurait-il proposé de garder ou de jeter à sa place ce qui lui restait, les antidépresseurs étant considérés chez eux comme l'ennemi public n° 1 et comme un poison ? Le meurtrier l'aurait donc obtenu avant décembre dernier, avant le suicide de Cho No-hoon. Le meurtre aurait été planifié, accompli avec préméditation. »

Lee Pyeong-so s'endormit. Il se mit à ronfler légèrement.

Soudain, le visage banal et insignifiant de Sol Lisa, qu'il avait vu en photo, s'anima et se mit à lui parler : « Vous n'allez pas dormir comme ça, Monsieur ! » Il voulut répondre, mais il avait trop sommeil pour faire le moindre mouvement. Alors, résignée, elle ajouta : « Personne ne fait attention à moi. Même depuis ma mort. » D'un coup, le visage se transforma. C'était maintenant le crâne retrouvé au mont Paldal : un amas de cheveux longs éparpillés devant des orbites creuses. Le squelette murmurait au téléphone, la putréfaction faisant tressauter sa langue : « J'ai la nostalgie de cette ville splendide. Là-bas, il fait froid et c'est dangereux. » Le téléphone sonna soudain. « Répondez, s'il vous plaît, Monsieur le commandant. J'erre partout. Partout je suis repoussée. Je n'ai que mes larmes à manger pour me réchauffer. Monsieur le commandant, répondez au téléphone, je vous en prie. »

En plein cauchemar, Lee Pyeong-so était complètement paralysé. « Je viens de loin, j'ai parcouru un long chemin semé d'embûches à la recherche d'un rêve, et me voici. »

Enfin il ouvrit les yeux. Il se leva et essuya sa salive du revers de sa main épaisse. Ses orteils rencontrèrent la canette qu'il avait écrasée la veille. À côté de l'oreiller, son téléphone sonnait à pleine puissance : « Je ne sais plus si je suis dans une forêt ou dans un marais… » C'était la chanson sur un rêve déçu, qu'interprétait Cho Yong-pil, roi adulé (à l'époque) de la chanson populaire coréenne.

Assurance automobile Kim Young-soon, ce nom s'afficha à l'écran. La responsable l'avait appelé dans la journée à propos du renouvellement de son assurance. Pourquoi appelait-elle à cette heure-ci ?

— Ah… allô ? répondit Lee Pyeong-so, tout ensommeillé.

— Moi, je m'appelle Kim, Eun, Jae ! dit une voix enfantine.

— … Pardon ? Allô ? Pardon ?

— Kim, Eun, Jae ! et toi tu es qui ? reprit la voix, sans plus de manières.

Lee Pyeong-so enleva la chassie au coin de ses yeux et cligna plusieurs fois des paupières. Il contempla sa chambre dans un désordre indescriptible. Chaque fois qu'il bougeait sur son lit, la poussière s'envolait dans l'air frais du climatiseur.

C'était la voix d'un enfant, vraisemblablement âgé de quatre ou cinq ans. Est-ce le fils de l'agent d'assurances ? Lee Pyeong-so se détendit.

— Qui es-tu ? Où est ta maman ?

Il regarda le réveil, posé sur la table de chevet. Il était presque minuit. Pourquoi ce garçon n'était-il pas déjà en train de dormir ? Que faisait-il ?

— Maman se brosse les dents. Qui tu es, toi ? Comment tu t'appelles ?

Lee Pyeong-so allait le gronder parce qu'il jouait avec le téléphone mais il se retint. La voix pure de l'enfant, qui résonnait clairement à son oreille, le toucha en plein cœur. Sa grimace disparut peu à peu. Il pensait que c'était un garçon. Quand son fils avait le même âge, il jouait aussi beaucoup avec les portables de ses parents. À l'époque, le commandant était toujours heureux de rentrer du travail et de retrouver les facéties de son fils. Il se sentait frustré quand l'enfant était déjà endormi. Il avait vécu de pareils moments.

La tristesse l'envahit.

— Je m'appelle… Lee Pyeong-so.

— Lee, Ping, So ?

Kim Eun-jae éclata de rire.

— Oui, je m'appelle Lee Pyeong-so. Où habites-tu Eun-jae ?

— Euh, moi… J'habite chez moi.

Lee Pyeong-so se mit à rire.

— Oui, moi aussi, je vis chez moi. Qu'as-tu fait au lieu d'aller au lit ?

— Mon papa est allé à Yeosu. Il va y dormir trois nuits et il reviendra.

— Euh… D'accord. Il doit être en voyage d'affaires. Et ta maman, elle doit être toute seule avec toi. Va vite faire dodo, gentil garçon.

Accroupi dans la pièce où il voyait flotter le néon de l'immeuble d'en face, Lee Pyeong-so, téléphone collé à l'oreille, discutait avec le fils de l'agent d'assurances. L'enfant se nommait Kim Eun-jae.

Le petit garçon riait.

— Papa a promis de m'acheter un crocodile en peluche.

— Ah bon ? Vraiment ? C'est super !

Puis il lui demanda son âge, ce qu'il avait fait pendant la journée, dans quelle école il allait. Eun-jae répondait, sans avoir tout compris.

— Chez Hyun-keun, mon copain, il y a un chat. Tu as un chat aussi ?

— Non, je n'en ai pas.

— J'aime les petits chiens. Ma maman m'en achètera un quand je serai à la grande école. Pour l'instant je n'ai que Tutu.

— Tutu ?

— Ma tortue. C'est son nom. Tu ne le savais pas ? Tu sais, Tutu sait bâiller dans l'eau.

Lee Pyeong-so poursuivit le dialogue. Il ne voulait pas arrêter. Il lui semblait presque voir la jolie bouche d'Eun-jae parlant dans le téléphone de sa maman et ses joues rebondies. Cela suscitait en lui des sentiments doux et plaisants. Un homme ivre passa dans le couloir. Probablement le gros d'âge moyen qui vivait seul au même étage. La vieille mélodie qu'il chantonnait agaça Lee Pyeong-so, qui se mit à chuchoter, le téléphone collé à l'oreille.

— La tortue qui bâille. C'est amusant. Pourquoi tu l'as appelée Tutu ?

— Eun-jae ! Qu'est-ce que tu fais ?

Il entendit distinctement la voix de la femme : « Mon Dieu, Kim Eun-jae ! Il ne faut pas jouer avec le portable de maman. Je te l'ai déjà dit ! À qui parles-tu ? — Maman, c'est Lee, Ping, So », répondit l'enfant avec naturel.

La mère reprit son téléphone :

— Allô ? Allô ?

— Euh… oui.

— Oh, mon Dieu. Je suis navrée, monsieur. Je suppose que mon fils a juste appuyé sur le bouton de rappel. Je suis vraiment désolée.

Avant qu'il ait le temps de dire que ce n'était pas grave, la maman d'Eun-jae s'excusa encore une fois et raccrocha. Sans lui dire au revoir. La communication nocturne prit fin.

L'air froid du climatiseur, qu'il avait poussé au maximum la veille au soir, lui donna la chair de poule. Étourdi, Lee Pyeong-so contempla l'écran de son téléphone.

Durée de la conversation : 3'14".

Il avait l'impression d'avoir épuisé tous les sujets, et la durée de leur conversation avait à peine dépassé les trois minutes. Même si la mère d'Eun-jae n'était pas intervenue, il aurait été difficile de parler plus longtemps. Un enfant de quatre ou cinq ans peut difficilement rester concentré plus de trois minutes. « Tu m'as bien tenu compagnie », se dit Lee Pyeong-so, un peu amer.

Cette conversation lui rappelait quelque chose. Mais quoi ?

Il éteignit le climatiseur et se concentra. La voix de Sol Lisa le pressant, dans son rêve, de répondre au téléphone lui revint aux oreilles. Le 22 avril, voilà. Lee Pyeong-so se souvenait de la date exacte. Quelqu'un avait appelé le portable de Sol Lisa. La communication avait duré 7'42". C'était le soi-disant procureur général. Cet homme avait dit ne pas connaître Sol Lisa. Il avait ajouté en grommelant que c'était probablement son fils de quatre ans : il avait dû jouer avec son portable, alors que lui prenait son jour de congé. Lee Pyeong-so n'y avait accordé aucune importance.

Sept minutes et quarante-deux secondes : c'est très long pour une discussion téléphonique entre un enfant et un adulte. Sol Lisa, encore vivante, aurait-elle répondu au téléphone ? Il essaya d'imaginer Sol

Lisa, le visage maussade, accroupie au milieu de sa chambre, seule en pleine journée, parlant à un enfant inconnu. Elle n'avait pas raccroché parce qu'elle était ravie d'entendre la voix naïve d'un enfant, alors qu'elle se sentait seule ? De quoi avaient-ils pu parler pendant sept minutes et quarante-deux secondes ? L'enfant aurait-il pu avoir une conversation avec une inconnue sans être dérangé par l'un de ses parents, et une conversation aussi longue ? Lee Pyeong-so fit la grimace.

Quoi qu'il en soit, quelqu'un avait répondu au téléphone. Et si ce n'était pas Sol Lisa ? Il y aurait eu encore moins de raisons de parler aussi longtemps avec un enfant inconnu.

Sept minutes et quarante-deux secondes.

Non, ce n'est pas une courte durée. Mais était-ce vraiment le fils du procureur général qui avait appelé Sol Lisa ? Était-ce vraiment Sol Lisa qui avait répondu ?

Un éclair brilla dans les yeux du commandant. La clé de l'affaire pourrait bien se trouver dans la conversation de ce jour-là. Cette idée acheva de le réveiller complètement. Il prit une canette de bière dans le réfrigérateur et la but goulûment. Quand le jour se lèverait, il aurait beaucoup à faire.

22

Autopsie psychologique

— Tu sais bien que je n'ai même pas le temps d'avaler un plat les jours de consultation externe…

Hwang Bo-dlin ronchonnait en enfournant l'un après l'autre des morceaux de côtelette dans sa bouche.

— En plus, tu arrives en plein milieu de ma pause-déjeuner précieuse comme l'or et tu ne peux m'offrir que cette côte de porc ?

Park Shim fit un sourire gêné. Lui aussi ingurgitait la nourriture sans en apprécier le goût. Il avait mal dormi après avoir quitté le commissariat la veille au soir. Des pensées floues se bousculaient dans sa tête. Résultat de ses réflexions : il débarqua à l'improviste à l'hôpital où travaillait Hwang Bo-dlin et l'invita à déjeuner. Il avait besoin d'un avis professionnel.

— C'est parce qu'il n'y avait pas de place ailleurs… La prochaine fois, je t'inviterai dans un meilleur restaurant.

Park Shim remplit d'eau le verre que Hwang Bo-dlin avait reposé sur la table.

— Ne parlons pas d'une prochaine fois, tout est

trop incertain. Mais dis-moi tout de suite pourquoi tu as déboulé comme ça. Je n'ai vraiment pas beaucoup de temps.

Park Shim se gratta la nuque en mâchant sa viande. Par où commencer ? « Comment définir ce sentiment vague qui me met mal à l'aise ? Puis-je lui parler à cœur ouvert ? » Il finit par avaler sa bouchée et se lança.

— Dlin, combien de personnes prennent des antidépresseurs à base de Phénelzine en Corée ?

— De Phénelzine ?

La jeune femme leva les yeux en attaquant sa salade de choux blancs assaisonnés de sauce au yaourt.

— Tu veux parler des inhibiteurs de monoamine-oxydase ? Ça, je crois qu'on n'en trouve pas ici.

— Je sais bien, mais il peut y avoir des patients à qui on les a prescrits à l'étranger et qui en prennent ici. À ton avis, cela représente combien de personnes ?

— Très peu, je pense. À part la Phénelzine, il existe un large éventail de médicaments de qualité. Même si les médecins sont obligés de prescrire des IMAO en raison de l'état spécifique d'un patient, ils éviteront la Phénelzine qui impose beaucoup de contraintes de tous ordres. Bon, je ne peux pas dire que personne n'en prend, mais moi je ne connais personne.

Park Shim soupira doucement.

On avait retrouvé de la Phénelzine dans le corps d'une étudiante nommée Sol Lisa, victime d'un meurtre. Cho No-hoon, qui prenait des IMAO depuis son séjour aux États-Unis, avait fait la connaissance de Kim Yeol sur un site de suicide et lui avait proposé de rejoindre le groupe EC.

Sol Lisa. La Phénelzine. Cho No-hoon. Kim Yeol.

Ban Tak-shin, à l'origine d'EC. Ses poursuites judiciaires et la finalité de son groupe, EC.

Kim Yeol, un ami aux pensées impénétrables. La dernière sortie du groupe, les 12-13 mars. La veste de randonnée trouvée sur le cadavre de Sol Lisa. La rencontre de la jeune fille avec Kim Yeol dans les locaux de l'AAD.

— Hé ! Park Shim ! Tu rêves ou quoi ?

Paf ! Hwang Bo-dlin frappa la table de sa paume. Park Shim sursauta. Il sortit de ses pensées semblables à un écheveau emmêlé et se dépêcha de finir son assiette.

— Pourquoi la Phénelzine ? Quelqu'un en a besoin ?

— Dlin, tu te souviens que je t'ai parlé d'un dénommé Ban Tak-shin et de son groupe de patients dépressifs ?

— Oui. Et alors ?

— Il paraît que les patients qui font partie de ce groupe ont arrêté les antidépresseurs et qu'ils ont vu leur état s'améliorer. Mais plus tard… certains ont rechuté. C'est possible, ça ?

— Qu'est-ce qui est possible ?

— Euh, je veux dire… Des patients dépressifs sous médicaments depuis longtemps… peuvent-ils connaître un mieux-être en participant à un groupe de parole ? C'est possible ?

Hwang Bo-dlin, son plat terminé, essuya la sauce qui maculait ses lèvres avec une serviette.

— Ce n'est pas impossible. Parfois certains patients réagissent mieux à la psychothérapie qu'à l'action médicamenteuse.

— La psychothérapie ?

— Théoriquement, combiner antidépresseurs et psychothérapie pour lutter contre la dépression est la solution la plus efficace. Moi-même, je le recommande souvent à mes patients, mais ce n'est pas si simple.

« Tout d'abord. La psychothérapie a un coût élevé. La plupart des séances ne sont pas remboursées. Ça va chercher dans les 150 000 wons par consultation. Et puis c'est long : une séance par semaine pendant trois ans minimum. Peu de patients peuvent investir autant de temps et d'argent. Et même quand ils le peuvent, il faut qu'ils aient l'intention de poursuivre le traitement tout en bâtissant une relation de confiance avec le thérapeute. Et c'est très rare.

— Est-ce qu'un groupe de parole peut être efficace ?

— Peut-être. D'abord, il y a un sentiment d'appartenance et de stabilité à l'intérieur d'un ensemble réunissant des malades souffrant de la même pathologie. Lorsque l'organisateur a la capacité de soigner et dirige bien les membres, c'est une thérapie de groupe. Bien que la psychiatrie moderne soit axée principalement sur la pharmacothérapie, on ne peut pas ignorer les effets de la psychothérapie.

Fourchette dans une main, couteau dans l'autre, Hwang Bo-dlin poursuivit.

— Les médicaments provoquent des changements chimiques dans le cerveau, qui entraînent une modification des pensées et de l'humeur, alors que la psychothérapie agit sur les pensées et les humeurs, ce qui entraîne des changements chimiques dans le cerveau. Donc si on combine les deux approches, on a un traitement interactif. Pigé ?

Hwang Bo-dlin croisa sa fourchette et son couteau devant les yeux de Park Shim, qui hocha la tête.

— Oui…

Mais Ban Tak-shin n'est pas un psychothérapeute professionnel. Son objectif est ailleurs : prouver que l'état d'un patient peut s'améliorer sans médicaments. Au départ, la psychothérapie collective semblait avoir amélioré l'état de tous les membres mais, pour certains, ce n'avait été que temporaire. L'un d'eux s'était suicidé peu de temps après. Le deuxième groupe que voulait organiser Ban Tak-shin aurait-il connu le succès ? Park Shim en doutait.

Hwang Bo-dlin se leva la première.

— Tu as fini ? Allons-y ? On prend un café quand même, non ?

Ils achetèrent un Americano glacé chacun et pénétrèrent dans le bâtiment de la morgue, qui jouxtait l'hôpital universitaire. Un endroit idéal pour s'abriter de la chaleur. L'atmosphère solennelle de l'endroit était pesante, mais au moins faisait-il frais et c'était calme.

— … Quel genre de personnes se suicide ? murmura Park Shim en s'asseyant sur un des canapés du hall.

— Très bonne question posée au bon endroit.

Hwang Bo-dlin sourit et aspira son café à travers la paille.

— L'autre jour, tu m'as dit que dépression et suicide étaient des variables distinctes. Bien qu'il y ait beaucoup de patients dépressifs parmi les suicidés, seul un très faible pourcentage de dépressifs passe à l'acte. Alors qui parmi eux se suicide ?

— Tiens, Sourcils charbonneux ! Tu t'intéresses à

un sujet bien sombre. Mais écoute bien Grande Sœur. Je suis Madame le médecin, n'oublie pas.

Elle se tourna vers le jeune homme et le regarda droit dans les yeux.

— Eh bien, personne ne le sait exactement. Quel genre de personnes traverse la frontière entre la vie et la mort ? Qui peut prendre cette décision fatale et la mettre en œuvre ? Alors que la majorité en est incapable ? Les spécialistes du suicide ont déterminé plusieurs facteurs : une capacité d'automutilation conduisant à la mort, une conscience de soi dépréciée, un sentiment d'appartenance frustré.

Elle poursuivit son explication en regardant les personnes en deuil descendre au sous-sol, l'air affligé.

Acquérir la capacité de se tuer. La violence s'acquiert largement par apprentissage. Plus les gens ont l'expérience de la violence, plus ils ont la capacité de la reproduire. Les femmes ont une prévalence de dépression deux fois plus élevée que les hommes, et pourtant le taux de suicide des hommes dépressifs est quatre fois plus élevé que celui des femmes. La raison en est peut-être que, culturellement, les hommes sont plus exposés à la violence. Enfin le principal facteur de risque est la récurrence des tentatives. Une personne qui a échoué plusieurs fois a plus de chances de réussir finalement à se supprimer.

Si on fait une autopsie psychologique des personnes qui se sont suicidées, nombreuses sont celles qui ont connu une rupture affective juste avant leur passage à l'acte. Plus la relation est unique et exclusive, plus elle est dangereuse. Quand on sent que le seul lien entre soi et la société est rompu, la pulsion suicidaire peut être très brutale.

Hwang Bo-dlin enleva le couvercle de son gobelet de café et avala le glaçon. En la regardant, Park Shim intervint.

— D'après toi… le danger est plus grand pour quelqu'un qui a perdu un unique ami que pour quelqu'un qui, appartenant à un groupe, vit seul ?

— Eh bien, ça me semble un peu schématique mais on peut le dire comme ça. Pour un dépressif, même la perte d'un objet intime peut se révéler dangereuse. Un patient s'est suicidé après la mort de son chien. Ce n'est pas une blague.

Cela correspondait à ce que Kim Yeol lui avait dit : en apprenant la mort de Sol Lisa, il en avait déduit qu'elle s'était suicidée. Le jour où elle était venue à l'AAD, elle avait fait part de son angoisse à la pensée que Park Yi-eum ne l'aimait plus. C'était à tel point que le jeune homme l'avait pensée en danger. Park Shim assembla les éléments dont il avait pris connaissance la veille au commissariat : Sol Lisa avait une vie très solitaire, sa seule amie était Park Yi-eum, membre d'EC. Oui, voilà bien un facteur déclenchant.

Mais Sol Lisa a été tuée.

— Tiens, j'ai appelé ma copine quelques jours après notre rencontre, dit Hwang Bo-dlin.

— Ta copine ?

— Oui, la grande sœur de l'ex-petite amie de Kim Yeol au lycée. Je t'avais dit que sa petite sœur sortait avec lui. Elle était en seconde et lui en première.

Park Shim se souvint de ce que Bo-dlin lui avait

raconté. Et juste avant de se séparer, elle avait promis d'appeler son amie.

— Et alors ?

— J'étais très curieuse d'en savoir un peu plus sur cet « alien » après t'avoir écouté. Je lui ai demandé s'il s'était passé quelque chose de particulier entre les deux jeunes gens. Lui avait effectivement un côté affreux.

— Ah bon ? dit Park Shim, l'esprit aux aguets.

— Hum… La jeune fille a eu l'occasion de présenter son petit ami à ses anciennes camarades de collège, peu de temps après leur rencontre. Apparemment, c'est la coutume : chacune présente aux autres son petit ami. La petite sœur de ma copine, qui, à l'époque, aimait bien tout régenter, voulait éduquer Kim Yeol : « Montre-toi gentil et amical devant mes copines. Et pas indifférent, comme d'habitude… » Même sa sœur, ma copine donc, a trouvé que c'était exagéré. Sa sœur appelait Yeol toutes les demi-heures… c'était presque du harcèlement. Tout simplement parce qu'elle voulait se vanter auprès de ses amies et leur montrer qu'il la traitait comme une princesse.

— Si c'était ce qu'elle attendait, ce n'était pas avec lui qu'il fallait sortir !

Park Shim rit doucement en pensant au visage impassible de son ami.

— Au bout de nombreux appels, Kim Yeol s'est énervé et il a raccroché. La jeune fille, très déçue, est allée retrouver ses copines toute seule. Elle allait dire que son ami avait eu un contretemps. Mais, tu sais quoi ? Il est apparu. Alors…

Hwang Bo-dlin se tut un moment avant d'entamer le tournant palpitant de son histoire.

— … Il a souri tout le temps, à tout le monde. Il était hyper prévenant envers sa petite amie. Il la traitait comme si elle était la reine du monde, lui donnait à manger à la petite cuillère, lui envoyait des fleurs… Les amies applaudissaient et enviaient la jeune fille, alors qu'elle, toute gênée, ne savait pas quelle contenance adopter… Oui, c'est ce qu'elle attendait, mais elle avait du mal à comprendre la complète transformation de son petit ami. Quant à ses copines, elles l'accusèrent d'avoir menti quand elle se plaignait du caractère abrupt de son chéri. A priori, Kim Yeol était un homme amoureux, sans aucun doute. Et la jeune fille faisait figure de mytho.

— Aah…

Park Shim se rappela le brusque changement d'attitude de Kim Yeol lorsque ce dernier lui avait demandé de l'accompagner au commissariat. Il se rappela également son comportement face aux policiers : la tête dans les épaules, complètement intimidé, incapable d'aligner trois phrases. Ces fragments de souvenirs formaient un ensemble assez perturbant et le rendaient nerveux.

— Une fois le dîner terminé, il a repris son attitude habituelle. Finie la comédie. La jeune fille en était complètement affolée. Elle pensait que c'était une manière de se venger de ses exigences. En fait… Il était surdoué pour la simulation, un vrai comédien.

— Eh oui, c'est un ami qui peut se transformer et endosser n'importe quel rôle en cas de besoin, murmura Park Shim, le regard dans le vague.

Hwang Bo-dlin le regarda.

— S'il pense nécessaire de jouer le timide angoissé devant l'autorité publique, il tient ce rôle.

Hwang Bo-dlin avança la tête et se mit à le fixer.

— Qu'est-ce que tu racontes ? Tu commences à me faire peur.

— Oh non… Ce n'est rien.

Park Shim secoua la tête. Raconter à son amie ce qui s'était passé au commissariat lui semblait trop long. De plus, l'heure de déjeuner de Hwang Bo-dlin touchait à sa fin.

— Eh bien, pas de souci. Ah oui, autre chose encore. En terminale, Kim Yeol n'a jamais été harcelé par les voyous du lycée alors qu'il sortait avec Baek Chang-kwon. Il y avait bien une raison. Des bruits couraient.

— Lesquels ?

Hwang Bo-dlin versa la fin de son gobelet dans sa bouche et croqua les glaçons.

— Quand on était en première, les racailles du lycée ont croisé Kim Yeol dans la rue et ils ont cherché la bagarre. Kim Yeol gonflait les pneus de son vélo devant le magasin de cycles. Je pense que les voyous voulaient juste l'intimider en le frappant un peu parce qu'ils n'appréciaient pas son comportement habituel. Après avoir encaissé quelques coups de pied, Kim Yeol s'est levé brusquement, a saisi sa pompe, s'est approché de l'un d'eux et lui a envoyé un jet d'air dans l'oreille.

— Quoi ?

— Ils se croyaient des durs, mais les petites frappes des lycées sont des minables. Le gamin a eu le tympan perforé ; il a pris la fuite sur-le-champ. Il avait tellement honte qu'il n'a raconté son agression à personne. Mais la rumeur a vite couru… Tu sais, c'est un secret… ça reste entre nous… Mais je n'étais pas au courant. Et toi, Park Shim, tu le savais ?

— Non, je ne le savais pas…

— Quoi qu'il en soit, je suppose qu'il y a eu une entente implicite à l'intérieur de la bande : personne ne devait toucher à un cheveu de Kim Yeol. Quand il avait agressé leur copain, il avait l'impassibilité des gangsters de cinéma. Aucun signe d'émotion. Ça leur avait flanqué une trouille bleue. Du coup personne n'osait se venger. C'est ma copine qui m'a tout raconté. C'est horrible, non ? Qui aurait pu imaginer qu'il était comme ça ? Il avait l'air plutôt tranquille. À nos yeux, il n'était jamais violent ni cruel, non ?

Hwang Bo-dlin regarda sa montre et se leva.

— Hé ! Je vais être en retard !

Elle repoussa Park Shim qui se levait et l'obligea à se rasseoir.

— Je connais le chemin de mon bureau mieux que toi. Alors reste assis et réfléchis encore un peu. La prochaine fois que tu viendras, tu m'inviteras dans un grand restaurant, d'accord ? Plus de côtelette de porc !

Tandis qu'il regardait Bo-dlin s'éloigner, les doigts de Park Shim qui pressaient nerveusement son gobelet de plastique finirent par l'écraser bruyamment.

Au cours de l'interrogatoire au commissariat, Kim Yeol avait joué le rôle du jeune homme timide, hésitant. Raison pour laquelle Park Shim avait eu l'impression de voir une personne différente.

Mais pourquoi ?

Il n'y avait qu'une seule réponse.

« Il voulait que je sois là pour son interrogatoire. » Park Shim se mordit la lèvre inférieure. Ses sourcils épais s'agitèrent de fureur. « À quoi lui ai-je servi ? Il voulait que je sois au courant du meurtre de Sol Lisa. Il voulait que j'écoute ses réponses aux questions des policiers. Pour que je comprenne bien l'affaire ainsi que son rôle à lui. » Il avait lancé une grosse pelote d'épines devant les yeux de Park Shim. Et celui-ci n'avait pas le choix : il fallait qu'il l'attrape.

Mais pourquoi donc ?

Son comportement n'était pas du même ordre que la revanche malicieuse qu'il avait prise sur sa petite amie. Là, il y avait une intention mauvaise, complexe et profonde que Park Shim n'aurait jamais imaginée.

Le jeune homme releva la tête et regarda droit devant lui.

Avec son visage pâle, Kim Yeol riait et lui faisait un doigt. Il l'appelait. Entre ses oreilles pointues, le visage fin changeait de seconde en seconde. D'abord inexpressif, il rougissait timidement, tremblait de peur, souriait de bonheur pour finalement arborer un sourire cruel.

Les faits complexes convergèrent alors dans l'esprit de Park Shim vers un point central.

D'après l'autopsie psychologique des personnes suicidées, nombreuses sont celles qui ont connu une rupture affective juste avant leur passage à l'acte. Plus une relation est unique et exclusive, plus elle est dangereuse.

Ce que Hwang Bo-dlin avait dit à l'instant s'avérait exact.

Park Shim sortit son portable, la main moite de sueur. Il chercha le numéro de Kim Yeol et appuya sur le bouton d'appel. Il ne prit même pas le temps de réfléchir à ce qu'il allait lui dire. Il fallait qu'il agisse. Il ne restait probablement que peu de temps.

Un bip lui indiqua que l'appareil était éteint.

23

Un mauvais numéro

On entendit des gargouillements quand l'homme décrocha le téléphone. Il devait être en train de déjeuner.

— Allô ?

Il aspirait sa soupe en répondant. Aucun savoir-vivre à attendre d'un type pareil.

Lee Pyeong-so avait fait des recherches sur le propriétaire du téléphone portable dès son arrivée au commissariat. Le soi-disant procureur général s'appelait Cho Bum-chun. Il était domicilié dans le quartier Suyu, arrondissement Gangbuk, à Séoul. Lorsque le commandant avait parlé avec lui la fois précédente, il avait eu l'impression que son interlocuteur travaillait dans un secteur peu reluisant. Sa longue expérience professionnelle lui avait fait pressentir qu'il s'agissait d'activités plus ou moins légales. Il décida d'appeler un ancien collègue au commissariat de Séoul-Nord pour lui demander si un certain Cho Bum-chun était fiché chez eux. Il avait visé juste : Cho Bum-chun avait écopé de six condamnations pour violence et fraude. Dernièrement, il s'était associé à un de ses anciens codétenus : ils tenaient une officine de services à Suyu-dong, dans le quartier Suyu.

— Allô ? J'ai vu votre flyer. J'ai besoin de récupérer une somme importante, énonça Lee Pyeong-so d'une voix rauque. Même s'il était peu probable que Cho Bum-chun se souvienne de sa voix, il n'y avait pas de mal à être prudent.

— Oui ?

En fait, le commandant n'avait jamais vu la moindre publicité. Cependant, de telles officines diffusaient parfois secrètement, parfois ouvertement des dépliants pour manifester leur existence. « Si vous voulez récupérer votre argent, appelez à ce numéro… », telle était la formule la plus couramment utilisée. Ces bureaux proposaient également leurs services pour des filatures en cas d'adultère, de divorce, de recherche de personne. La publicité démontrait suffisamment l'illégalité de leur travail, mais la réglementation était bien peu contraignante en la matière. Il n'est besoin d'aucune qualification particulière, d'aucune autorisation préalable. On ouvre le bureau et puis on le déclare. Basta !

— Eh bien… J'aimerais vous parler de vive voix. C'est une affaire urgente. Où est votre bureau ?

Cho Bum-chun, la bouche pleine, lui proposa un rendez-vous à 14 heures, puis il raccrocha. Il avait mordu à l'hameçon, sans aucune méfiance.

L'officine se trouvait au troisième étage d'un immeuble vétuste, qui accusait ses trente ans. Lee Pyeong-so et Hong In-hyuk montèrent l'escalier étroit et poussiéreux. Sur le palier, au fond du couloir, Lee Pyeong-so poussa une porte en aluminium, sur laquelle une enseigne en plexiglas indiquait le centre de services.

Un homme aux cheveux bouclés, à la peau mate et aux lèvres luisantes de graisse, les deux jambes sur un bureau métallique, feuilletait le journal en mâchonnant un chewing-gum. Il replia vivement ses jambes et arrêta de mastiquer. Ses yeux se plissèrent de nervosité. Il sentait que les intrus appartenaient à la police.

— M. Cho Bum-chun ? dit le commandant.

— C'est pour quoi ? répondit l'homme, d'un air peu avenant.

Lee Pyeong-so sortit son badge de policier. Il s'assit sur le canapé, dont le similicuir déchiré laissait voir la mousse de rembourrage. La pièce était exiguë : entre le bureau derrière lequel Cho Bum-chun était assis et le canapé, pas même deux pas. Un autre bureau métallique occupait l'espace, mais vide pour l'instant : son propriétaire devait être en mission à l'extérieur.

— Je suis le commandant Lee Pyeong-so du commissariat central de Suwon. C'est moi qui vous ai appelé hier. Voici le lieutenant Hong In-hyuk.

Le lieutenant hocha sèchement la tête et, ayant pris place à côté de son chef, il croisa les jambes.

— Ça alors ! Vous avez de l'argent à récupérer ? dit Cho Bum-chun.

Un rictus souleva un coin de sa bouche graisseuse.

— Je t'ai appelé tout à l'heure. Mais aussi le mois dernier. Et pourquoi, à ton avis ?

Lee Pyeong-so le tutoyait. Il était plus à l'aise pour s'adresser à un petit malfrat comme lui qu'à de bons citoyens. Entre professionnels, on se reconnaît.

— Le mois dernier ? Vous m'avez parlé ?

Le commandant donna des coups de pied dans le canapé face à lui. Manière de dire : viens et assieds-toi ici. Cho Bum-chun cracha son chewing-gum dans un cendrier et obtempéra. Il faisait le faraud en s'asseyant en face de Lee Pyeong-so.

— Je n'ai rien à voir avec Suwon. Je suis un homme d'affaires réglo.

— La première fois que je t'ai appelé, je t'ai demandé si tu avais eu une conversation de sept minutes et quarante-deux secondes avec Sol Lisa le 22 avril. La mémoire te revient, Monsieur le procureur général ?

Cho Bum-chun prenait son temps.

— Ah… ça alors. C'est vous qui m'avez appelé ? Et je ne vous ai pas dit que ça ne me rappelait rien ? Sol Lisa ? Qui est-ce ? Qu'est-ce qu'elle a à voir avec moi ?

— Tu m'as dit que c'était ton jour de congé et que ton fils avait joué avec ton portable.

— Ah, c'est ce que je vous ai dit ?

Le commandant jeta un regard circulaire sur la pièce. Imprégnée d'odeur de cigarette, elle était d'une saleté repoussante.

— Tu ne travailles pas le vendredi ?

— Seulement un vendredi sur deux. Nous alternons, mon gars et moi.

— Tu as des week-ends confortables, toi. Bon. Le 22 avril, c'était ton jour de congé ?

— Ben, oui. Je suppose.

— À quoi tu joues ? dit Lee Pyeong-so en lui jetant un regard noir. Vérifie !

— Putain ! Pourquoi t'es comme ça ? grimaça Cho Bum-chun, montant d'un ton.

— Cho Bum-chun. Que tu connaisses Sol Lisa ou non, tu as appelé son portable le 22 avril et parlé avec elle. Dis-moi ce que tu faisais alors et pourquoi tu as appelé ce numéro.

Le commandant griffonna le numéro de Sol Lisa au dos d'un prospectus traînant sur la table basse et le tendit à son interlocuteur.

— C'est ce numéro. Cherche-le dans ton agenda ou ailleurs. Et dépêche-toi.

Le soi-disant procureur général eut une grimace de dépit. Le commandant s'enfonça dans le canapé et en tapota l'accoudoir du bout du doigt. Le lieutenant, lui, considérait la scène d'un œil sévère, veillant à la bonne exécution de l'ordre donné.

Cho Bum-chun retourna à son bureau à contre-cœur, en ouvrit le tiroir et sortit son agenda qu'il jeta devant lui, ce que les deux policiers attendaient. Puis il se mit à le feuilleter en grommelant, l'air furieux. Soudain, son visage changea, ce qui n'échappa pas à Lee Pyeong-so.

— Qu'est-ce que tu as fait ce jour-là ?

Cho Bum-chun referma le carnet. Il tripotait son téléphone sous le bureau, tout en ne quittant pas les policiers des yeux. Lee Pyeong-so se leva du canapé pour s'asseoir sur le bureau. Le malfrat posa son téléphone retourné sur ses genoux.

— J'ai dû faire un faux numéro. Du coup, je suis tombé sur la demoiselle. Putain…

— Quelle demoiselle ?

— La demoiselle que vous cherchez. La propriétaire de ce numéro, répondit-il avec un sourire narquois.

— Tu l'as prise pour qui ? Donne-moi ton téléphone.

Lee Pyeong-so tendit la main pour le saisir, mais Cho Bum-chun se détourna pour l'en empêcher.

— C'est rien. J'avais mal enregistré le numéro de la personne auprès de laquelle j'ai de l'argent à récupérer.

— Tu as toujours ton journal d'appels sur ton appareil ?

— Le journal d'appels ne conserve pas des appels datant de quatre mois. Mais peut-être que s'il s'agit d'un texto ou de KakaoTalk, c'est différent, dit le lieutenant, les bras croisés, debout derrière son commandant.

— Putain ! Vous avez un mandat ?

— Tu en veux un ? cria le commandant. Hé, Cho Bum-chun !

Lee Pyeong-so se pencha et colla son visage à celui du malfrat : deux visages sombres à la peau grenue, grondant de fureur face à face.

— Je me fous de ton business. Mais ça pourrait peut-être m'intéresser. Et ça serait hyper facile de te coffrer si on décidait de passer toutes tes activités au peigne fin. C'est ce que tu veux ? Tu ne préfères pas coopérer en nous disant la vérité ?

Le commandant tendit sa main épaisse sous le nez de Cho Bum-chun et lui demanda son portable.

Le visage tremblant de rage contenue, celui-ci répliqua :

— Je… Comment je peux vous faire confiance ?

Lee Pyeong-so ajouta, pour le faire céder :

— Le recouvrement de créances illégales ne m'intéresse pas. Je veux arrêter un meurtrier, point.

Le malfrat lui tendit son smartphone à l'écran

tout rayé. Il était ouvert sur la fenêtre de KakaoTalk. L'interlocutrice du centre de services de Suyu s'appelait Kim Na-rae. La photo du profil représentait un moineau du Japon posé sur un perchoir en bois, la tête légèrement inclinée de côté.

— Je pense que j'ai enregistré le numéro de Sol Lisa sous le nom de Kim Na-rae.

Le lieutenant qui regardait le portable par-dessus l'épaule de son chef intervint :

— Un échange sur KakaoTalk reste toujours sous le nom avec lequel la communication a commencé, même si on a modifié ou supprimé le numéro plus tard. C'est probablement ce qui s'est passé avec Kim Na-rae… À moins de quitter le tchat.

— Hum…

Le moineau du Japon avait l'air en forme. L'oiseau mort au fond de la cage chez Sol Lisa devait ressembler à ça de son vivant. Lee Pyeong-so avala sa salive, qui avait un goût amer. Il déroula le dialogue KakaoTalk. Il n'y avait que les messages envoyés par le centre de services de Suyu à la propriétaire du moineau du Japon qui ne donnait aucune réponse. Le ton des messages exigeant le remboursement du prêt devenait de plus en plus menaçant.

C'est le centre de services. Mademoiselle, vous avé décidez de ne pas répondre ? Vous avé oubliez votre engagement ?

Vous voulé vrèment envoyer votre père en prison ? Tu crois qu'un caucionement s'eface comme ça ? Ça s'arange pas comme ça. Il fau de la confiance entre nous.

Si tu rembourses pas trente milles wons pour comencer avant la semaine prochaine, tu vas le payer cher. Pourquoi tu décroche pas, espèce de pute ! Je sais pas moi, mais Patron Kwon va pas te laissé tranquille. Du san va coulé.

Jolie demoiselle, tu croi que je connai pas ton adresse ? Où il es ton putain de père ? Tu vas me le dire ? Attend moi, j'arrive.

Dernier message : 22 avril. Le jour où Cho Bum-chun avait parlé pendant sept minutes et quarante-deux secondes au portable de Sol Lisa.

— Qu'est-ce que tout ça veut dire ? demanda Lee Pyeong-so.

Cho Bum-chun, un peu moins stressé, alluma une cigarette.

— J'avais appelé une fille qui s'était portée caution pour son père ; elle m'avait promis de rembourser la dette. Et puis, en voulant enregistrer son numéro dans mes contacts, mes doigts ont appuyé sur une mauvaise touche… Elle ne m'a jamais répondu. Pendant quelques jours, rien.

Il recracha la fumée par le nez. Lee Pyeong-so avait le regard fixé sur cet homme aux cheveux bouclés, environné de fumée.

En fait, Cho Bum-chun avait été chargé par son client, le susdit Patron Kwon, de récupérer l'argent que le père de Kim Na-rae lui devait. Que Kim Na-rae ait ou non accepté de rembourser l'argent à la place du débiteur en fuite n'avait aucune importance. Le malfrat avait même proposé de contacter une société dite de « prêts entre particuliers ». Devant cette menace, Kim Na-rae avait semblé d'accord pour payer. Mais, après cette conversation, le recouvreur de créances illégales avait fait une erreur : il avait enregistré le numéro de Sol Lisa au lieu de celui de la jeune femme. Kim Na-rae n'avait pas tenu parole et ne répondait plus au téléphone. C'est alors que Cho Bum-chun avait envoyé des messages sur KakaoTalk pour récupérer l'argent, menaçant de débarquer chez elle.

— Le jour où tu as envoyé le dernier message, elle a répondu. Que t'a-t-elle dit?

— En discutant, je me suis rendu compte de mon erreur. Après, je n'ai plus appelé. Quand vous m'avez interrogé là-dessus, je n'en avais aucun souvenir, je vous le jure.

— Dis-m'en un peu plus! De quoi avez-vous pu parler pendant plus de sept minutes?

Lee Pyeong-so arracha la cigarette de la bouche de Cho Bum-chun et l'écrasa dans le cendrier. Il avait hâte de coffrer ce voyou qui avait fait passer la dette du père sur la fille et qui avait menacé celle-ci de la faire rendre par le biais d'une société de « prêts entre particuliers ». L'ironie voulait que des indices décisifs sur le meurtre soient fournis par ce malfrat.

— Putain… ! Si elle avait dit tout de suite que je m'étais trompé de numéro, je ne lui aurais pas parlé si longtemps…

— Raconte-moi tout depuis le début.

— Je lui envoie un message sur KakaoTalk. Quelques minutes plus tard, elle me rappelle. Je lui demande pourquoi elle ne répondait ni au téléphone ni aux messages. Avait-elle oublié de me rembourser? C'était vraiment vache… Du coup, je lui ai dit quelques amabilités… mais elle se contentait d'écouter… Après, qu'est-ce qu'elle a dit ?… Ah oui. Elle m'a demandé si son père s'était endetté. Alors moi, arrête de plaisanter, je lui dis. J'ai tout expliqué : son père, la dette de 43 millions de wons, la promesse de me rembourser 3 millions de wons, le fait qu'elle était garante de son père en fuite.

Cho Bum-chun atténuait fortement les insultes et le ton menaçant qu'il avait dû utiliser. En réalité, il avait dû hurler pour que son interlocutrice en reste pétrifiée de peur.

— Alors elle m'a demandé si je l'avais déjà jointe à ce numéro. C'était complètement fou… Du coup, je lui ai dit d'arrêter ses salades : on s'était parlé la semaine précédente. Ben c'est là qu'elle m'a dit que je m'étais peut-être trompé de numéro et qu'elle m'a demandé à qui je voulais parler… Je lui ai demandé si elle était Kim Na-rae et elle m'a répondu non. En fait, je ne reconnaissais pas la voix… Kim Na-rae avait un petit filet de voix, alors que la personne qui me parlait avait une voix rauque et plus mûre. Du coup je lui ai demandé pourquoi elle ne m'avait pas dit tout de suite que je faisais erreur. Il suffisait de me répondre sur KakaoTalk, non ? C'est vrai que ça a duré sept minutes ?

Lee Pyeong-so photographia chaque fenêtre du dialogue sur l'écran.

— Ces messages, c'est toi qui nous les as fournis volontairement. Et puis, si je t'appelle demain, viens au commissariat central de Suwon.

Cho Bum-chun, impressionné par le ton sans réplique du commandant, retint ses protestations.

— Tu veux que je retrouve Kim Na-rae et que je te poursuive pour recouvrement de créances illégales, agressions et menaces ? Tu veux que je fouille dans tes affaires louches ?

Cho Bum-chun referma sa bouche luisante de graisse. Il fixa le commandant, pareil à un crapaud retenant son souffle.

24

La solitude du mal

Park Shim entra dans le bâtiment principal de l'hôpital Sung-lim à Suwon. Sa chemise bleu ciel lui collait à la poitrine et la sueur qui coulait dans son cou en avait imbibé le col. Le jeune homme avait l'impression d'avoir porté une boule de feu sur la tête depuis Séoul. La chaleur était telle que de la vapeur s'élevait de la chaussée asphaltée.

L'air du hall était tiède. Fronçant les sourcils, Park Shim examina les alentours du bureau d'information. Des patients en tenue d'hôpital erraient çà et là, poussant leur perfusion ou manœuvrant leur fauteuil roulant. L'accueil était bondé de malades attendant leur tour. Une femme d'âge moyen, son ordonnance à la main, bouscula Park Shim. Des infirmières en uniforme rose se racontaient leurs histoires, des femmes de ménage, le regard vide, poussaient leur chariot. Un enfant atteint d'un cancer mangeait une glace. C'était le personnel soignant et les patients habituels de l'hôpital. Park Shim en ressentit une légère migraine.

Il se sentait mal depuis qu'il avait pris le métro pour Suwon. Quand il avait constaté que le portable de Kim Yeol était éteint, il avait été très inquiet. Et il s'était alors souvenu qu'en le quittant devant le commissariat, Kim Yeol l'avait prévenu qu'il irait à l'hôpital Sung-lim le lendemain : ce jour, donc. Il avait même précisé : à 16 heures.

Les aiguilles de l'horloge murale indiquaient 15 h 43.

— Bonjour, j'aimerais savoir dans quelle chambre est hospitalisée une patiente, s'il vous plaît, demanda-t-il à un employé en uniforme vert clair, assis au bureau d'information.

Celui-ci désigna la paroi vitrée du bureau des admissions. Park Yi-eum. C'était son nom… Park Shim le marmonna en traversant le couloir. Elle avait été victime d'une crise de panique lors d'un interrogatoire au commissariat central de Suwon et avait été amenée à l'hôpital le plus proche. Elle y était toujours : en plus de la crise de panique, un zona s'était déclaré.

— Oui. Mlle Park Yi-eum. Chambre 1601. On vient de la transférer en chambre individuelle, dit l'employée après avoir consulté son ordinateur.

— Chambre 1601 ? Merci.

Park Shim prit l'ascenseur, qui s'arrêta plusieurs fois avant d'arriver au seizième étage. La sueur maintenant refroidie le faisait frissonner. Il s'essuya le front et le cou avec la manche courte de sa chemise. « Qu'est-ce que je vais bien lui dire ? Que Kim Yeol soit là ou non ne change rien à l'affaire. Comment me présenter à cette femme inconnue ? Et, au fait, pourquoi suis-je venu ici ? »

« C'est bien toi qui as donné la Phénelzine à Sol Lisa ? »

Première question qu'il voulait poser à Kim Yeol la prochaine fois qu'il le verrait.

« J'ai tout entendu par hasard au commissariat après notre séparation. Sol Lisa est morte d'une intoxication à la Phénelzine. La Phénelzine que le type qui s'est suicidé l'an dernier t'avait passée, tu l'avais gardée ? Mais comment se fait-il qu'on en retrouve dans le corps de Sol Lisa, abandonné dans la montagne ? »

Sur le mur du couloir, à côté de la chambre 1601, figurait une étiquette portant un nom : Park Yi***.

C'était bien une chambre individuelle. Park Shim colla son oreille à la porte : aucune voix, aucun bruit. Un patient âgé qui poussait sa perfusion à roulettes lui lança un regard soupçonneux. Le jeune homme comprit que son geste pouvait être mal interprété. Il prit son courage à deux mains et frappa à la porte de son index replié.

— Excusez-moi, dit-il en entrant.

Le store dissimulait presque la totalité de la fenêtre. Il aperçut le dos d'une femme allongée. Menue, les cheveux courts. Sous la tenue de malade où étaient inscrits verticalement le logo et le nom de l'hôpital, des épaules toutes maigres se dessinaient. À côté de la porte, une salle de bains avec des toilettes et, de l'autre côté du lit, un canapé pour un proche. À une extrémité, une couverture pliée soigneusement et en dessous le bout d'une paire de pantoufles bien alignées. On en déduisait que la personne qui avait rangé ces affaires s'était absentée depuis un moment. La femme allongée se tourna lentement vers lui pour le regarder. Elle avait un visage fin, marqué par la fatigue et la dépression.

— … Qui êtes-vous ? s'enquit-elle d'une voix sèche et grave.

— Vous êtes bien Mlle Park Yi-eum ? lui demanda Park Shim, debout près du lit.

— Vous me connaissez ?

Le jeune homme frotta ses mains moites sur son pantalon.

— Non. Mais… Kim Yeol m'a dit qu'il viendrait vous voir aujourd'hui… il n'est pas encore venu ?

Park Yi-eum s'assit et chaussa ses lunettes à monture brune posées sur sa table de chevet.

— Kim Yeol ? Non… Vous êtes ici pour le voir ?

Park Shim avala sa salive. Park Yi-eum le scrutait, les yeux angoissés.

Un étrange jeune homme venait jusque dans sa chambre pour retrouver une connaissance ? Son anxiété, palpable, alourdit l'atmosphère de la pièce.

— … Puis-je m'asseoir un instant ? Je m'appelle Park Shim. Je ne veux pas vous gêner mais j'ai des informations à vous transmettre sur Sol Lisa et Kim Yeol. Grâce à ce dernier, j'ai beaucoup appris sur EC et sur ce qui s'est passé.

Au nom de Sol Lisa, Park Yi-eum ouvrit la bouche pour pousser un gémissement ou un cri, on ne savait pas trop.

— … de quoi vous… ?

— Yeol m'a dit qu'il allait venir. Mais j'ai besoin de vous parler avant son arrivée, ajouta-t-il rapidement.

Park Yi-eum, de son bras perfusé, lui indiqua la chaise près du lit. Son doigt tremblait. Elle comprenait qu'elle allait devoir affronter une réalité qui l'effrayait. Elle préférait être fixée au plus vite.

Les petites bouteilles de jus de fruits que Kim Yeol avait achetées dans la boutique de l'hôpital s'entrechoquaient dans le carton au rythme de ses pas. Les épaules largement ouvertes, il avançait avec assurance, vêtu d'un costume qui mettait en valeur son corps jeune et bien bâti. Il portait aussi une cravate.

Un garçon d'environ cinq-six ans, une figurine de dinosaure entre les mains, sortit d'une chambre en criant. Il se cogna la tête contre la cuisse de Kim Yeol qui passait dans le couloir et tomba. Kim Yeol trébucha et lâcha le carton. L'enfant se mit à pleurer bruyamment.

— Oh, mince alors ! Désolée. Ça va ? Mon fils est vraiment insupportable, dit la maman qui arriva en toute hâte de la chambre et releva l'enfant.

Elle était en effet tellement désolée qu'on avait l'impression qu'elle pleurait au lieu de parler.

— Ça va, répondit Kim Yeol comme si de rien n'était.

Il ramassa le carton de bouteilles. La mère répéta ses excuses pendant qu'elle essuyait les larmes de l'enfant du bout de sa manche. L'enfant pleurnichait tout en regardant Kim Yeol du coin de l'œil. Celui-ci ramassa la figurine tombée à terre et la lui redonna. En voyant le sourire du jeune homme, l'enfant, soulagé, éclata de rire.

— Dis : « Je suis désolé » au monsieur, fit sa maman.

— Je suis désolé, dit l'enfant de sa petite bouche.

L'enfant et sa mère disparurent dans la chambre.

Kim Yeol épousseta son costume et atteignit la chambre 1601. Son sourire s'effaça. Son visage était déterminé, il était prêt à un affrontement sérieux.

— Bonjour, dit-il en ouvrant la porte coulissante.

Les bras enlaçant ses genoux joints, Park Yi-eum était assise sur le lit. Son regard vide se tourna vers le visiteur.

— … Kim Yeol ?

— Je me suis arrêté en chemin parce qu'on m'a dit que vous aviez changé de chambre aujourd'hui.

Il se retourna pour fermer la porte et, des yeux, fit le tour de la chambre. Son regard se fixa un moment sur le canapé vide.

— Où est votre mère ?

— Il ne fallait pas… tu es déjà venu me voir une fois. Ma mère est rentrée à la maison et elle reviendra ce soir. Mais…

Park Yi-eum cilla plusieurs fois devant l'apparence inhabituelle de Kim Yeol.

— Pourquoi ce costume ?

— J'ai passé un entretien d'embauche. Je pensais n'avoir aucune chance, mais je l'ai fait quand même.

Il posa le carton rempli de bouteilles par terre et s'assit sur la chaise à côté du lit. Puis il défit son étroite cravate bleue avec brusquerie, comme s'il l'arrachait.

— Ouf, ça m'étouffait. Je n'ai pas l'habitude.

Il la posa sur la table de chevet. Puis il ouvrit un bouton de sa chemise. Park Yi-eum baissa la température du climatiseur en utilisant la télécommande ; elle sortit une canette de jus de fruits du miniréfrigérateur et la tendit à Kim Yeol. Il la but à grandes gorgées. Sa pomme d'Adam s'agita. Comment vous sentez-vous ? Ça va. Un échange banal. Elle répondait aux questions de Kim Yeol, sans cacher son étonnement devant cette deuxième visite.

Après les formules de politesse et un moment de silence, il lui lança :

— Moi aussi, j'ai été convoqué au commissariat hier.

La main de Park Yi-eum qui tapotait l'oreiller resta en suspens.

— … Vraiment ?

Kim Yeol se pencha vers elle. Ne pouvant éviter son regard, elle rentra la tête dans ses épaules.

— Ne vous inquiétez pas.

— Mais de quoi ?

— J'ai dit que j'avais rencontré Sol Lisa en avril, lors de sa visite au bureau.

Derrière ses lunettes, le regard de Park Yi-eum vacilla. Elle se recula dans le lit.

— Quoi ?

— J'ai dit aussi que j'avais parlé avec Sol Lisa juste avant que la voiture de M. Ban quitte le camping. J'ai dit que je lui avais demandé si elle voulait un médicament contre le mal des transports. Vous ne comprenez pas ce que je veux dire ? poursuivit-il en fixant le visage blafard de son interlocutrice. Je veux dire que j'ai dissimulé le fait que M. Ban Tak-shin et vous avez chargé le cadavre de Sol Lisa dans la voiture.

— Mais… mais… de quoi tu parles ? hurla la jeune femme.

Sa bouche ressemblait à un trou percé dans une toile blanche. Mais sa voix n'avait aucune puissance. Son regard vide fixait l'épaule de Kim Yeol. Et elle secouait la tête comme un automate déglingué, tentant de repousser le flot de paroles qui se déversait devant elle.

— Non. Tu dis n'importe quoi…

— Mais de quoi vous inquiétez-vous ? Nous ne sommes que tous les deux ici. Je vous dis que je vous ai protégée.

— Protégée de quoi ?

— La nuit de notre sortie, vous avez quitté la table pour aller vous coucher. Puis Im Na-min vous a suivie. Environ vingt minutes plus tard, M. Ban Tak-shin a répondu à son téléphone et il est parti. Je suis resté seul un moment. M. Ban avait l'air complètement désemparé quand il a répondu. J'ai vu qu'il faisait semblant de se diriger vers la caravane, alors qu'il prenait le sentier de promenade. C'est bien vous qui l'aviez appelé, non ? C'est vous qui l'aviez appelé après avoir trouvé le corps de Sol Lisa. Mais où ? Dans le pavillon ? Elle est morte dans le pavillon de la promenade ?

Le regard de Park Yi-eum vacillait sous les yeux inquisiteurs de Kim Yeol.

— De quoi tu parles ? Tu dis que Sol Lisa était mo… morte ? Non, c'est en mai… en mai…

— Lorsque vous êtes entrée dans la caravane, Sol Lisa n'y était pas. Elle vous avait pourtant dit qu'elle allait se coucher. Alors, vous êtes partie à sa recherche et vous l'avez trouvée sur le sentier.

— Non, non.

Le regard vide, Park Yi-eum fixait un point par-dessus l'épaule de Kim Yeol. Elle hochait la tête sans pouvoir s'arrêter, comme une mécanique déréglée, et marmonnait des protestations à destination d'un interlocuteur invisible. « Non. Lisa est bien partie le 8 mai après m'avoir prévenue de son voyage. Avant, on s'est vues plein de fois. Qu'est-ce que tu racontes ? Lisa morte au camping ? Non. Lisa a disparu le 9 mai. Le 9 mai. »

— Mademoiselle Park Yi-eum. Vous étiez bien l'amie de Sol Lisa ?

L'intervention de Kim Yeol la stoppa net. Il insista sans lui laisser de répit.

— Vous n'avez ressenti aucune peine, aucune compassion pour votre amie que vous avez retrouvée morte ? Vous avez seulement pensé à cacher son cadavre et vous avez appelé M. Ban ! Je suis curieux de savoir comment ça s'est passé.

— Raaah !

Park Yi-eum hurla et tenta de se lever du lit. Kim Yeol se précipita vers elle. En un mouvement rapide et précis, il la saisit par les bras pour la forcer à se rasseoir. Il ne lui laissait aucune échappatoire.

Tout en la maintenant, il poursuivit.

— Oui. C'est pourquoi vous avez appelé M. Ban. Un autre suicide à EC. Et pendant la sortie, en plus. Quel échec ! Un événement fatal pour M. Ban. Qui ferait très mauvais effet à son procès. Qui mettrait à mal les fondements mêmes de son projet tourné vers la vie. Avant de songer à vous débarrasser du corps de votre meilleure amie, vous avez pensé à la position de M. Ban… Quelle relation avez-vous donc avec lui ?

— Je… Lâche-moi. S'il te plaît…

Elle tremblait. Le tube de la perfusion, planté dans son bras mince oscilla.

— C'est votre âme sœur ?

Il roula les mots dans sa bouche avec délectation pour bien se pénétrer de leur sens.

— Alors votre âme sœur est venue vous voir à l'hôpital ?

Park Yi-eum s'effondra sur le lit, comme frappée d'un coup fatal. Ses forces l'avaient abandonnée.

Kim Yeol relâcha son étreinte.

— M. Ban et vous avez transporté le corps jusqu'à la caravane et l'avez déposé sur le lit du bas. Ensuite, vous-même vous êtes installée sur le lit du haut. Quand Im Na-min est entrée à son tour, vous faisiez semblant de dormir. Dès qu'elle est tombée dans un sommeil profond, vers la fin de la nuit, vous avez sorti le corps avec l'aide de M. Ban et vous l'avez mis dans la voiture. Le lendemain matin, M. Ban a annoncé qu'il y avait un changement de programme et qu'il devait partir très vite. Vous nous avez dit que Sol Lisa faisait quelques pas pour se dégriser et qu'elle ne pouvait pas prendre son petit déjeuner. Mais, ne vous inquiétez pas, Im Na-min n'a rien vu. Le premier jour, j'ai fait exprès de discuter longuement avec elle à son retour de promenade. Le lendemain matin, occupée à se préparer pour le départ précipité, elle n'a manifesté aucun étonnement devant le fait que Sol Lisa était déjà dans la voiture.

— Raah… Comment tu as ?… Mais pourquoi ?…

Le visage de Park Yi-eum exprima un mélange de peur et de découragement. Elle s'appuya sur sa main posée sur le lit, y transférant tout le poids de son corps. Manifestement, elle ne pouvait plus résister à cette révélation imprévue et cruelle.

— Comment je le sais ? Ou alors pourquoi je n'ai rien dit ? compléta Kim Yeol. Je me suis demandé ce que vous faisiez. Alors, je me suis contenté de vous observer. Quelques mois plus tard, on a appris que le corps de Sol Lisa avait été retrouvé dans une montagne près de Suwon. Et là, j'ai tout compris. Pour cacher le suicide d'un membre d'EC pendant la sortie, vous avez déplacé le cadavre et vous l'avez enterré. Pendant un certain temps, vous avez fait comme si Sol Lisa était vivante, puis comme si elle avait disparu lors d'un voyage impromptu. Cette idée, elle venait bien de M. Ban, non ?

— C'était pour les autres membres… répondit Park Yi-eum, la gorge serrée.

— Vous êtes en train de me dire que tout ce cirque c'était pour Im Na-min et moi ? dit Kim Yeol, l'air intéressé par cette nouvelle. Mais pourquoi pour nous ?

La jeune femme, mordant ses lèvres tremblantes, enfouit son visage dans ses mains. Lui, cessa de parler pour l'observer.

Il se redressa sur sa chaise et attendit qu'elle reprenne son souffle.

— Vous n'avez pas voulu nous inquiéter avec la mort d'un autre membre ? Vous aviez peur que cela ne nous affecte et ne provoque chez nous la même pulsion suicidaire ?

Aucun blâme, aucun reproche dans ces propos. Ils étaient prononcés d'une voix réconfortante, propre à encourager son interlocutrice. Le visage dans les mains, elle hocha la tête. Elle semblait prise de convulsions.

Des cris ou des sanglots – impossible à préciser – filtraient à travers ses doigts.

« Oui, c'était bien ça. Tout avait été fait pour nous. »

Comme pour s'en convaincre elle-même, elle n'arrêtait pas de hocher la tête.

— Qu'est-ce qui va se passer maintenant ? Qu'est-ce qui va rester de tout ça ? soupira-t-il. Quand j'ai témoigné, j'ai évité de raconter ça, mais combien de temps vais-je pouvoir continuer ainsi ? La police va bientôt tout découvrir. Je serai peut-être poursuivi pour avoir menti. M. Ban est prêt à s'enfuir. Il m'a dit qu'il avait franchi la ligne rouge et que tout était devenu incontrôlable. Et tout est remis en question, y compris pour lui. M. Ban nous a… non, il vous a abandonnée.

— Non, c'est pas vrai. Il était dangereux de s'appeler, on s'est mis d'accord pour ne pas s'appeler pendant un moment… dit-elle précipitamment en découvrant son visage.

— Il s'est enfui ! Pourquoi suis-je ici, d'après vous ? cria-t-il.

La jeune femme en resta bouche bée de surprise.

— Vous pensez que je n'ai pas parlé à M. Ban ? Je lui ai dit que je savais tout ! Eh bien, imaginez-vous qu'il a tout nié ! Même quand je lui ai dit que j'avais vu de mes propres yeux que vous portiez le cadavre de Sol Lisa ce jour-là. Il m'a traité de menteur. Il m'a assuré qu'il n'était pour rien là-dedans ! « Et Park Yi-eum, qu'est-ce qu'elle va devenir ? » lui ai-je demandé. — Ça ne me regarde pas », m'a-t-il répondu. Il a ajouté qu'il couperait les liens avec des minables comme nous. Des psychopathes qui ne voient pas la réalité en face !

D'étranges accros aux relations humaines ! Il en était malade de dégoût. Puis il est sorti du bureau. Alors, réveillez-vous, mademoiselle Park Yi-eum !

Devant ces révélations, la jeune femme sentit ses dernières forces l'abandonner. Elle n'avait pas envie d'y croire, c'était désespérant, mais impossible de l'éviter. Son âme s'effondrait.

De sa cachette, Park Shim perçut cet effondrement. Tous les espoirs qu'elle conservait encore étaient brisés, il n'en restait même pas la poussière.

— C'est… ce n'est pas possible… marmonna-t-elle.

Puis elle ferma les yeux et se tut. Son corps, adossé à la tête de lit, semblait bien frêle.

Kim Yeol dirigea son regard vers elle.

— Ce jour-là… j'ai fait une promenade avec Sol Lisa. On a discuté avant qu'elle se suicide.

Sa voix tremblait, comme s'il se remémorait un événement venant d'un passé lointain.

— Elle m'a dit qu'elle était un fardeau pour vous. Elle regrettait de ne pas se sortir de la maladie aussi vite qu'elle l'aurait voulu et elle s'en sentait coupable envers vous. Elle était tellement désolée pour vous qu'elle faisait semblant d'aller mieux, mais ça lui était difficile…

Recroquevillée sur elle-même, Park Yi-eum était tout ouïe.

— … Elle était à la fois reconnaissante envers vous et désolée : elle avait envie de vous laisser la quitter, mais la pensée de vous perdre la rendait folle. Elle m'a demandé conseil. Peut-être que c'est là qu'elle a décidé de se suicider. Elle avait l'air très… sombre. Les rires, les sourires qu'elle arborait pendant le barbecue, tout ça, c'était de la comédie. Elle y avait mis ses dernières forces avant de se suicider. Parce qu'elle se sentait coupable envers vous de ne pas aller mieux alors que vous faisiez le maximum pour elle.

Il reprit, après une pause.

— Vous, vous avez sali le corps de Sol Lisa. Mais cela lui est égal maintenant. Elle ne peut plus rien en savoir. Sol Lisa a trouvé la paix dans la mort. C'est nous qui sommes stupides. Ceux qui vivent un enfer ont juste besoin d'un peu de courage pour prendre un autre chemin. Et nous ne pouvons pas les en empêcher. Et peut-être… que pour ceux qui ont un enfer dans leur cœur, ce serait le meilleur choix. Personne n'a le droit de les en empêcher.

La porte s'ouvrit doucement dans le dos de Kim Yeol.

— Un tout petit peu de courage suffit… Et finie la souffrance. Vous le savez très bien. Votre angoisse et vos souffrances psychologiques ne finiront jamais.

Concentré sur son discours, il ne remarquait pas ce qui se passait derrière lui.

— Vous n'êtes pas d'accord ?

Elle était incapable de dire un mot.

— Arrête ! Ça suffit maintenant !

La voix venait de la porte entrouverte de la salle de bains.

Kim Yeol sursauta avant de se retourner.

Un jeune homme aux sourcils noirs comme du charbon avait les larmes aux yeux. La porte s'ouvrit lentement, poussée de l'intérieur.

— Arrête ça ! ajouta-t-il d'une voix étranglée.

La sueur de son front ruisselait le long de son nez.

La surprise ne dura qu'une seconde.

Comme une étincelle qui se propage peu à peu, un air de jubilation se répandit lentement sur le visage de Kim Yeol.

— Park Shim, tu es là !

Sa voix joyeuse était chargée d'une étrange excitation.

— Alors, je compte sur vous, monsieur. Envoyez-la-nous dans la journée, s'il vous plaît.

Lee Pyeong-so éteignit son portable avant de le mettre dans la poche arrière de son pantalon. Stimulé par les progrès de l'enquête, il sentait sa fatigue s'envoler.

— Il l'a ? lui demanda son lieutenant, tenant le volant.

— Euh. Il a la vidéo d'une fête d'anniversaire au lycée. On lui fera écouter sa voix.

— Je pense que nous avons déjà la réponse. Cho Bum-chun a bien dit avoir parlé avec une femme à la voix rauque. C'est Park Yi-eum.

Le commandant croisa les bras et s'enfonça dans le siège passager. Les deux policiers se rendaient à l'hôpital Sung-lim pour voir Park Yi-eum. Ils allaient enregistrer la voix de la jeune femme, avec son consentement. Le lendemain ils la feraient écouter à Cho Bum-chun, ainsi que celle de Sol Lisa, en même temps que les voix de trois policières aux timbres bien distincts. En ce qui concernait la voix de Sol Lisa, il suffirait de reprendre celle de la vidéo que son père leur enverrait dans la journée.

— Au moins, cela va prouver que Park Yi-eum prétendait être Sol Lisa en utilisant son téléphone.

— Oui. Il est ironique qu'elle se soit fait pincer à cause d'un minable comme Cho Bum-chun, dit le commandant avec un rire amer.

— Tout était facile pourtant. Il lui suffisait de donner une réponse formelle au texto de la belle-mère de Lisa. Elle n'avait qu'à ne pas répondre aux éventuels appels. Mais elle n'a pas su comment répondre aux messages demandant le remboursement de la dette du père. Elle devait croire que le père de Sol Lisa était réellement poursuivi pour dettes. Comme elle ne répondait ni aux appels téléphoniques de Cho Bum-chun ni à ses messages sur KakaoTalk, Cho Bum-chun a annoncé qu'il allait débarquer chez elle. Là, elle a dû vraiment s'inquiéter. Si ce malfrat grossier et violent débarquait et demandait Sol Lisa… elle était dans la merde. Parce que là, impossible de cacher la disparition de la jeune fille, dit le lieutenant.

Il venait de réussir à intégrer la file de gauche et il mettait son clignotant.

— Pour moi, commandant, Park Yi-eum a répondu à Cho Bum-chun parce qu'elle voulait l'empêcher de venir chez elle comme il l'en menaçait. En même temps, elle avait une autre idée : profiter de la situation.

— Profiter de la situation ?

Lee Pyeong-so tendit l'oreille.

— Oui, Park Yi-eum devait tôt ou tard arrêter de se faire passer pour Sol Lisa. Je ne suis pas sûr qu'elle ait dès le début conçu le plan du voyage imprévu. Autre possibilité : si la jeune femme était poursuivie pour les dettes de son père, il lui suffisait de s'adapter à ce scénario : Sol Lisa avait disparu pour ne pas payer.

— Hum. Pas mal. C'est un scénario plus crédible que celui du voyage impromptu.

Il tapota l'avant-bras du lieutenant en manière de compliment.

Hong In-hyuk en sourit de satisfaction.

— Quoi qu'il en soit, comme elle avait besoin de connaître l'histoire exacte, elle a répondu à l'appel de Cho Bum-chun.

— Si ç'avait été Sol Lisa, elle aurait compris tout de suite qu'il s'agissait d'une erreur. Mais, pour elle, c'était impossible. Elle n'avait pas d'autre choix que d'écouter Cho Bum-chun. Au bout d'un moment, elle a dû demander si son père était endetté. Et c'est seulement après sept minutes et quarante-deux secondes de conversation qu'elle a compris la méprise.

— Donc, même si Cho Bum-chun n'arrive pas à reconnaître sa voix avec certitude, on a toujours la possibilité de prouver que l'interlocutrice n'était pas Sol Lisa par le contenu de l'appel.

Les yeux de Hong In-hyuk en brillaient de contentement lorsqu'il s'arrêta au feu rouge.

— Ban Tak-shin devait être dans les coulisses, non ?

— Tout à fait. Dès le début, j'ai senti qu'ils étaient complices tous les deux. Il est probable que Ban Tak-shin ait mené le jeu. Après avoir reçu les messages de Cho Bum-chun sur KakaoTalk, elle a dû discuter avec son mentor. Et lui, il a dû lui conseiller de répondre aux appels et d'examiner la situation avant que Cho Bum-chun vienne chez elle.

— Mais alors, quand Sol Lisa est-elle morte ? Je

suppose que c'est au moment de la sortie. Quand on voit la veste qu'elle portait…

Le regard de Lee Pyeong-so se durcit. Ses joues se crispèrent nerveusement.

— C'est très probable. D'après toi, pourquoi Park Yi-eum a-t-elle entretenu l'illusion que Sol Lisa était vivante jusqu'au 8 mai en allant régulièrement chez elle et en utilisant son portable ? Elle voulait mettre de la distance entre la sortie et la mort de la jeune femme, faire en sorte qu'on ne les relie pas. C'est la seule raison valable.

La voiture traversa le pont sur le fleuve Han et aborda l'autoroute Gyeongbu. Lee Pyeong-so continuait de parler tout en cherchant un numéro sur son portable.

— Depuis les débuts d'EC, Park Yi-eum allait voir Sol Lisa presque tous les jours et elles s'appelaient régulièrement. Elle ne pouvait pas arrêter quand la jeune fille est morte. Sinon, n'importe quel idiot aurait pu faire le lien entre la mort de Sol Lisa et Park Yi-eum. En fait, il était possible d'agir ainsi parce que Sol Lisa n'avait de relations qu'avec elle et qu'elle vivait très isolée.

— Ah, au fait, la visite de Sol Lisa à l'AAD, n'est-ce pas tout de suite après la sortie ? Début mars, quand le vent printanier était encore froid. Mais il est possible que Kim Yeol se trompe sur la date.

— Je ne suis pas de ton avis.

Le commandant appuya sur le bouton d'appel et approcha le portable de son oreille.

— Ce n'est pas juste après la sortie mais le jour même.

Avant que le lieutenant ait pu lui répondre, le correspondant de Lee Pyeong-so avait décroché. Ce dernier se redressa sur son siège, tendu.

— Allô ? Bonjour mademoiselle Im Na-min, ici le commandant Lee Pyeong-so du commissariat central de Suwon. On s'est vus l'autre jour pour l'affaire Sol Lisa. Puis-je vous dire quelques mots tranquillement ?

Hong In-hyuk, silencieux, écouta attentivement la conversation avec cette dernière participante à la sortie de mars. Après la traversée de Yangjae, finis les bouchons. Depuis les débuts de l'enquête, ils avaient fait le trajet Séoul-Suwon un nombre de fois incalculable. Il pouvait se concentrer sur la conversation du commandant tout en appuyant sur l'accélérateur.

Lee Pyeong-so raccrocha au bout de trois minutes.

— Tu as entendu ?

Façon de lui demander s'il avait compris, non seulement le fond de la conversation, mais les sous-entendus.

— Oui, commandant, dit-il en hochant la tête d'un air sombre.

— Elle n'est pas sûre à 100 % parce que ça fait déjà un certain temps… Avant de partir ce matin-là, il ne lui semble pas avoir vu Kim Yeol proposer à Sol Lisa un remède contre le mal des transports. C'est après avoir mis la voiture en route, dit-elle, que Kim Yeol lui avait rapporté la conversation. Elle n'a pas non plus souvenir d'avoir entendu la voix de Sol Lisa ce jour-là. Qu'en penses-tu ?

— … Kim Yeol serait-il lui aussi impliqué ? Il est si craintif, si timoré.

— Ça, je ne le sais pas pour l'instant. En tout cas,

je suis persuadé qu'il ment, et beaucoup. À mon avis, le seul membre du groupe à ne pas être impliqué est Im Na-min. Bon. Supposons que Kim Yeol ait tout inventé : il a menti en déclarant avoir parlé avec Sol Lisa ; il a menti en disant que cette dernière était venue à l'AAD en avril.

— Oh… quand même, commandant, dit le lieutenant en secouant la tête. Vous savez quoi ? L'étudiant en droit, ce garçon aux gros sourcils qui est venu avec Kim Yeol. Il nous a dit que Kim Yeol lui avait aussi raconté cette visite de Sol Lisa quand ils avaient pris un pot ensemble… Alors lui aussi mentirait ?

— Non, je ne pense pas. Il n'y a a priori aucune raison pour que cet étudiant mente. Park Shim nous a tout simplement rapporté ce que lui avait dit son ami. C'est peut-être ce que voulait Kim Yeol : donner de la réalité à son témoignage.

— Kim Yeol n'a pas l'air si intelligent ni si rusé. C'est plutôt un demeuré, non ?

— Les apparences sont parfois trompeuses. Bref… (Lee Pyeong-so se pinça les lèvres, sûr de lui.) Sol Lisa était déjà morte dans la voiture.

Juste à ce moment, un camion les dépassa à toute vitesse ; le déplacement d'air fit tanguer la voiture. Tous deux en eurent la vision brouillée. Bientôt ils traversèrent Seongnam dans le département de Gyeonggi, après être passés par la place du Rendez-Vous entre Séoul et le département voisin. Le menton sur la main, Lee Pyeong-so était plongé dans ses réflexions.

— … Est-ce un meurtre ? dit Hong In-hyuk, rompant le silence.

Pas de réponse.

— L'un des trois aurait empoisonné Sol Lisa et tous les trois auraient participé à la dissimulation du corps ? reprit le lieutenant.

Toujours pas de réponse.

— Ou alors, elle se serait suicidée ?

— Est-ce bien de la Phénelzine que prenait Cho No-hoon ? demanda le commandant, changeant de sujet.

— Oui.

Le matin même, un policier de l'équipe avait confirmé que l'on avait prescrit de la Phénelzine à Cho No-hoon lors de son séjour aux États-Unis. Aussitôt informé, Lee Pyeong-so lui avait demandé de retrouver Ban Tak-shin et de le surveiller discrètement. Le filet se resserrait.

— En reconstituant le trajet de la Phénelzine, on arrivera à savoir s'il s'agit d'un suicide ou d'un meurtre. Et une fois cette question éclaircie, on pourra demander un mandat.

— Il est très possible que ce soit un suicide car il est difficile de trouver le motif d'un empoisonnement délibéré.

— Tu crois ?

— Oui. Franchement, oui.

— Dans ce cas, pourquoi avoir dissimulé le corps ? demanda le commandant.

Il avait sa petite idée, mais il voulait entendre une confirmation.

— Parce qu'un suicide serait un coup dur pour le groupe censé prouver que la dépression peut être guérie sans antidépresseurs. Quand on est obsédé par une idée, on ne voit qu'elle. C'est bien ce qu'on appelle l'effet tunnel ?

Un panneau apparut soudain, indiquant la route vers Suwon IC.

— Ce serait encore plus dramatique s'agissant d'un deuxième suicide. Ils ont dû tout faire pour dissimuler le drame.

Kim Yeol passa par le poste des infirmiers et poussa une porte où était indiqué « salle de bains réservée ». C'était la pièce dans laquelle les aides-soignants faisaient la toilette des patients handicapés. Elle était équipée d'une baignoire, d'une douche, d'un lavabo et de divers instruments pour les malades. Park Shim, désorienté, y suivit Kim Yeol.

— C'est un peu gênant de discuter devant elle, avait expliqué ce dernier en lui demandant de le suivre.

Ils avaient donc laissé Park Yi-eum seule dans sa chambre.

Kim Yeol ferma la porte à clé et ouvrit le robinet de la baignoire. L'eau en frappa bruyamment le fond et le bruit résonna dans la salle de bains carrelée.

— Comme ça, rien de ce que nous dirons ne sortira d'ici.

— Génial.

Kim Yeol se retourna et fixa Park Shim.

— Alors comme ça, tu es venu en avance et tu es resté caché dans la salle de bains ? Tu voulais m'écouter sans que je te voie, comme un cafard ?

— Kim Yeol, tu…

Il ne put finir sa phrase. Kim Yeol, fébrile, scrutait son visage.

— Comment as-tu pensé à venir ici ? Bien sûr, je te l'ai dit hier en passant. Mais qu'est-ce qui t'a pris de venir ici aujourd'hui, pour me voir ? Qu'est-ce qui était si urgent ?

— Kim Yeol, tu… as-tu tué Sol Lisa comme ça ?

Sa voix tremblante était couverte par le fracas de l'eau. Kim Yeol approcha de lui son visage et haussa les épaules. D'une voix atone, il lui demanda :

— Tué ? De quoi tu parles ? Qu'est-ce que ça veut dire « comme ça » ?

— Comme avec Park Yi-eum tout à l'heure… As-tu provoqué ou réveillé sa pulsion suicidaire ce jour-là ?

— Pulsion suicidaire ? ricana Kim Yeol.

Park Shim se remémorait étape par étape le témoignage donné lors de l'interrogatoire de la veille. Il se mordit la lèvre inférieure à l'évocation d'un souvenir.

— C'est donc à ce moment-là. Quand Sol Lisa et toi êtes revenus de votre promenade. C'est là que tu lui as raconté des histoires déprimantes. C'est là que tu as réveillé sa pulsion suicidaire.

— Ah ! Park Shim ! Il se trompe… répliqua l'autre, le regard glacial. Tu demandes qui l'a tuée ? Elle s'est suicidée. C'est elle qui a mis un terme à sa vie. C'est elle qui est allée se promener sur ses propres jambes, qui a pris elle-même le médicament alors qu'elle nous avait dit qu'elle allait dormir. Ce n'est pas moi qui lui ai ouvert la bouche pour y fourrer le médicament.

— La Phénelzine. C'est toi qui lui en as donné.

Kim Yeol fronça les sourcils.

— Euh, comment connais-tu ce nom ?

Park Shim ne voulait pas l'expliquer. Il commençait à sentir la chaleur envahir son dos. Les yeux brûlants, il fixait son supposé ami droit dans les yeux. Ce dernier attendait.

Ils entendirent frapper à la porte. Les personnes s'éloignèrent, chuchotant entre elles qu'elles reviendraient plus tard. Seul l'écoulement bruyant de l'eau remplissait le silence.

— Ah, ah, ah ! rit sèchement Kim Yeol. Je ne sais pas comment tu l'as appris, mais oui, tu as raison. Je l'avais, mais je ne l'ai jamais donnée.

— Si, tu l'as donnée.

— Park Shim, dis-moi juste ce que tu imagines. Ça m'intrigue.

— Plus tard, quand Sol Lisa est revenue de promenade, tu lui as demandé d'aller dans la caravane et d'y chercher les calamars séchés dans ton sac à dos.

— Oh là là, quelle mémoire ! Tu es toujours le premier de la classe. Élève justicier Park Shim.

— Il devait y avoir le médicament dans le sac. Tu l'avais mis là pour que Sol Lisa, décidée à se suicider, le prenne.

— Oui. Elle a volé le médicament.

— Elle ne l'a pas volé, dit-il en humectant de salive ses lèvres sèches. C'est toi qui, le premier, as volé le médicament. Il appartenait à Cho No-hoon qui s'est suicidé l'an dernier.

Kim Yeol avança vers Park Shim qui chancelait. Un pas de plus et son corps allait basculer.

— Park Shim, le futur avocat, avance des hypothèses sans aucune preuve, l'imbécile. Je n'ai jamais demandé à Sol Lisa de prendre le médicament ni de se supprimer de cette façon. Elle est morte volontairement. Malheureusement, Ban Tak-shin et Park

Yi-eum ont découvert le corps et s'en sont débarrassés de peur que cela ne gâche leur avenir. C'est tout.

« Si on fait une autopsie psychologique des personnes qui se sont suicidées, nombreuses sont celles qui ont connu une rupture affective juste avant leur passage à l'acte. Plus la relation est unique et exclusive, plus elle est dangereuse », avait dit Hwang Bodlin quelques jours plus tôt.

Kim Yeol connaissait très bien ce principe. Il venait de le mettre en œuvre, il avait provoqué une pulsion suicidaire chez Park Yi-eum en lui révélant qu'il connaissait la vérité sur la mort de Sol Lisa. Puis il avait appuyé : Ban Tak-shin l'avait abandonnée. M. Ban, qu'elle admirait tant, lui avait attribué l'entière responsabilité de ce qui s'était passé, parce que la vérité allait éclater. Et il avait pris la fuite. Vrai ou faux, impossible de le savoir. Mais manifestement Kim Yeol pouvait inventer n'importe quoi et endosser n'importe quel rôle.

Sous le regard de Kim Yeol, Park Shim réfléchissait.

« Quand j'ai appris qu'elle était morte, j'ai pensé qu'elle s'était suicidée », disait Kim Yeol dans le rôle du jeune homme faible et craintif au commissariat. Un tout autre personnage que celui qui se tenait maintenant devant lui. « Sol Lisa n'était pas du tout sociable. C'était la pire d'entre nous. Elle vivait sans voir personne. Park Yi-eum était sa seule amie et Sol Lisa comptait sur elle à 100 %… Si elle pensait que Park Yi-eum ne l'aimait plus… c'était très dangereux. »

Hier, Kim Yeol avait dévoilé sa tactique.

— As-tu dit à Sol Lisa que Park Yi-eum la détestait vraiment ? As-tu dit à Park Yi-eum qu'elle serait abandonnée ? dit Park Shim d'une voix tremblante.

Kim Yeol, très calme, fit un léger mouvement de tête. Un vague sourire flottait sur ses lèvres.

— Lui as-tu dit que le suicide mettrait fin à toutes ses souffrances ? L'as-tu incitée à montrer un peu de courage pour arrêter de souffrir ?

— Je pense que tu y es… à peu près. Mais ce n'est pas tout. J'ai ajouté que, moi aussi, j'allais me suicider ce jour-là.

Les yeux de Kim Yeol avaient changé : plus brillants, plus clairs. Park Shim en avait des frissons.

— Je lui ai dit que je n'arrivais plus à supporter la mort de No-hoon. Que j'avais avec moi la boîte de médicaments que No-hoon avait l'habitude de prendre, que j'allais moi-même en prendre et que je mourrais à l'aube. J'ai dit que tout serait bientôt fini, surtout que j'avais mangé du fromage et bu beaucoup de vin. Parce que c'est un IMAO. En mélangeant somnifères et stabilisateurs de l'humeur, impossible de se rater. Je lui ai demandé de ne pas essayer de me faire changer d'avis, de ne pas me déranger, mais de me laisser partir tranquillement. Elle a hoché la tête. Elle avait compris qu'avec la mort on pénètre dans un monde beaucoup plus paisible que celui-ci. La mort, quelle conclusion délicieuse ! Il suffit de s'approcher de la frontière, puis de la franchir. Ensuite, plus de déception, plus d'abandon. Plus rien à faire, plus rien à ressentir. Fini le malheur perpétuel de la dépression. Vivant, on sera toujours malheureux, alors pourquoi vivre ?

— Kim Yeol !

— Sol Lisa était jalouse de moi à ce moment-là. Je le sentais bien. « Oh, il va bientôt connaître un monde confortable. Il sera dans les bras de la mort. » Folle de jalousie, elle a volé le médicament. Aucun sentiment n'est plus fort que la jalousie pour inspirer du courage. Qu'est-ce que le courage ? Le pouvoir de vaincre toutes ses peurs, de tout accomplir. En temps normal, Sol Lisa ne possédait pas ce pouvoir. J'étais juste son guide pour l'aider à faire plus tôt et plus facilement ce qu'elle aurait fait un jour ou l'autre.

Park Shim, titubant, recula jusqu'à toucher le mur.

Kim Yeol jouissait de son embarras.

— Kim Yeol… tu… tu…

— Je suis un guide.

— Tu… tu n'es pas dépressif, n'est-ce pas ?

Kim Yeol eut un rire de gorge.

— M'as-tu entendu dire que je souffrais de dépression ?

— Cho No-hoon aussi, c'est toi…

— Oh, le pédé ? gloussa Kim Yeol. Il est mort quand je lui ai dit que je ne le baiserais plus jamais. C'était très simple. Cette tantouze était un grand spécialiste de la frustration et du découragement. Il me suffisait de bien viser au bon moment.

— Mais tu… pourquoi fais-tu tout ça ? lui demanda Park Shim, blême.

L'eau continuait de couler. L'humidité de cet espace confiné atteignait son paroxysme. Des gouttelettes d'eau se formaient sur les murs, puis elles s'écoulaient. Le beau jeune homme aux oreilles pointues se tapota le menton de l'index. Il réfléchissait à des réponses satisfaisantes.

— Eh bien… (Il leva les yeux vers le plafond carrelé.) Disons que c'est parce qu'il y a trop de monde sur terre. J'aimerais faire en sorte qu'il y en ait un peu moins. (Il secoua la tête.) Non, ce n'est pas ça. Bon, je veux dire… Oh, comment l'expliquer ?

Il regarda Park Shim, comme s'il lui demandait de l'aide.

Mais Park Shim ne pouvait pas l'aider.

Le maître du mal devait trouver tout seul une expression qui rendrait compte du démon qui habitait son cœur.

— Comment dire… les gens qui ont franchi la frontière ne peuvent jamais revenir. Je trouve ça très drôle. (Il sourit, comme s'il avait fini par trouver la formulation appropriée.) Oui, ça m'excite. Tout comme toi, Park Shim, quand tu trouves toujours la bonne réponse, à tous les examens. Moi, je suis doué pour ça. Tout le monde n'en est pas capable. Même en ce moment, la plupart des losers pathétiques qui errent sur les sites de suicide ne sont pas capables de mettre fin à leurs jours. Il faut que je les aide. Et Ban Takshin en avait déjà réuni certains. Quelle aubaine. J'ai intégré le groupe avec une joie immense.

Lee Pyeong-so et Hong In-hyuk demandèrent Park Yi-eum à l'accueil.

— Chambre 1601… Aujourd'hui, elle a beaucoup de visites, dit en souriant l'employée aux belles dents blanches. Tout à l'heure, deux jeunes gens sont montés, l'un après l'autre.

Le commandant, qui s'apprêtait à quitter le bureau, s'arrêta net :

— Deux jeunes gens ?

— Oui, ça fait déjà un moment. Ils sont peut-être toujours dans la chambre.

— S'il y a plusieurs personnes, ce sera un peu difficile de parler. Il vaut peut-être mieux attendre dehors ? dit le lieutenant qui lissait ses cheveux pour masquer son embarras.

Le commandant aussi avait l'air gêné. La situation était délicate : la plainte déposée par Park Yi-eum à la suite de son attaque de panique pendant l'interrogatoire était toujours en cours. Elle pouvait déposer une autre plainte. Le problème n'était pas la plainte elle-même, mais le fait que cela pouvait retarder la résolution de l'enquête.

Et juste à ce moment-là, le portable de Lee Pyeong-so sonna. Il répondit au lieutenant en mission à l'extérieur tout en se dirigeant vers l'ascenseur. Ban Tak-shin avait été localisé. Il ne pourrait pas sortir de chez lui : deux policiers surveillaient son domicile depuis une voiture garée près de chez lui. « Ne le laissez pas s'envoler », dit-il, puis il raccrocha. Les deux policiers montèrent dans l'ascenseur, pour le seizième étage. En cours de route, un patient en fauteuil roulant y prit place. Le commandant et le lieutenant se collèrent chacun contre une paroi, laissant le milieu libre pour le fauteuil.

Le jeune homme venu voir Park Yi-eum avant eux, était-ce Kim Yeol ?

Lee Pyeong-so avait le regard fixé sur la porte de l'ascenseur qui s'ouvrait, se fermait. Kim Yeol et Park

Yi-eum sont peut-être en train d'élaborer un plan, pensait-il. De toute façon, il vaudrait mieux se dépêcher. Kim Yeol était celui qui avait la plus grande facilité à se procurer de la Phénelzine auprès de Cho No-hoon. Ces deux membres étaient très proches. De plus, selon l'officier chargé de l'enquête sur la mort de Cho No-hoon, ils semblaient avoir eu une relation amoureuse. Il était probable que la Phénelzine soit arrivée entre les mains de Sol Lisa via Kim Yeol. La mort de Sol Lisa avait quelque chose à voir avec Kim Yeol. Ban Tak-shin et Kim Yeol paraissaient empêtrés dans une relation vaguement complice. Et maintenant, il était possible que soient réunis dans la chambre 1601 les protagonistes de cette affaire.

Seizième étage.

La chambre 1601 se trouvait au bout du couloir. On leur avait dit à l'accueil que c'était une chambre individuelle. Les policiers marchaient côte à côte : ils dépassèrent la buanderie, la salle de bains, le poste des infirmiers où deux infirmières étaient assises, puis arrivèrent au fond du couloir.

— On va attendre que quelqu'un sorte ? chuchota Hong In-hyuk à l'oreille de son supérieur.

— Pas la peine.

Sans hésiter, Lee Pyeong-so frappa.

— Il y a quelqu'un ?

Pas de réponse. Il colla son oreille à la porte, puis frappa de nouveau. Toujours pas de réponse. Hong In-hyuk se tenait en retrait, attendant la décision du commandant.

— Excusez-moi, dit Lee Pyeong-so en ouvrant la porte coulissante.

Personne dans la chambre 1601.

Posée sur le lit, la couverture bleu clair touchait le sol ; l'oreiller, jeté sur elle, était creusé en son milieu. L'aiguille de la perfusion, arrachée, laissait le liquide s'écouler sur un coin du drap.

Un endroit dévasté.

Flairant un drame, les policiers échangèrent un regard.

Il y a huit ans, quand, depuis le toit du lycée, il avait vu de ses propres yeux le cadavre de son camarade, quelque chose avait changé en lui. Non, il serait plus exact de dire qu'un aspect de sa personnalité, enfoui jusque-là, s'était manifesté.

Park Shim voulait se boucher les oreilles.

— Je lui ai conseillé de mourir parce qu'il m'avait dit qu'il voulait mourir. Et il a vraiment sauté.

Kim Yeol revenait huit ans en arrière. Il commença à raconter le déroulement du drame.

— Une fois à terre, il a eu quelques soubresauts. Je l'ai vu agoniser. Moi seul l'ai vu. L'instant où il est passé de ce côté-ci à l'autre côté, d'où il ne reviendrait pas. J'avais l'impression de toucher la mort, comme si c'était une substance réelle. C'était frais, mystérieux et beau. Tu ne connaîtras jamais ce sentiment, jamais. Toi, tu resteras toujours le cul sur ta chaise derrière ton bureau, tu rempliras des feuilles blanches avec des mots. Et puis tu vieilliras et tu mourras. Et tu n'auras connu que ce monde. Tu te contenteras de ton monde. Jusqu'à ta mort, tu ne sauras rien du sentiment de la mort. Tu ne sauras pas à quel point il est excitant de pousser autrui à la mort. Peut-être que ça ne t'intéresse pas, Park Shim. Si tu l'avais expérimenté, tu trouverais tout le reste dérisoire.

Une solitude absolue environnait Kim Yeol.

La mélancolie se propageait sur son beau visage encadré de deux saillies, ses oreilles pointues. Elles lui donnaient l'air d'un étranger, d'un être incapable de se fondre dans la masse, d'un « alien », comme l'avaient surnommé ses camarades au lycée. Il avait une apparence humaine, mais il était en réalité très différent des autres.

— C'est ridicule. Les autres sont tellement ridicules : je ne peux plus les supporter.

— … Pourquoi tu me racontes tout ça ? lui demanda Park Shim qui tenait à peine debout.

Le costume et la chemise de Kim Yeol, imprégnés d'humidité, collaient à son corps, dessinant sa silhouette fine mais athlétique. Un beau jeune homme en costume avec des oreilles pointues, bien droit, l'allure imposante, l'air assuré. Tout le contraire de Park Shim qui semblait à deux doigts de se trouver mal.

Sur le visage de Kim Yeol, la joie le disputait à la souffrance. Mais peut-être était-ce les deux versants d'un même sentiment.

— J'étais frustré que personne ne sache ce que j'avais fait… dit-il en s'humectant les lèvres. Comment dire. C'est parce que je suis un peu seul.

— Quoi ?

— Oui. Cela n'avait pas de sens. Parce que personne n'était au courant. Je n'étais même pas sûr de l'avoir fait.

L'« alien » rajusta le col de sa chemise. Puis il gratifia son compagnon d'un sourire éclatant.

— Mais j'ai été vraiment surpris, Park Shim ! Je ne savais vraiment pas si tu allais tout comprendre. Je t'ai probablement sous-estimé. Honnêtement, je voulais te tester. Un beau jour, le petit génie de notre classe a déboulé sur mon territoire et ça m'a ennuyé. J'ai commencé à laisser traîner des indices. Je me demandais si tu saurais les interpréter. En fait, je pensais que non. Je voulais juste me moquer de toi, qui poursuivrais ton chemin sans rien remarquer. Mais je suis ravi que quelqu'un ait compris ce que j'ai fait. Au fond, j'espérais que ce serait toi.

— Ha… Mais c'est un crime, Kim Yeol. Un crime.

— Un crime ? Qu'est-ce que j'ai fait de mal ? Quel crime ai-je commis, Monsieur le futur avocat ? Comment vas-tu le prouver ?

Incitation au suicide. Complicité involontaire dans un suicide. Provocation au suicide.

Ces termes juridiques traversèrent l'esprit de Park Shim. Mais il ne dit rien. Il attendait la suite. Une fois hors de la salle de bains, Kim Yeol se transformerait à nouveau. Il ne parlerait plus de ce qu'il lui racontait là. C'était une confession destinée à lui seul.

— Ne sois pas stupide, Park Shim. La vie n'a rien à voir avec ce que tu as appris au lycée. La mort n'est pas si mauvaise pour celui qui veut mourir. Non, d'ailleurs, elle ne peut même pas être un événement : un mort ne peut faire part de sa mort à personne. La mort est un terme inventé par les vivants. Ce n'est pas la mort dont il faut avoir peur, c'est de la souffrance.

Cela sonnait juste, beaucoup plus que tout ce qu'il avait dit jusque-là. Il ajouta avec gravité :

— Ne penses-tu pas qu'une mort instantanée, sans

douleur, est plutôt une chance et une bénédiction pour celui qui la désire ? D'un coup, il est libéré de la chaîne qui le maintenait dans une vie où il ne connaissait pas de répit. Tu penses qu'il est regrettable qu'il n'ait pas pu réaliser ses rêves ? Ne sois pas stupide. Le désir prend fin avec la mort. On pleure sur la mort d'autrui parce qu'on craint que notre vie ne se termine brutalement, sans avoir pu satisfaire les désirs qu'on a à cet instant précis.

Estomaqué, Park Shim ne faisait pas un geste.

« Être impliqué dans la mort d'autrui est un crime. La vie humaine est précieuse en soi. Ce n'est pas à toi de décider de sa fin. » Mais ces mots de simple bon sens ne faisaient pas le poids face aux ténèbres impénétrables qu'il affrontait. « Kim Yeol, tu es un monstre », pensa encore Park Shim. Ces mots restèrent enfouis en lui, seules ses lèvres tremblèrent.

Et soudain.

— Docteur ! Par ici !

Une voix grave résonna dans le couloir.

Park Shim sursauta à ce cri. Ses cheveux se dressèrent sur sa tête, son cœur s'emballa. Tout à coup, il prit conscience qu'il se trouvait dans une salle de bains. Il sentit l'odeur de l'eau. Il reprit pied dans la réalité.

— Où est le médecin ? Urgence ! Urgence chambre 1601 !

Cette voix pénétra dans la salle de bains verrouillée. Bref cri de femme. Bruits de pas dans le couloir.

Chambre 1601.

Park Shim ouvrit la porte et s'enfuit.

Lee Pyeong-so et Hong In-hyuk s'étaient rués en même temps dans la salle de bains de la chambre 1601.

Le corps malingre de Park Yi-eum, dans sa tenue d'hôpital, flottait devant eux. Une corde bleue reliait son cou à la tringle du rideau de douche.

— Mademoiselle Park Yi-eum !

Hong In-hyuk se précipita pour la soulever. La tête de la jeune femme tomba en avant. Lee Pyeong-so remit sur ses pieds la chaise renversée. Il y grimpa pour défaire le nœud attaché à la tringle. Le corps inerte tomba dans les bras de Hong In-hyuk. Le commandant courut dans le couloir.

— Docteur ! Par ici !

Un patient qui arpentait le couloir et l'infirmière assise à son poste furent pétrifiés à son apparition. Une jeune patiente poussa un cri.

— Où est le médecin ? Urgence ! Urgence chambre 1601, cria Lee Pyeong-so à pleine voix.

Tout le seizième étage en fut secoué. Une infirmière arriva en courant. Un médecin d'âge moyen, sorti de nulle part, se précipita vers eux. Le commandant regagna aussitôt la chambre, laissant la porte grande ouverte.

Hong In-hyuk avait sorti la jeune femme de la salle de bains et défait la corde qui enserrait son cou. Le médecin s'accroupit pour écouter son cœur. Il la tourna ensuite sur le côté pour libérer les voies aériennes, puis il pratiqua un massage cardiaque à même le sol. Une infirmière, agenouillée à côté de lui, maintenait la tête de Park Yi-eum. On apercevait les cheveux courts plaqués sur le visage rouge et enflé de la jeune femme. Les deux policiers avaient le visage ruisselant de sueur.

Patients et visiteurs s'étaient amassés à la porte en entendant le remue-ménage.

Un jeune homme se fraya un chemin entre eux et pénétra dans la chambre.

Lee Pyeong-so, bien qu'aveuglé par la sueur, reconnut Park Shim. Ce dernier, effrayé, ne pouvait détacher les yeux de la corde bleue traînant par terre. Le commandant suivit son regard : il fixait une cravate fine, unie, couleur d'eau de mer. Une cravate élégante au goût des jeunes. Où Park Yi-eum l'avait-elle trouvée ?

Un autre jeune homme entra sans se presser et resta derrière Park Shim. Puis, comme une ombre, il se glissa entre tous les participants pour dévisager Park Yi-eum, allongée à même le sol.

C'était Kim Yeol.

Kim Yeol ne portait plus sa cravate et le dernier bouton de sa chemise était ouvert. Ce jeune si timoré et craintif au commissariat la nuit précédente avait les yeux rivés au sol, un sourire aux lèvres. À cet instant, il ne prêtait aucune attention aux policiers qui l'avaient interrogé la veille.

Le médecin continuait le massage cardiaque, s'efforçant de sauver la patiente. Seuls ses mouvements vigoureux soulevaient le corps inerte. Kim Yeol fixait le visage de Park Yi-eum pour ne pas en perdre une miette. C'était comme s'il voulait photographier cet instant avec ses yeux seuls.

Lee Pyeong-so l'observait, fasciné.

Admiration, joie, délectation, désir… Comment qualifier son expression ? Au milieu de toute l'assemblée dont les visages reflétaient inquiétude, peur, curiosité, urgence, impatience, son expression à lui était irréelle. Elle manifestait une passion étrange et cruelle, à l'encontre d'un comportement ordinaire.

La patiente montra une réaction.

— Ktchi !

Park Yi-eum cracha. L'infirmière qui lui tenait la tête essuya rapidement les coins de sa bouche avec un linge. Le médecin, stéthoscope sur ses oreilles, le plaça…

— Kof kof…

Park Yi-eum toussa, puis ouvrit les yeux peu à peu.

— Mademoiselle ? Ça va ? Respirez, respirez ! Oui, comme ça ! Un deux, un deux. Très bien. Continuez…

Le médecin transpirait à grosses gouttes. Il parlait fort. Les spectateurs réunis dans la chambre poussèrent un soupir de soulagement et échangèrent quelques mots : « Ah ! elle est réveillée. » « Elle est tirée d'affaire. » « Mon Dieu ! Quelle chance elle a eue. »

— Un deux, un deux. Continuez. Très bien. Vous vous débrouillez très bien. Un deux.

Hong In-hyuk, qui observait la scène un peu en retrait, sentit ses forces l'abandonner et il s'effondra sur le canapé.

Lee Pyeong-so nota que, plus Park Yi-eum reprenait son souffle, plus le sourire disparaissait du visage de Kim Yeol, bientôt remplacé par la déception. L'abattement d'une personne dont le rêve presque réalisé s'effondre. La colère et la frustration d'un prédateur qui a manqué sa proie d'un rien. Kim Yeol secoua la tête comme s'il n'arrivait pas à accepter la situation. Puis il disparut comme par enchantement.

Une idée traversa soudain l'esprit du commandant, matérialisée par une voix :

— Ce n'était pas un suicide, murmura Park Shim, l'air absent, une main sur la poitrine.

Le commandant tourna la tête vers lui.

— Idiot… Il l'a fait une fois de plus, devant mes yeux… et… je n'ai rien vu…

Park Shim étouffa ses sanglots et sortit. Le personnel médical l'entoura de ses conseils pour l'aider à reprendre pied. Lee Pyeong-so comparait intérieurement les deux jeunes gens : le jour et la nuit.

ÉPILOGUE

Extrait des conclusions

Affaire : 20****
Accusé Jeon Hak-soo

Concernant l'affaire susmentionnée, l'avocat du défendeur expose les faits et arguments suivants :

1 – Exposé des faits
Accord avec l'exposé des faits tel que figurant dans l'acte d'accusation.

2 – Demande de circonstances atténuantes
2.1 – L'accusé a commis le crime dans un état de faiblesse physique et mentale dû à la dépression.
2.2 – Diagnostic et traitement de la dépression
L'accusé est diplômé de l'université. Il a travaillé dans un cabinet d'architectes et épousé Ahn Woo-ram, âgée de vingt-neuf ans, employée d'un petit cabinet d'expertise comptable. Ils ont mené la vie de travail d'un couple ordinaire. Au bout de cinq

mois de mariage, sa femme a attendu un enfant et a démissionné de son poste, laissant le mari seul à contribuer financièrement aux charges du ménage. La pression psychologique que celui-ci a subie de ce fait lui a provoqué des troubles somatiques – troubles digestifs, diarrhées, courbatures, oppression thoracique et insomnies. Au mois de ** de l'année ****, il a bénéficié d'un mois de congé maladie pour fatigue chronique (cf. Annexe 1. Formulaire d'arrêt de travail et certificat médical). Cela n'ayant pas suffi, il a eu de fréquents congés maladie. Ses absences répétées ont eu pour conséquence une rétrogradation – sans perte de salaire – au sein de l'équipe, autre sujet d'angoisse. Devenu l'assistant d'un de ses collègues, il se sentait inutile (cf. Annexe 2. Rapport de travail).

Puis en juillet dernier, X, psychiatre à la clinique spécialisée ***, a diagnostiqué un trouble dépressif modéré et lui a prescrit des antidépresseurs. Pour que cela ne figure pas dans son dossier médical, l'accusé a choisi de garder les frais à sa charge sans profiter du remboursement de l'assurance-maladie (cf. Annexe 3. Copie du dossier médical). Ainsi, du ** juillet 20** au ** mars 20**, il a consulté dix-sept fois à la clinique et, à chaque fois, le médecin lui a ordonné des psychotropes, sans que son état s'améliore. Le ** avril, trois semaines avant les faits, il a été sujet à une crise de panique au volant de sa voiture. Son véhicule est passé de la deuxième à la quatrième voie et s'est dirigé droit sur le mur de séparation, qu'il a percuté. Après cet accident qui aurait pu lui être fatal, l'accusé a dû se rendre à son travail en métro : il craignait une nouvelle crise de panique s'il se remettait à conduire. C'est dans cet état de détresse psychologique que l'accusé a contacté Ban Tak-shin, qui, à l'époque, avait créé le blog « No depression ». Il voulait lui parler de sa situation désespérante et lui demander s'il fallait qu'il continue son traitement.

Ban Tak-shin, en détention pour dissimulation de cadavre, est actuellement en procès (cf. Annexe 4. Copie de la plainte). Après le suicide de son fils de douze ans à qui un psychiatre avait prescrit des antidépresseurs, il a déclaré : « Les antidépresseurs ne sont pas un remède contre la dépression, ils en aggravent plutôt les symptômes. La communauté médicale et les laboratoires pharmaceutiques en cachent les effets secondaires mortels tels que les pulsions suicidaires. » Et il a porté plainte contre les laboratoires pharmaceutiques. Il a constitué un groupe nommé « Évasion collective ». Composé de patients dépressifs, ce groupe avait pour objet de démontrer que l'on peut vaincre la dépression sans antidépresseurs, et ainsi servir de preuve dans les procès en dommages-intérêts susmentionnés. En mars de cette année, au cours d'une excursion de l'ensemble du groupe, une dénommée Sol Lisa, membre d'EC, s'est suicidée. Quand il a découvert son corps, M. Ban a pensé que si ce suicide venait à être connu, son groupe serait dissous, et l'issue de ses procès, compromise. En conséquence, il a déplacé le corps de la victime et l'a enterré dans la montagne, avec l'aide de Park Yi-eum, sa complice. Ce sont les idées de M. Ban Tak-shin, extrêmement négatives à propos des antidépresseurs, qui ont influencé l'accusé. Ce dernier a repris confiance en se raccrochant à cette affirmation : « Je ne suis pas malade. Les antidépresseurs aggravent plutôt la dépression et ses symptômes physiques qu'ils ne les soignent. » Dix-sept jours après avoir arrêté d'un coup ses médicaments, l'accusé a commis un meurtre.

2.3 – Situation au moment des faits et diagnostic de faiblesse mentale et physique

Selon les conclusions de Y, spécialiste en psychiatrie, l'accusé souffrait de trouble dépressif modéré. Lors des dix-sept consultations, il lui a prescrit des antidépresseurs. Après un ou deux mois de traitement, l'état du patient a connu une amélioration qui ne s'est pas poursuivie. Il est impossible de considérer que le traitement a été insuffisant, étant donné que, dans le cas d'un trouble dépressif modéré, le traitement doit durer entre un an et un an et demi, y compris une période de stabilisation de six mois, lorsqu'il s'agit d'un premier épisode dépressif. L'accusé ne voulant parler à personne de ses soins psychiatriques, il n'a pu obtenir ni compréhension ni soutien de la part de ses proches. On estime que cet isolement a eu un effet très négatif sur son comportement (cf. Annexe 6. Avis médical). C'est alors que l'accusé a arrêté son traitement, à l'insu du spécialiste qui le suivait. L'accusé prenait 37,5 mg d'un antidépresseur à base de paroxétine par jour et, selon le témoignage de la psychiatre Hwang Bo-dlin, il est recommandé d'arrêter progressivement ce type de médicaments. L'arrêt brutal peut provoquer des étourdissements, une anxiété sensorielle, une instabilité émotionnelle, une irritabilité et des troubles de la vision (cf. Annexe 7. Lettre du médecin expert).

Au moment des faits, l'accusé était dans un état de

grand épuisement : il n'a pas pu terminer son travail et a dû rentrer chez lui à la mi-journée. La victime, le dénommé Ra Sang-pyo, dont il a cogné accidentellement l'épaule dans l'escalier de leur immeuble, s'est mise à lui reprocher d'avoir garé sa voiture à la meilleure place de parking et de l'y avoir laissée. Malgré les excuses de l'accusé, elle a continué de l'apostropher. Déjà frustré de ne pas pouvoir utiliser sa voiture, l'accusé a été incapable de juguler la colère accumulée en lui. On peut présumer que les faits se sont produits accidentellement à un moment où l'anxiété et l'instabilité émotionnelle provoquées par cette rencontre ont été amplifiées par l'arrêt soudain de la paroxétine ou sous l'effet de la colère aggravée par la dépression. Bien qu'il n'y ait jamais eu ni échange ni conflit entre l'accusé et la victime avant les faits, bien qu'il soit évident que rien ne peut compenser la perte de la victime pour sa famille, le droit pénal se doit de considérer l'étendue de la responsabilité d'un criminel pour envisager une atténuation de peine. S'agissant du même acte, la peine doit être calibrée en fonction de la responsabilité du criminel au moment du crime. Comme mentionné ci-dessus, même si la dépression d'intensité moyenne dont souffrait l'accusé ne lui avait pas fait perdre sa faculté de discernement, il faut considérer qu'il était dans un état de faiblesse qui doit lui permettre de bénéficier de circonstances atténuantes, selon l'article **, alinéa ** du Code pénal. […]

— Tu as bien travaillé. Ça n'a pas dû être facile, dit Park Gap-yeong en feuilletant le dossier.

Park Shim, le visage amaigri, lui sourit. Il était fier d'avoir fait de son mieux. Son stage avait pris fin deux semaines auparavant. Bien qu'il eût dépassé la date limite pour remettre ses conclusions, il les avait terminées avant le procès : l'avocat en titre aurait tout le temps de les examiner et d'y apporter d'éventuelles modifications.

Sitôt ses cours à la fac terminés, Park Shim s'était rendu dans le bureau de son oncle pour lui apporter son travail. La chaleur qui, selon les prévisions, devait durer encore en septembre, s'était calmée. Park Gap-yeong portait un costume de demi-saison gris, et le jeune homme, une chemise beige à manches longues et un jean noir.

— C'est très bien. Beau travail. Il va m'être très utile, dit l'avocat avec un grand sourire.

— Pardon, j'aurais dû vous le donner un peu plus tôt.

— Je sais que tu as passé un temps fou au commissariat. C'est bien par hasard que tu as été impliqué dans un dossier aussi important. C'était comment ? Tu ne m'en as pas voulu ?

— Mais non ! protesta Park Shim, agitant rapidement son doigt levé en signe de dénégation. Grâce à vous, j'ai beaucoup appris sur les enquêtes et les procès, mon oncle. Et aussi sur le genre humain.

L'étudiant avait visiblement maigri au cours du mois écoulé et son visage accusait la fatigue. Ses cernes témoignaient de ses désillusions : il avait vu de près le côté sombre de la vie pendant ce court laps de temps. Mais, bien qu'amoindries, sa vigueur et sa passion juvéniles étaient toujours perceptibles.

Déception et résignation se mêlaient à l'énergie débordante de la jeunesse ; elles seraient en conflit durant quelques semaines, puis tout rentrerait dans l'ordre.

— Tu as évoqué longuement la dissimulation du cadavre. Le procès est-il en cours ?

— Oui. Les deux complices ont été arrêtés et inculpés.

— Et quelle en sera l'issue, d'après toi ?

— Eh bien… dit Park Shim, la main sur la bouche. J'ai entendu dire que Ban Tak-shin gardait toujours le silence

— On ne pourra pas prouver sa culpabilité ?

— Non, ce n'est pas ça. Parce que Park Yi-eum a avoué le crime et qu'ils ont trouvé de nouvelles preuves. Le jour du décès, Ban Tak-shin a déposé Park Yi-eum chez Sol Lisa, puis il est allé dans les locaux de l'AAD. Donc la dissimulation du cadavre a été accomplie par le seul Ban Tak-shin. Il a emprunté la camionnette d'une de ses connaissances, un brocanteur ; il y a chargé le cadavre et s'est rendu au mont Paldal pour l'enterrer… La police a pu reconstituer l'itinéraire suivi par Ban Tak-shin ce jour-là. Elle a aussi mis la main sur des traces d'ADN. Et en dehors des aveux de Park Yi-eum, elle a eu accès à un relevé d'appels téléphoniques prouvant qu'elle utilisait le portable de Sol Lisa après la mort de celle-ci, se faisant passer pour elle.

Au cours des dernières semaines, Park Shim avait dû aller à plusieurs reprises au commissariat central de Suwon afin de témoigner. Après l'avoir entendu, Lee Pyeong-so l'informait de l'avancement de l'enquête. Le jeune homme sentait qu'il avait gagné la confiance et les bonnes grâces du chef d'équipe. Un jour, le commandant lui dit en soupirant : « J'aimerais que mon fils te ressemble quand il sera grand. » Park Shim ne fit aucun commentaire, sentant bien que ce soupir en disait long.

— Il ne devrait pas y avoir de problème, dit l'avocat, l'index sur la tempe, le pouce soutenant le menton.

Hochant la tête, Park Shim n'ajouta rien.

— Quand on examine l'affaire de près, je pense que c'est Ban Tak-shin qui a pris toutes les décisions et qui a accompli le crime ; Park Yi-eum a juste été complice. Psychologiquement, leur relation est celle de maître à esclave dans ce crime. J'ai l'impression que ce sera difficile à prouver.

— Hum…

Park Gap-yeong but une bonne gorgée de café.

— La police et le parquet s'en chargeront. Mais le problème n'est-il pas le jeune homme, ton ancien camarade de lycée ?

— Kim Yeol…

Le visage de Park Shim s'assombrit. La plupart des témoignages de Park Shim au commissariat de Suwon concernaient le crime de Kim Yeol.

— Il a été inculpé sans mise en détention.

— Ils ont demandé un mandat de dépôt ?

— Oui, mais le juge a refusé.

— D'accord.

— Il a été accusé de complicité dans le cas du suicide de Sol Lisa et de tentative de complicité dans celui de Park Yi-eum. Pour les affaires antérieures… dans les cas de Cho No-hoon et de Baek Chang-kwon, son ami du lycée, il sera difficile de maintenir l'action publique.

— Et avec ton témoignage, ce ne sera pas possible ? Kim Yeol t'a tout avoué, non ?

— Oui, mais il nie tout maintenant. Mon témoignage n'est qu'un témoignage indirect. Il n'a pas de valeur probante. Si j'avais su, j'aurais enregistré ses aveux.

Park Shim sourit d'un air penaud avant de poursuivre :

— Cependant, les témoignages et la reconstitution de quelques faits ont permis de le poursuivre dans les affaires en cours. Son approbation tacite de la dissimulation du cadavre peut s'expliquer par sa complicité dans le suicide. Elle peut aussi s'expliquer par son comportement pendant la sortie du groupe. On sait que c'est Kim Yeol qui avait la Phénelzine, et qu'il a poussé Sol Lisa à en prendre. Il voulait aussi provoquer le suicide de Park Yi-eum à l'hôpital en utilisant la même méthode mais sans succès cette fois. Tout cela, le témoignage de Park Yi-eum et le mien le prouvent.

— La complicité dans le suicide…

— Kim Yeol éprouve un plaisir malsain à être impliqué dans le suicide d'un tiers et de peser sur sa décision. Je pense qu'il se considère comme une sorte de dieu de la mort. En fréquentant les sites de suicide, il s'est mis à détester les gens qui aspirent à la mort mais qui n'ont pas le courage de passer à l'acte. Toujours est-il que les patients dépressifs membres d'EC étaient pour lui des proies idéales.

— Le loup dans la bergerie…

— Mon oncle, je ne pense pas qu'il faille l'inculper pour complicité, mais pour incitation au suicide, affirma Park Shim avec assurance.

Ses sourcils épais s'agitèrent.

Park Gap-yeong reprit, après un moment de silence :

— Ce sera difficile.

— Il faudrait solliciter les textes et leur donner une interprétation correspondante.

— Ce sera toujours aussi difficile. L'incitation au suicide pousse un individu qui n'avait aucune envie de se suicider à se supprimer, alors que la complicité facilite le suicide de ceux qui ont décidé de passer à l'acte, non ? Les victimes étaient dépressives. Je suppose que toutes désiraient mettre fin à leurs jours. On leur a juste procuré le moyen de se supprimer, prodigué des encouragements et des conseils, et ils ont fini par s'exécuter.

— Kim Yeol a provoqué très activement ces désirs chez les victimes. L'immense majorité des dépressifs ne se suicident pas. Même s'ils ont de vagues pensées d'en finir, très peu agissent en conséquence. Ils ne se seraient pas suicidés si Kim Yeol ne les y avait pas poussés. C'est mon avis. Ou… peut-être…

— Sol Lisa a pris elle-même le médicament. Kim Yeol n'était pas présent sur les lieux et il ne l'a pas obligée à l'absorber. Même dans le cas de la tentative de Park Yi-eum, c'est la jeune femme elle-même qui s'est pendue. Il est vrai que Kim Yeol avait laissé sa cravate dans la chambre, mais il ne lui a pas clairement ordonné de se pendre avec cette cravate.

— Oui, mais…

— Shim, je te comprends très bien. Il n'y a eu ni agression ni intimidation mais il a contrôlé et manipulé un tiers psychologiquement au point de le rendre incapable de prendre une décision de façon autonome… C'est très difficile d'en apporter une preuve objective. Il n'y a, dans ces deux affaires, que des preuves contextuelles. Qu'on le pense innocent ou coupable, il y a de fortes chances pour que cela se termine par une condamnation avec sursis parce qu'il n'a pas de casier judiciaire.

L'air préoccupé, Park Shim secoua la tête. Il s'y attendait. Il trouvait cette conclusion injuste, il voulait faire valoir son point de vue. Ban Tak-shin et Park Yi-eum qui avaient dissimulé le cadavre de Sol Lisa seraient condamnés à des peines de prison alors que Kim Yeol qui avait bel et bien conduit à la mort la jeune femme n'encourrait probablement aucune peine, au mieux une peine avec sursis. Kim Yeol continuerait de vivre libre, sans culpabilité ni regret.

— Il faut que tu te sortes cette affaire de la tête. Tu as fait tout ce que tu pouvais, non ? dit Park Gap-yeong.

Préoccupé, il regardait son neveu par-dessus ses épaisses lunettes.

Park Shim caressa son visage anguleux.

Des sentiments complexes, difficiles à démêler, pesaient lourdement sur son cœur.

— Mon oncle.

— Oui, qu'y a-t-il ?

Park Shim but une gorgée de son café, maintenant refroidi.

Le visage de Kim Yeol à l'hôpital Sung-lim s'imposa

à lui : lors de leur entretien dans la salle de bains, il était fier de ce qu'il avait fait, il s'en délectait. Park Shim avait l'impression de l'entendre se moquer de lui : « Comment dire. C'est parce que je suis un peu seul. »

— Je crains qu'il ne s'arrête pas.

« Le mal progresse. »

Park Shim joignit ses index entre ses sourcils.

— Vraiment. Je suis inquiet, très inquiet.

REMERCIEMENTS

Merci à la psychiatre Kwon Yun-young qui a bien voulu relire mon manuscrit pour en rectifier les contenus liés à sa spécialité.

DE LA MÊME AUTRICE

Aux Éditions Matin Calme

LE JOUR DU CHIEN NOIR, 2020, Folio Policier nº 956.

*Tous les papiers utilisés pour les ouvrages
des collections Folio sont certifiés
et proviennent de forêts gérées durablement.*

*Composition APS-ie
Impression Novoprint
à Barcelone, le 28 février 2022
Dépôt légal : février 2022*

ISBN 978-2-07-292715-7 / Imprimé en Espagne

374976